SHORT FRIDAY
AND
OTHER STORIES
ISAAC BASHEVIS SINGER

楚尘
文化
Chu Chen

北京楚尘文化传媒有限公司 出品

短暂的
礼拜五

[美] 艾萨克·巴什维斯·辛格 著

王宇光 译

中信出版集团 | 北京

图书在版编目（CIP）数据

短暂的礼拜五 /（美）艾萨克·巴什维斯·辛格著；
王宇光译. -- 北京：中信出版社，2023.8
书名原文：Short Friday and Other Stories
ISBN 978-7-5217-5499-5

Ⅰ.①短… Ⅱ.①艾…②王… Ⅲ.①短篇小说－小说集－美国－现代 Ⅳ.①I712.45

中国国家版本馆 CIP 数据核字 (2023) 第 120595 号

SHORT FRIDAY: And Other Stories by Isaac Bashevis Singer
Copyright © 1964 by Isaac Bashevis Singer, renewed ©1992 by Alma Singer
Published by arrangement with Farrar, Straus and Giroux, New York.
Chinese simplified translation copyright © 2023 by Chu Chen Books.
All Rights Reserved
本书仅限中国大陆地区发行销售

短暂的礼拜五
著者：　　[美]艾萨克·巴什维斯·辛格
译者：　　王宇光
出版发行：中信出版集团股份有限公司
　　　　（北京市朝阳区东三环北路 27 号嘉铭中心　邮编　100020）
承印者：　浙江新华数码印务有限公司

开本：880mm×1230mm 1/32　印张：9　　　字数：169 千字
版次：2023 年 8 月第 1 版　　　印次：2023 年 8 月第 1 次印刷
京权图字：01-2023-2804　　　　书号：ISBN 978-7-5217-5499-5
定价：69.00 元

版权所有·侵权必究
如有印刷、装订问题，本公司负责调换。
服务热线：400-600-8099
投稿邮箱：author@citicpub.com

目录

001 鸣谢

003 泰贝利和魔鬼
019 大和小
031 血
053 独处
067 艾斯特·克瑞恩德尔二世
089 雅基德和耶基妲
099 刀口之下
119 斋戒
131 最后的魔鬼
147 书院男孩燕特尔
181 三个故事
197 教皇泽伊德尔
211 布朗斯维尔的婚礼

229　我不依人不靠人
241　库尼冈德
251　短暂的礼拜五

267　辛格年表

鸣　谢[*]

我要感谢罗伯特·吉鲁，他编辑了整部稿子，还要感谢塞西尔·赫姆利（如今是俄亥俄大学出版社社长了），他跟我合作修订了部分译文[1]。为了把这部集子带给美国读者，许多人尽心尽力，我应当感谢他们：米拉·金斯伯格、伊丽莎白·波莱、伊莱恩·戈特利布、鲁思·惠特曼、马里恩·马吉德、查娜·法尔斯坦、玛莎·格利克里奇、乔尔·布洛克尔、罗杰·克莱恩，还有我的侄子约瑟夫·辛格。

我把这些书页献给我逝去的哥哥 I.J. 辛格，《阿什肯纳兹兄弟》《傻瓜约舍》等作品的作者。他帮助我来到这个国家，是我的文学老师，也是我心目中的文学大师。我仍在向他和他的作品学习。

艾萨克·巴什维斯·辛格

---

[*] 本书据美国法勒、斯特劳斯和吉鲁出版社（Farrar, Straus and Giroux）1964 年版英译本译成。
[1] 辛格的小说用意第绪语写出，他常常参与英译本的翻译，各国翻译辛格的作品多以英译本为底本。——译者注（以下如无特殊标注，均为译者注）

泰贝利和魔鬼*

1

离卢布林不远有个拉什尼克镇，镇上住着一对夫妇。丈夫叫查姆·诺森，妻子叫泰贝利。他们没有孩子。倒不是从未生育，泰贝利为丈夫生过一个儿子，两个女儿，但三个婴儿都夭折了。一个得了百日咳，一个得了猩红热，还有一个得了白喉。从此泰贝利的子宫关闭了，祈祷，念咒，药水，什么法子都不见效。由于悲痛，诺森无心于尘世。他疏远妻子，不吃肉，也不在家睡，睡在祷告堂的长凳上。泰贝利开一家绸布店，她父母留下的。她整天坐在店里，右手边一条码尺，左手边一把剪刀，面前一本意

---

* 本篇英语由米拉·金斯伯格（Mirra Ginsburg）翻译。

第绪语的《妇女祷告书》。诺森高高瘦瘦，黑眼睛，留一刀胡须，一向是个阴郁寡言的人，日子最好时也如此。泰贝利娇小美丽，蓝眼睛，圆脸。尽管万能的主降祸于她，她还是爱笑，一笑面颊就跳出酒窝。如今她不用给谁做饭了，可每天都生起炉子或三脚锅，给自己熬点粥汤。她也照旧做针织——有时织双袜子，有时织件背心，或在帆布上绣点东西。她天性不怨天怨地，也不会陷于悲伤而不自拔。

一天，查姆·诺森把祷告披巾、经文匣、换洗内衣和一条面包装进麻袋，离开了家。邻居问他去哪儿，他说："看见哪儿去哪儿。"

等有人告诉泰贝利她丈夫出走了，已经赶不上他了。他已过了河。原来他雇了辆大车去了卢布林。泰贝利差了个送信人找他，但她丈夫连带送信的都再没有人见过。三十三岁的泰贝利成了一个弃妇。

找了一段时间，她明白没有一点希望了。神带走了她的孩子，也带走了她的丈夫。她不可能再结婚，从此只能一个人生活。她只剩下房子、绸布店和家什。镇上的人可怜她，这是个温顺女人啊，心地好，做买卖也诚实。人人都问：她怎么该遭这样的不幸？但神意对人是隐藏着的。

镇上的主妇有几个是泰贝利从小的朋友。白天，主妇们忙于锅碗瓢盆，到了晚上，她们常常到泰贝利家来聊天。夏日里，她们坐在屋外的长凳子上，扯着家常，或者讲故事玩。

一个夏夜，天上没有月亮，镇子如埃及遭诅咒时那般漆黑。泰贝利和朋友们坐在长凳子上，讲了一个故事，是她在行脚贩子卖的书上读来的。故事讲一个年轻的犹太女人，魔鬼蹂躏了她，和她如夫妻般住在一起。泰贝利把故事的枝枝叶叶都讲到了。主妇们靠得紧紧的，手拉着手，吐唾沫祛邪，笑着，笑声里是恐惧。一个女人问：

"她怎么不拿护身符赶走他啊？"

"魔鬼不是都怕护身符的。"泰贝利答道。

"她怎么不去找找神通的拉比啊？"

"魔鬼威胁她，要是泄露秘密，就掐死她。"

"真倒霉啊，上帝保佑我们吧，不要有人碰上这种事情！"一个女人喊道。

"现在我都不敢回家了。"另一个说。

"我陪你回去。"又一个对她许下话。

她们说话的时候，教师助手阿尔克农刚好经过。阿尔克农希望有朝一日当上婚礼说笑人。他的妻子死了五年了，大家都知道他爱开玩笑捉弄人，脑壳不太稳。他来时没脚步声，因为鞋底磨穿了，等于是光着脚走路。他听到泰贝利讲那个故事，就停住听了起来。四下漆黑，女人们一心听那古怪的故事，都没看见他。这个阿尔克农是个放荡鬼，满脑子淫亵的花招。转眼他就想出了一个鬼点子。

主妇们走了以后,阿尔克农偷偷进了泰贝利的院子。他躲在一棵树后,往窗户里面看。他看见泰贝利上了床灭了蜡烛,就溜进了屋。泰贝利没闩门,镇上从没见过小偷。在门厅那儿,他脱掉了破旧的土耳其长袍,脱掉流苏上衣,又脱掉裤子,赤条条站着,像出生时的婴儿一丝不挂。然后,他踮着脚走到泰贝利床边。她几乎睡着了,忽然看见一个人影从黑暗里冒出来,吓得一声不敢吭。

"是谁?"她颤抖着轻声问。

阿尔克农瓮声瓮气地回答:"别喊,泰贝利。你要是喊出声,我就毁灭你。我是魔鬼赫米扎,黑暗、雨、冰雹、雷和野兽的统治者。我就是你今天晚上说到的娶了那个年轻女人的恶魔。因为你的故事讲得津津有味,我在深渊里听见了你说话,对你的身体充满了肉欲。不要妄图反抗,凡是不服从我的,我就把她们拖到黑暗之山的那一边,拖到西珥山,一片荒野,杳无人迹,野兽不敢踏足,地是铁打的,天是铜铸的。我把她们丢进荆棘里滚,丢进火里滚,到处是毒蛇蝎子,最后她们的每一根骨头都碾成了灰,永远落在了地底阴间。不过,要是你听我的话,我就不伤你一根毫毛,还让你事事称心……"

听到这些话,泰贝利躺着一动不动,好像吓昏了。她的心一颤一颤,好像快停了。她觉得自己大限已到。半晌,她壮起胆子,喃喃道：

"你找我干什么？我是结了婚的女人！"

"你丈夫已经死了。给他送葬时我就跟着呢。"教师助手的声音回响着，"确实我不能到拉比那儿作证，给你再婚的自由，因为拉比不相信我们魔鬼。而且，我也不敢踏过拉比房子的门槛——我害怕圣书。但我没有骗你。你丈夫害传染病死了，蛆虫已经咬烂他的鼻子了。就算他还活着，律条也不禁止你跟我睡觉，因为《布就筵席》[1]的律条不适用于魔鬼。"

教师助手赫米扎不停地劝着，忽而甜言蜜语，忽而威胁恐吓。他讲出天使和魔鬼的名字，魔兽和吸血鬼的名字。他发誓，魔王阿斯摩太是他继父之弟。他说恶魔女王莉莉丝给他跳过单脚舞，使出浑身解数取悦他。还有从小床上偷婴儿的女魔希布塔，在地狱的烤箱里给他烤罂粟籽蛋糕，用的酵母是巫师和黑狗的肥肉。他滔滔不绝地说着，引用各种机智的寓言和谚语，说得身处凶境的泰贝利也不禁微笑起来。赫米扎赌誓说，他早就爱上了泰贝利。他描述她那年穿过的裙子和披巾，还有上一年穿过的；连和面、准备安息日饭食、洗澡、上厕所时她有过的隐秘念头，他也说了出来。他还提起，有天早晨她醒来时胸前紫了一块。她以为是食

---

[1] 《布就筵席》(*Shulchan Aruch*)，著名拉比约瑟夫·卡洛（Joseph Cako）于16世纪编写的一部犹太律法书。

尸鬼掐的，但他说，其实是赫米扎的吻留下的印记。

说着说着，这魔鬼上了泰贝利的床，占有了她。他告诉她，以后每周礼拜三和安息日夜里，他来找她两次，因为那是妖魔鬼怪出来游荡的时辰。不过，他警告她，不要向任何人透露这件事，连暗示也不行，否则会有可怕的惩罚。他会拔光她的头发，刺瞎她的眼睛，咬掉她的肚脐眼。他会把她丢到荒野里，那儿的面包是粪，水是血，扎尔玛维斯没日没夜地号哭。他命令泰贝利以她妈妈的骨头发誓，到死都不泄露这个秘密。泰贝利看到自己没路可走了。她把手放在他的腿上，起了个誓，完全照着这个恶魔的指令做。

走之前，赫米扎肆意吻了她很久。既然他是魔鬼不是人，泰贝利也就回应着他的吻，眼泪打湿了他的胡子。他是个邪魔，但待她倒挺温柔的……

赫米扎走了，泰贝利埋在枕头里，啜泣到天亮。

每个礼拜三和安息日夜里，赫米扎都来找泰贝利。她担心自己怀孕，生出长着尾巴和犄角的怪物——小鬼或者傻子。但赫米扎保证不让她出丑。泰贝利问他，经期过后要不要洗净浴，好洗净污秽，但赫米扎说，跟不洁灵魔配对的女人，有关月经的律条不适用于她们。

有句话说，习惯成自然的事情，愿上帝保佑我们远离。泰贝利的情况正是这样。起初，她害怕这个夜间来客伤害她，身上要长疖,头发要打结,说话像狗叫,或者喝尿,然后遭人耻笑。但赫米扎既没鞭打她,也没掐她,更没朝她吐唾沫。相反,他爱抚她,在耳边说亲热话,为她编双关语和顺口溜。有时他搞恶作剧,说一串魔鬼的瞎话,她不能不笑起来。他拨弄她的耳垂,爱恋地咬她的肩,早晨她看见皮肤上有他的牙痕。他劝她把头发留到帽子外面,然后他给她编辫子。他教给她各种符咒,给她讲他的黑暗哥们也就是各种鬼怪的故事:他们一起飞过废墟和毒蕈地,飞过所多玛[1]的盐沼地,飞过冰海的冰冻荒原。他不否认自己还有别的妻子,但她们都是女魔鬼;泰贝利是他唯一的人类妻子。泰贝利问他,别的妻子都叫什么,他就一个个说了出来:拿玛、玛赫拉特、阿芙、丘尔达、兹卢查、纳芙卡和切伊玛。一共七个。

他告诉她,拿玛浑身漆黑,脾气暴躁,吵架时她口吐毒液,鼻孔喷出烟火。

玛赫拉特长了一张水蛭的脸,她的舌头碰过谁,谁身上就会留下擦不掉的烙印。

阿芙喜欢用银饰、祖母绿和钻石装扮自己。她的辫子是金丝编的。她脚踝上戴铃铛和镯子,跳起舞来,叮叮当当的声音响遍所有的沙漠。

---

[1] 所多玛(Sodom),《圣经》中的罪恶之城。据载,这城市的居民罪恶深重,被耶和华降硫黄与火毁灭。

丘尔达的体型像只猫。她不说话，只喵喵叫。她的眼睛绿得像醋栗。交合时，她总是嚼着熊肝。

兹卢查是新娘的敌人。她夺走新郎的性能力。结婚的七日祝福期间，要是新娘晚上独自走出门，兹卢查跳舞到她身边，新娘就变成哑巴，或者得急病。

纳芙卡很淫荡，总是背叛他，跟其他魔鬼私通。他还喜欢她，只是因为她恶毒傲慢的言辞使他心里欢喜。

从名字上看，拿玛该有多温和，切伊玛就该有多恶毒。但是正相反：切伊玛是个没有怨恨的女魔。她永远在做善事，主妇们生病时帮她们和面，还把面包送到穷苦人家。

赫米扎这样描述了他的妻子们，然后告诉泰贝利，他怎样捉弄她们，在屋顶上捉迷藏，搞各种恶作剧。通常来说，男人跟别的女人厮混，女人是要嫉妒的，但人怎么能嫉妒女魔鬼呢？恰好相反。泰贝利很喜欢赫米扎的故事，总是缠着他问种种问题。有时候，他给她讲凡人不可能知道的秘事——关于上帝、天使、六翼天使、上帝在天上的宅邸和七重天。他还告诉她，男女罪人是怎样受折磨的：在沥青桶里，在灼烧着煤块的大锅里，在钉床上，还有雪坑，还有黑天使用火棍抽打罪人的躯体。

赫米扎说，地狱里最可怕的惩罚是呵痒痒。地狱里有个小鬼叫莱克西。要是莱克西在淫妇的脚底心或腋下呵痒痒，她痛苦的笑声能一路回响到马达加斯加。

就这样,赫米扎整夜地逗泰贝利开心。很快,他不在的时候,她开始思念他了。夏日的夜晚显得太短,因为鸡鸣后赫米扎就得走了。就连冬日的夜晚也不够长了。事实是,她如今爱上了赫米扎,虽然知道女人不该对魔鬼产生欲念,她还是日日夜夜地渴念他。

2

阿尔克农当鳏夫许多年了,但媒人仍旧给他说亲。媒人说的女人要么是穷人家的,要么是寡妇或离了婚的。一个教师助手可没什么家当,而且阿尔克农还有懒汉的名声。阿尔克农都拒绝了,借口各式各样:这个女人太丑,那个说话难听,那一个又太邋遢。媒人们想不明白,一礼拜挣九个格罗申[1]的教师助手怎么如此挑三拣四?而且,男人又能独身多久?但谁也不能被硬拉到婚礼华盖下去。

阿尔克农在镇上晃悠,高高瘦瘦的,衣服破旧,红胡子乱糟糟,衬衣皱巴巴,凸出的喉结上下跳动。他等着婚礼说笑人雷布[2]·泽克勒死掉,就能取而代之了。但雷布·泽克勒可不着急死;他仍如年轻时那样,在婚礼上活跃气氛,嘴里有说不尽的俏皮话和顺口溜。阿尔克农想过自己当教师,教教最小的学生,可谁家

---

1 格罗申(groschen),波兰货币。
2 雷布(Reb),对正统犹太已婚男子的尊称,相当于"先生"。

也不愿意把孩子交给他。他早上把男孩子们接到学校,傍晚又送回家。白天,他就坐在教师雷布·伊切勒家的院子里,无所事事地削几根木教鞭,剪几张一年才在五旬节用上一次的剪纸,或者拿泥巴捏几个小人。离泰贝利的店不远处有口井,阿尔克农每天去好多回,打桶水,喝口水,红胡子上溅了水珠。这时他会飞快地瞟泰贝利一眼。泰贝利可怜他:这男人怎么总是一个人晃荡呢?每次阿尔克农都暗想:"唉,泰贝利,要是你知道真相!……"

阿尔克农住在一间阁楼里,主人家是个耳聋、眼也快瞎的老寡妇。老太婆常常斥责他,因为他不像其他犹太人般上会堂祷告。阿尔克农一把孩子们送回家,匆忙做个晚祷告,就上床睡了。有时候,老婆子好像听到教师助手半夜起来出去了。她问他夜里到哪儿晃了,阿尔克农说她做梦呢。傍晚,坐在长凳上织袜子闲聊的女人们中间传着这样的话:到了半夜,阿尔克农就变成狼人。有些女人说他跟女妖精厮混呢。不然的话,男人怎么会这么多年没老婆?有钱人不肯再把孩子托给他了。如今他只护送穷人家的孩子,很少吃得上一口热食,只靠干硬的面包屑充饥。

阿尔克农越发消瘦,腿脚倒依旧敏捷。迈着两条细长的腿,他走在街上就像踩着高跷。他肯定成天口渴,因为他总是到井口去。有时,他只是去帮小贩或农民饮马。有一天,泰贝利远远看到他的土耳其外衣撕开了口子,就把他叫进店来。他惊慌地瞟了她一眼,脸色白了。

泰贝利说:"我看见你的外衣破了。如果你愿意,我可以赊给你几码布。你可以慢慢付钱,一个礼拜付五分钱。"

"不用。"

"为什么不呢?"泰贝利吃惊地问,"要是你续不上,我也不会拽你见拉比的。等你有钱了再付。"

"不用。"

他害怕她听出他的声音,快步走出了店门。

夏天,半夜去泰贝利家很容易。阿尔克农走偏僻的巷子,拿土耳其外衣裹住赤裸的身体。冬天,在泰贝利家冷飕飕的门厅,穿衣服和脱衣服越来越难受了。但最糟糕的是刚下完雪的晚上。阿尔克农担心泰贝利或哪个邻居注意到他的足迹。他着了凉,咳嗽了。有天夜里,他上泰贝利的床,冻得牙齿直打战,好久都没暖和过来。他担心她看破骗局,就编造各种解释和托词。但泰贝利没有太过追问,也不想太过追问。她早就发现,魔鬼也有人的种种习惯和脆弱。赫米扎出汗,打喷嚏,打嗝,打哈欠。有时他的呼吸有洋葱味,有时有大蒜味。他的身体就像她丈夫的身体,瘦瘦的,毛发旺,也有喉结和肚脐眼。有时赫米扎快活,有时也叹气。他的脚不是鹅脚,而是人的脚,有脚指甲,还有冻疮。一次,泰贝利问他这些是怎么回事,赫米扎解释道:

"我们魔鬼跟人类女人相好,就会变成人形。不然她会惊吓而死。"

是的,泰贝利习惯了他,爱上了他。她不害怕他了,也不害怕他顽皮的把戏了。他的故事滔滔不绝,但泰贝利常常听出里面有矛盾的地方。所有的骗子都健忘,他也是。他起初告诉她,魔鬼是不会死的。但有天夜里他问:

"要是我死了,你会怎么样?"

"但魔鬼不会死!"

"他们会下到最深的深渊里……"

那年冬天,镇上发生了传染病。恶风从河流、森林和沼泽袭来。不只是孩子,大人也遭了疟疾的毒手。天下雨,又下冰雹。洪水冲破了河堤。风暴刮断了风车的一臂。礼拜三晚上,赫米扎到了泰贝利的床上,她注意到他的身体热得像火,脚却冷得像冰。他发抖,呻吟。他想讲女魔鬼的故事逗她开心,讲她们引诱小伙子,同别的魔鬼淫乐,在净浴池里扑腾,把老头子的胡子打成结。但他十分虚弱,无法跟她交欢。她从未见过他的身体这么糟糕,心里疑惧。她问:

"给你弄点覆盆子牛奶好吗?"

赫米扎回答:"这种法子对我们魔鬼没有用。"

"你们生病了怎么办呢?"

"我们挠啊抓啊……"

然后他就没怎么说话了。他吻泰贝利的时候,呼吸里有酸味。通常他到鸡叫才走,这次却早早动身了。泰贝利默默躺着,听着他在门厅的动静。他曾向她发誓，就算窗户关了，封住了，他也能飞出去。但她听到了开门的吱吱声。泰贝利知道，为魔鬼祷告是罪过，人应该诅咒魔鬼，把他们从记忆里抹去。但她为赫米扎向上帝祷告。

她痛苦地喊道："反正有了那么多魔鬼，请允许再多一个吧……"

下一个安息日，泰贝利徒劳地等着赫米扎到天亮；他没来。她在心里呼唤他，低声念他教的咒语，但门厅没有动静。泰贝利麻木地躺着。有一次赫米扎夸耀说，他曾为土八该隐[1]和以诺[2]跳过舞，曾坐在挪亚方舟的船顶，舔过罗得妻子鼻子上的盐[3]，扯过亚哈随鲁[4]的胡子。他预言，一百年后她会投胎为公主，而他赫米扎会掳走她，靠着他的奴隶奇蒂姆和塔蒂姆的帮助，把她带到以扫的妻子巴实抹的宫殿。但如今他大概病倒在什么地方，是个无助的魔鬼，孤独的孤儿，没有父母亲，也没有忠实的妻子照顾他。泰贝利回想起来，他上次来的时候，呼吸像锯木头一样刺耳，擤鼻涕时耳朵嗡嗡响。从礼拜天到礼拜三，泰贝利如梦游般度过。礼

---

1 土八该隐（Tubal-cain），《圣经》人物，铜匠、铁匠的祖师。
2 以诺（Enoch），《圣经》人物。
3 参见《圣经·创世记》第十九章，罗得带着妻女逃离所多玛时，"罗得的妻子在后边回头一看，就变成了一根盐柱"。
4 亚哈随鲁（Ahasuerus），波斯国王，《圣经》中多有记载。

拜三，半夜钟响前她就等不及了，但一夜过去，赫米扎没有现身。泰贝利翻过身，脸对着墙。

　　天亮了，却像傍晚一样昏暗。细细的雪粒从黝黯的天上落下。烟囱口的炊烟飘不上去，破床单般铺散在屋顶。乌鸦嘶声叫着。狗猖猖吠着。过了那么悲惨的一夜，泰贝利没力气到店里去。不过，她还是穿好衣服出了门。她看见四个抬棺人抬着一个担架。盖单上撒着雪花，尸体发青的脚戳在外面。跟着的只有会堂司务。泰贝利问那是谁，会堂司务回答：

　　"阿尔克农，教师的助手。"

　　泰贝利生出一个奇怪的念头，送阿尔克农一程，这个没本事的、活着死了都孤零零的人，送他最后一程。今天会有谁来店里呢？她又在乎什么生意？泰贝利已经失去了一切。至少，她能做一件好事。她跟着死者，走了长长的路到墓地。掘墓人扫开雪，在冰冻的地上掘了个墓坑，她就在旁边等着。他们把教师助手阿尔克农裹在祷告披巾和僧侣斗篷里，给他眼睛蒙几块碎瓷片，在他手指间插一根香桃木枝，等弥赛亚降临时，他能用这木枝挖路去圣地。然后，墓盖上了土，掘墓人念诵了卡迪什[1]祷文。泰贝利哭了。这个阿尔克农过了孤独的一生，就像她一样。也像她一样，他没有子嗣。是的，教师助手阿尔克农跳完了他最后的舞。从赫

1　卡迪什（Kaddish），犹太人哀悼死者的祈祷文。

米扎的故事里,泰贝利知道死人并不直接去天堂。每一桩罪过造出一个魔鬼,这些魔鬼就是人死后的孩子。他们前来索要各自的一份。他们叫那死人爸爸,把他在森林和荒野里滚来滚去,直到他受到足够的惩罚,可以送去地狱净化为止……

从此以后,泰贝利一直一个人过。她被遗弃了两次,遗弃她的,一个是苦修者,一个是魔鬼。她很快衰老了。过去的日子什么也没给她留下,只有一个永远不能说、谁也不会信的秘密。确实有藏在心里不能吐出的秘密。带进坟墓的秘密。那样的秘密,柳枝喃喃诉说着,乌鸦嘎嘎叫唤着,墓碑和墓碑用石头的话默默交谈着。死者会在某天醒来,但他们的秘密长留在万能的主和主的审判那里,直到全人类的末日。

大和小*

你说,大,小,有什么差别?人不是拿码尺衡量的。主要的部分是头,不是脚。不过,要是人有了愚蠢的想法,就不知道会做出什么事情来了。我给你们讲个故事吧。我们镇上有一对夫妻,男的大家叫他小莫蒂,女的就叫莫蒂家的,从来没人叫她真名。小莫蒂可不是一般的小,比侏儒大不了多少。爱说笑的闲人——这种人总是很多——拿他取乐。他们说,教师助手拉着他的手,带他到学校,交给了小班的老师雷布·贝里什。到了西赫托拉节[1],这

---

* 本篇英语由米拉·金斯伯格(Mirra Ginsburg)翻译。
1 西赫托拉节(Simkhas Torah),又称诵经节、欢庆圣法节,在住棚节后一天,公历九、十月间。

群人喝醉了，叫上他和小男孩们去读《托拉》[1]。还有人给他一面节日旗——旗杆顶着苹果和蜡烛。哪个女人生孩子了，调皮鬼就跟他说，分娩祷告需要个男孩子祛邪。唉，哪怕他有一把好胡子！可是呢，他只有几绺——东几根西几根。他没有儿女，而且说实话，他的样子真的像个念书的孩子。他妻子莫蒂家的也不美，可身块大得很。不管怎么样，两个人生活在一起了，莫蒂也算发财了。他是个粮食商人，有一个粮仓。镇上的地主喜欢莫蒂，虽然也时不时取笑莫蒂的个头。可毕竟有家业了。就算生得人高马大，钱袋子的洞口却更大，又有什么好呢？

但最糟糕的是，莫蒂家的（愿主宽恕她）天天都取笑他。小不点干这个，小不点干那个。她总有他够不着的活叫他做。"在墙上钉个钉子，那上面！""把架子上的铜煎锅拿下来！"当着外人的面，她也调笑他，然后故事就在镇上传开了。有一次，她甚至说（你能想象一个正派的犹太妻子说这种话吗），他踩着脚凳才能上她的床。你猜猜这话惹出多少风言风语！要是有人来找他他又不在，她说："看看桌子底下。"

有个毒舌的教师说，有次不知道教鞭放哪儿了，转头一看，莫蒂正拿着教鞭当手杖走路呢。那时候大家很闲，没什么事情做，

---

[1]《托拉》(Torah)，字面意思为"指引""教导"，广义上包括所有犹太教律法和教导，狭义上指《圣经》前五卷，即《摩西五经》。

也就爱摇舌头了。莫蒂对这种刻薄笑话的态度，用一个成语来讲，是一笑置之，但还是很受伤的。毕竟，生得矮小哪有这么可笑呢？生一双长腿又怎样，在上帝眼里就更有分量吗？不过话说回来，这些事只有小人喜欢干，虔诚的人都避开恶毒的流言。

这个莫蒂不是读书人，只是个普通百姓。他喜欢到会堂听外来布道者的寓言故事。礼拜六早晨，他和教众一起唱赞美诗。他还喜欢偶尔喝一杯威士忌。有时候他上我家来。我父亲（愿他安息）从他那儿买燕麦。你会听到莫蒂拨弄门闩的声音，好像求着进门的猫。我们几个女孩子那时候还小，迎他进门时发出阵阵笑声。父亲给他拉一把椅子，称他为雷布·莫蒂，但我家的椅子挺高，他不太能爬上去。上了茶，他左扭右扭，嘴唇够不到茶杯边。长舌的人说，他的鞋里头垫高了，还掉进过一个木桶，就是浴室里冲身子用的那种木桶。但若不论这些，莫蒂是个聪明的商人。莫蒂家的和他过日子舒舒服服。他的房子挺漂亮，橱柜里总是塞满了最好的东西。

出了这么件事。一天夫妻俩意见不同，一来二去，很快真的吵了起来。家庭里总有这种事的。但这天运气不好，有个邻居在场。莫蒂家的（愿她不要怪我）嘴尖牙利，发起火来连上帝也抛在脑后。她对着丈夫尖叫："你这小矮子！你这小臭东西！你算什么男人？比苍蝇大不了一点。我真是害臊，要跟着这么个小不点上会堂！"她说了又说，添柴加火，说得他脸上血色全无。他一言不发,她便越发狂躁。她叫道:"跟着你这小矮子我图什么?我得给你买个垫脚凳,把你放进摇篮。要是我妈疼爱我,她会给我找个男人,而不是刚生出来的婴儿!"她发了狂,不知道自己在说什么了。莫蒂本是红头发红脸膛,但现在面色如白垩。他对她说:"你的第二任丈夫会补偿你,他会高高大大的。"说完,他便崩溃了,大哭起来,完完全全像个小孩子。从来没人见他哭过啊,赎罪日[1]也没有过。妻子立刻怔住了。我不清楚后来的事,因为我不在场。他们一定是和好了。但就像老话讲的,拳伤易消,言伤难了。

没过一个月,镇上的人有了新话题。莫蒂从卢布林带回来一个助手。他要助手干什么?这些年来,他自己把生意料理得很好。新来的人走在街上,人人都转头看他。那是个巨人,皮肤漆黑,眼睛胡子也是黑的。其他商人问莫蒂:"你要个助手干啥?"他回答:"托上帝的福,生意做大了!我一个人顶不住啦。"他们心想,好吧,他肯定不是瞎胡来。但在这种小镇上,谁家锅里煮点什么,邻居都一清二楚。这个卢布林来的人——名叫门德尔——并不太像个商人。他在院子里晃悠,傻傻地瞧东瞪西,转着黑眼珠子。到了集市的日子,他耸立在大车和农民中间,仿佛柱子一般,嘴里嚼着根稻草。

---

[1] 赎罪日(Yom Kippur),犹太教一年中最神圣的节日,通常在公历九、十月间。

他去祷告堂，有人问他："你在卢布林是做什么的？"他回答："我是砍木头的。""你有老婆吗？"他说没有，他老婆死了。砖头街的闲人们有闲话说了。事情是挺怪的。莫蒂有多矮小，那人就有多高大。他俩说话时，这新来的人哈着腰，莫蒂踮着脚尖。他俩走在街上，人人都跑到窗口看。前头是大家伙迈着大步，后头是莫蒂一路小跑。那人举起手能摸着屋顶。好像那个《圣经》故事说的，希伯来人的探子像蚱蜢，旁人则像巨人。这位助手住在莫蒂家里，莫蒂家的供他三餐。女人们问她："莫蒂为啥弄来这个歌利亚[1]？"她回答："鬼才知道为什么。哪怕他懂点生意啊。可他连小麦和黑麦也分不清。他像马一样吃，像牛一样打呼。还有呢，他是个笨蛋，说不出话，好像一个字等于一个金币。"

莫蒂家的有个妹妹，她把心里的苦水在妹妹那儿倒出来了。莫蒂哪需要助手啊，就像人的脑袋上不缺个洞。全是恨心闹出来的。那人一丁点活也不干。他会把她家吃穷吃光的。她就是这么说的。我们镇子上没什么秘密可言。邻居们在窗边听着呢，还把耳朵凑到你家锁眼上。妹妹问："什么恨心？"莫迪家的一下子哭开了："因为我说他是个早熟的婴儿！"

这话立刻在镇子上传遍了，但大家觉得很难相信。这算什么恨心？他要这种土耳其人的把戏算是伤害了谁？花的是他的钱，

---

1 歌利亚（Goliath），《圣经》中的巨人。

又不是她的。可是，人要是脑子里有了愚蠢的想法，就只有求上帝怜悯了。这是真理，什么书里写着的——我忘了什么书了。

不出两个礼拜，莫迪家的去找拉比哭诉了。

"拉比，"她说，"我丈夫脑子坏了。他把个海吃海喝的闲人弄到家里，这还不够，他还把钱全部交给他。"她说钱袋子在那陌生人手里，她莫迪家的想要什么还得去找他。管钱的是他。"神圣的拉比，"她哭着说，"莫蒂这么做就是为了折磨我，因为我叫他木偶。"拉比搞不懂她想怎么样。他是神圣的人，说到世俗的事务，却什么办法也没有。他说："我不能插手你丈夫的事情。""可是拉比，"她哭道，"这样我们就要毁了啊！"

拉比叫来莫蒂，但莫蒂一直说："我扛够了面袋子。我雇个帮手总可以吧。"到最后，拉比请他俩回去，告诫说："要和平相处！"他还能说什么呢？

然后，小莫蒂突然病了。没人知道他得了什么病，但他面无血色。那么矮小的人居然又萎缩了。他到会堂祷告，盘桓在角落里像个阴影。集市的日子，他也不跟着大车。妻子问道："你怎么了，我的丈夫？"但他回答："没有，什么事也没有。"她找来郎中，可郎中又懂什么？郎中开了点草药，只是没用。中午，莫蒂就上床躺着了，莫蒂家的问："什么地方疼？"他回答："哪里也不疼。""那你为啥像病人躺着？"他说："我没力气。"她问他："你吃饭像鸟一样少，怎么会有力气？"但他只是说："我没有胃口。"

该怎么讲呢？大家眼见得莫蒂不好了，好像亮光快熄灭了。莫蒂家的要他去卢布林看医生，他拒绝。她开始哭号："我可怎么办啊？你要把我丢给谁？"他回答道："你跟那大个子结婚。""天杀的！杀人犯！"她叫道，"你是我的宝啊，什么巨人也比不上呀。你为什么非要折磨我？我说了几句话又怎么了？因为爱你才说的啊。你是我的丈夫、我的孩子，你是我的整个世界。没有你，我活着不如一撮尘土。"但他只是对她说："我是根枯萎的树枝了。跟着他，你会有儿女。"

要是把事情一一道来，我得说上一天一夜。镇上的头头们来跟莫蒂谈话。拉比也来探病。"你脑子里发什么疯了？这世界是上帝的，不是人的。"但莫蒂假装听不懂。他妻子看见事情越发糟糕，就吵了起来，命令陌生人离开她的家。但莫蒂说："不行，他留在这里。只要还有一口气，我就是一家之主。"

陌生人还是搬到旅馆住了。但早晨他回到莫蒂家，掌管全部的生意。如今什么都归他管了——钱，钥匙，一切的零碎。莫蒂从不记账，这位助手倒是把什么都记在一个大账簿里。他还很吝啬。莫蒂家的要家用的钱，他要她说明白每个戈比的用场。他一两一钱都要称量清楚。她喊道："你是外人，你管得着嘛！见你的黑鬼去吧，抢劫犯，杀人犯，林子里的强盗。"他的回答是："如果你丈夫解雇我，我就走。"其实他基本不回话，只是像熊那样咕噜一声。

夏天暖和，小莫蒂还能时不时下床，赎罪日时还斋戒了。可一过住棚节他很快就衰弱下去了,躺上了床再没起来过。妻子从扎莫希奇[1]找来个医生,什么用都没有。她找来女巫医,拿烛芯量坟墓,再做蜡烛供奉在会堂,请传信人拜访各处的神通拉比,但莫蒂一天天地越发虚弱。他朝天躺着,瞪着天花板。现在,早晨得帮他披上祷告巾戴上经文匣了,他已经没有力气自己弄了。他只是偶尔还喝口燕麦粥,安息日也不对着酒念祝福文了。那高个子则去会堂,回来向天使祝福,并念诵祝福文。

莫蒂家的看明白了情势,叫来三个犹太人,取出《圣经》。她洗了手,拿起《圣经》,叫道:"你们为我见证,我当着圣书和全能的主起誓,就算守寡到九十岁,我也绝不嫁给这个人!"说完,她冲大个子吐了口唾沫,正中他的眼睛。他用手帕擦了擦脸,出去了。莫蒂说:"无所谓的,你的誓言会免除的……"

一个礼拜后,莫蒂躺在床上奄奄一息,没熬多久就过世了。他们把他抬放在地上,头边点上蜡烛,脚冲着门。莫蒂家的捏着自己的脸尖叫:"杀人犯!你杀了自己!你没有权利享受神圣的犹太葬礼。你应该埋在墓地围栏的外面!"她当时神志不清了。

高个子不知去了哪儿,不见了。殡葬会的人要葬礼的钱,可莫蒂家的连一个戈比也没有。她当了她的珠宝。入殓的人后来说,莫蒂

---

[1] 扎莫希奇(Zamosc),波兰卢布林省的一座城市。

轻得像只鸟。我看见他们抬他了，盖单就像盖着个孩子。盖单上放着他舀谷粒的长柄勺。他嘱咐过，要把长柄勺放在那儿，表示他从来都给足斤两。他们挖了个墓，埋葬了他。突然那巨人出现了，好像从地底钻出来的。他念起了卡迪什祷文，寡妇嘶叫道："你这个死亡天使，是你把他逼出人世的！"她扑上去一顿乱拳，他们几乎拉不住她。

白日不长，夜幕降临。莫蒂家的坐在矮凳上，开始七天的哀悼。高个子一直在院子里外忙活，搬东西，做这个做那个。他叫一个男孩给寡妇送了点家用的钱。一天天都是如此。终于邻里的人插手了，把那人叫到拉比跟前。"这都怎么回事？"他们质问他，"为什么你盯着她家不放？"起初，他不吭声，仿佛那些话不是问他的。后来，他从胸袋里掏出一张纸给他们看，原来莫蒂立他为所有财货的监管人，留给妻子的只有屋里的家什。镇上的人看了遗嘱，惊呆了。拉比问："他怎么会干这种事呢？"——其实也很简单：莫蒂去了卢布林，找了个最高大的人，立他为继承人和遗嘱执行人。那人原本是伐木工的工头。

拉比做了指示："寡妇发过誓，因此你不能进入那个房子。你把她的财产还给她，因为这整件事情是不敬神的。"但那巨人说："从坟墓里是要不回东西的。"他就是这么说的。邻里的头头们斥骂他，用三重除名[1]和一顿暴打威胁他，但要吓到他可不容易。他

---

[1] 三重除名，是指纳齐法（nezifah）、尼得兑（niddui）、绝罚（herem），犹太教的三种除名惩罚，程度有轻重。

高大如橡树，说话轰轰响，仿佛桶里传出来的。同时，莫蒂家的恪守着自己的誓言。每当有客人来吊唁，她都再发一遍誓，当着蜡烛，当着祷告书，当着一切想得到的东西。安息日，祷告班[1]上门来祷告，她奔到圣书那儿发誓。她喊道，她不会做莫蒂希望的事，莫蒂别想得逞。

她哭得那么厉害，每个人都跟着她落泪。

唉，亲爱的朋友，她还是嫁给了他。我不记得是几个月之后，六个月，或九个月……肯定不到一年。大个子拿着一切，她一无所有。她把尊严放到一边，找了拉比。"神圣的拉比，我还能怎么做？莫蒂就是要这样啊。我做梦时他纠缠我。他掐我。他冲我耳朵喊，要勒死我。"就在拉比的书房里，她卷起袖子，露出满是瘀青的手臂。拉比不肯自己做决定，写信到卢布林问。三个拉比来了，对着《塔木德》研讨了三天。最后他们豁免（是用这个词吧）了她的誓言。

婚礼不张扬，但有了围观人群的聒噪，还是热闹。可想而知会有多少嘲言讽语！结婚前，莫蒂家的瘦如纸板，面色蜡黄；结完婚后，很快就如玫瑰绽放了。她不年轻了，但怀上了孩子。整个镇子都兴奋了。她以前叫第一个丈夫"矮个子"，现在叫第二个

---

[1] 祷告班（a quorum of men），通常最少参与人数为十人。

丈夫"高个子"。高个子长,高个子短。他的一眼一瞥都吊着她的心,她完全是个恋爱的傻女人了。九个月后,她生了个男孩。胎儿巨大,她痛苦地分娩了三天。大家以为她要死了,但她撑了过来。割礼时,镇上半数人都来了。有的人是来高兴的,有的人是来取笑的。那场面不得了。

起初,似乎事事如意。毕竟,那么大年纪还能生儿子可不是小事!不过,恰如莫蒂总有好运气,门德尔则霉运连连。地主不喜欢他。别的商人躲着他。粮仓里闹了大如猫的耗子,吃空了粮食。人人都同意这是上天的惩罚,没多久,门德尔的商人就当不下去了。他重回到林子里当工头。结果怎么样?他爬上一棵树,拿木槌敲树皮,结果树倒了,重重砸在他身上。当时都没刮风,阳光明媚。他连叫一声都没来得及。

莫蒂家的又撑了一段时间,但似乎神志不清了。她只是不停地嘟囔——矮,高,高,矮……她天天奔到墓地抱着坟墓哭,跑来跑去,从一个墓跑到另一个墓。她死时,我不在镇上了,我已经住到婆家了。

就像我说的,恨心……人不应该嘲笑别人。小就是小,大就是大。世界不是我们的。世界不是我们造的。但是一个人竟做出这么不自然的事情!你听过这么夸张的故事吗?肯定的,魔鬼肯定附上他了。每次想到,我都发抖。

血*

1

卡巴拉派懂得嗜血和嗜色是同源的,所以,"你不可杀生"后面跟着的是"你不可通奸"。

雷布·法利克·厄里克曼是拉斯科夫镇附近的大庄园主。他原叫雷布·法利克,因为做生意诚实,邻里叫他"厄里克曼"[1],时间久了,成了他姓名的一部分。雷布·法利克同第一任妻子生了一儿一女,但都年纪轻轻死了,也都没留下子女。他妻子也去世了。一把年纪的法利克再婚了,因为《传道书》里说过:"早晨要撒你

---

* 本篇英语由艾萨克·巴什维斯·辛格和伊丽莎白·波莱(Elizabeth Pollet)翻译。
1　厄里克曼(Ehrlichman),意为诚实之人。

的种，晚上也不要歇你的手。"雷布·法利克的第二任妻子比他小三十岁。他的朋友们曾劝阻过他，一个理由是，丽莎两次守寡，有人说她克夫。还有个理由，她出身乡野，而且名声不好。据说，她用棍子打过第一任丈夫，第二任丈夫瘫痪在床的两年里，她没叫过一次医生。还有别的流言。但警告和议论吓不倒雷布·法利克。他的第一任妻子（愿她安息）病了很久，最后死于痨病。丽莎身肥体壮如男人，颇擅管理家务和农场。她的头巾裹着一头红发，两眼碧绿如醋栗，胸部高耸，长着能生孩子的宽大屁股。她同前两任丈夫都没生孩子，但她说那是他们的问题。她说话响亮，笑起来远远就能听见。嫁给雷布·法利克后不久，她开始掌权。她辞掉了酗酒的老管家，换了个尽责的年轻人，又管住了播种、收割和育牛，还盯着农民不让他们偷鸡蛋和小鸡，或从蜂房偷蜂蜜。雷布·法利克希望丽莎生个儿子，好在他身后替他念诵卡迪什祷文，但好几年她也没怀上。她说他太老了。有一天，她带着他去了拉斯科夫的公证处，他把所有财产转到了她的名下。

渐渐地，雷布·法利克完全不管庄园的事务了。他中等身材，胡子雪白，红红的脸膛仿佛半褪色的冬日苹果，温顺的富裕老人常常是这种脸色。他对富人穷人一般和善，从不向仆人或农民大喊大叫。春天，逾越节前，他送一车麦子到拉斯科夫分给穷人；秋天，住棚节后，他给救济所送去过冬的木柴，还有一袋袋土豆、卷心菜和甜菜。庄园里有一所雷布·法利克建的小读经堂，里面有书架和圣书。要是能凑够十个犹太人的祷告班,就可以在这里祷告。自从把财产都转到丽莎名下,雷布·法利克几乎整天都坐在读经堂,念诵赞美诗,有时在侧屋的沙发上打盹。他的气力渐渐散去了,手发抖,说话时脑袋摇颤。这时他快七十了,完全依赖丽莎,已算是天假残年。以前农民的牛马踩了他的地,管家要赔偿时,还能来找他求情,如今丽莎占了上风,要赔的钱一分都不许少。

许多年来,庄园里都住着一个仪式屠夫[1],名叫雷布·丹。这位老人也在读经堂里担当执事的角色,每天早晨还和雷布·法利克共同研讨《密西拿》[2]中的一章。雷布·丹去世后,丽莎想找个新屠夫。雷布·法利克每晚都要吃块鸡肉,丽莎自己也爱吃肉。要是每次宰杀都去拉斯科夫,路太远了。而且,拉斯科夫的路春秋两季都要遭水淹。丽莎打听到,附近克罗维卡村的犹太人里有个叫鲁本的仪式屠夫,他妻子生第一胎时死了,当屠夫之外,他还开一家农民傍晚光顾的小酒馆。

一天早晨,丽莎叫一个农民驾上折篷大马车,带她去克罗维卡村找鲁本谈谈。她想让他隔三岔五来庄园宰杀。她用麻袋装了几只鸡和一只雄鹅,袋子扎得极紧,没闷死它们简直是奇迹。

到了村子,村民指给她看铁匠铺旁鲁本的小屋。马车停住,

---

1 仪式屠夫(ritual slaughterer),按犹太教宰杀仪式屠宰牲畜的屠夫。
2 《密西拿》(Mishnah),犹太教典籍《塔木德》的前半部分和条文部分。

丽莎走在前头，车夫拎着那袋鸡鹅跟着，开了前门，进了屋。鲁本不在屋里，她透过窗户往院子里看，看见他站在一条浅沟旁。一个赤脚女人递给他一只鸡，他宰了那只鸡。鲁本不知道有人在他自己的屋里看他，和那女人调笑着。他甩起杀过的鸡，作势要扔到她脸上。她给他钱时，他抓住她的手腕不放。同时，割了喉咙的鸡落在地上扑腾，扇着翅膀想飞，血溅到鲁本的靴子上。最后小公鸡挺了挺，倒地不动了，割开的脖子和一只呆滞的眼睛朝着天。这生灵像是在说："看看，天上的父，他们怎么对我的。可他们还挺快活的呢。"

2

屠夫大多是大肚子，红脖子，鲁本也是如此。他脖颈肥短，面颊上一簇簇黝黑的毛，黑眼睛露出冷光，火星合日时出生的人就是这种眼神。他瞥见了丽莎，认出是邻近大庄园的女主人，有些不解，脸比平时更红了。那女人慌忙捡起杀过的鸡，急急走了。丽莎进了院子，叫农民把装着鸡鹅的麻袋放到鲁本脚边。她看出他不在乎什么礼节，对他说话也就随便了，半开着玩笑，他也是一样口吻。她问，能不能帮忙宰杀麻袋里的家禽，他回答："不然呢？让死鸡复活吗？"她说，她丈夫极其在意吃的肉是合礼宰杀的，他说："告诉他不用担心。我的刀像小提琴一样丝滑！"——

然后他拿刀给她看，发蓝的刀刃一下子削掉了食指的指甲。农民解开麻袋，递给鲁本一只黄鸡。他立刻扭过鸡头，拽着咽喉当间的一撮毛，一刀割了喉。很快他来杀那白鹅了。

丽莎说："这只可厉害了，所有的鹅都怕它。"

"厉害不了多久了。"鲁本回答。

"你没有一点怜悯心吗？"丽莎取笑他。她从没见过这样熟练的屠夫。他手掌厚，手指短，指背长满了黑毛。

"有怜悯心当不了屠夫。"鲁本回答。停了停，他又说："你在安息日也刮鱼鳞，你以为鱼很喜欢吗？"

鲁本攥着鹅，盯着丽莎看，眼神上下游移，最后停在她的胸部。盯着她的同时，他宰了那只鹅。鲜血染红了白色的羽毛。鹅凶狠地晃着脖子，猛地扑向空中，飞了几米。丽莎咬着嘴唇。

"他们说屠夫生来是杀人犯，只是当了屠夫。"丽莎说。

"要是你的心这样软，为啥带着鸡鹅来找我？"鲁本问。

"为啥？人要吃肉。"

"要是有人要吃肉，就得有人来宰杀。"

丽莎叫农民把家禽拿走。她付钱给鲁本时，他握她的手，在自己手里握了一会儿。他的手很暖和，她的身体快乐地颤了颤。她问他，愿不愿意到庄园来宰杀，他说可以，只要工钱之外还有大车接送。

"我可没有一群牛让你杀。"丽莎开玩笑。

"那有什么？"鲁本回敬道，"我以前就宰过牛，在卢布林我一天宰的东西比这儿一个月的都多。"

丽莎好像不急着回去，鲁本就请她在一个箱子上坐下，自己坐到一根木头上。他说起在卢布林的学徒生活，后来带着妻子（愿她安息）偶然来到这个荒凉的村子，再后来，由于缺少有经验的接生婆，妻子生产时死了。

"你为啥不再结婚呢？寡妇、离婚的女人、小姑娘，有的是。"丽莎问。

鲁本说，媒人也在帮他找，但注定的人还没出现。

"你怎么知道谁是注定的人？"丽莎问。

"我的肚子知道。她会一下子就抓到这儿。"鲁本打了个响指，指指自己的肚脐眼。丽莎本来还要坐，但一个女孩拿着一只鸭子来了。鲁本站起来，丽莎上了马车。

回程的路上，丽莎想着这个屠夫鲁本，想着他的轻佻和风趣话。她的结论是他脸皮很厚，他未来的妻子过不了甜蜜的一生，但他在她脑子里萦绕不去。晚上，她躺到罩着篷帐的床上，她丈夫的床在房间的另一头。她翻来覆去睡不着，后来睡过去了，梦境惊吓着她，挑动着她。早晨起床时，她全身充满了欲望，想尽快再见到鲁本。她琢磨着怎么安排，担心他已碰上了某个女人，离开了村子。

三天后，丽莎又去了克罗维卡村，尽管她的食品柜还满着。

这一次她自己抓鸡，绑腿，塞进麻袋。庄园有一只黑公鸡，叫声清亮如铃铛，身量、红鸡冠和打鸣都有名气。还有一只母鸡，每天都下蛋，总是下在同一个地方。丽莎抓了这两只鸡，喃喃道："来吧，孩子们，你们就要尝到鲁本刀子的滋味了。"说这话时，她的脊背自上而下一颤。她没叫农民驾车，而是自己套上马，一个人去了。到了地方，她看见鲁本站在门槛边，仿佛正急切地等她，事实也正是如此。当男人和女人互有欲念时，他们的心意便能相通，能预见彼此要做什么。

鲁本把丽莎引进门，待客的礼节一样不少。他给她倒了杯水，斟了甜酒，拿了一片蜂蜜蛋糕。他没去院子，而是在屋里解开鸡的捆绳。他拿出那只黑公鸡，叫道："好一个骑士！"

"别担心。你很快搞定它。"丽莎说。

"谁也逃不过我的刀。"鲁本回答道。他就地宰了公鸡。它没有马上咽气，但最后还是扑倒在地，像中了弹的鹰。然后，鲁本把刀搁在磨刀石上，转身走向丽莎。激情使他的脸色惨白，黑眼睛里的火焰吓人。她感觉，他好像就要宰了她。他双手环抱她，一言不发，搂紧她。

"你做什么？你失心疯吗？"她问。

"我喜欢你。"鲁本的声音粗哑。

"放我走。会有人来的。"她警告他。

"没人会来。"鲁本让她放心。他挂上门链，把丽莎拉到没窗户的墙壁凹角。

丽莎嘴里吵着，假装不肯，叫道："我倒霉啊。我是结了婚的女人。你呢，你是个虔诚的男人，有学问的。做这种事，我们是要下地狱被火烤的……"但鲁本根本不听。他强迫丽莎躺到凳床上，而她呢，虽然结过三次婚，却从未有过像那天那般强烈的欲望。她骂他是杀人犯、抢劫犯、强盗，指责他给一个本分的女人带来耻辱，却同时吻他，抚摸他，回应他冒出的雄性痴念。在情欲的嬉戏中，她要他宰了她。他抓着她的脑袋，往后掰，手指在她喉咙间弹弄。最后丽莎坐了起来，对鲁本说："你刚刚真的杀了我。"

"你也杀了我。"他回答。

3

丽莎要独占鲁本，害怕他离开克罗维卡，或娶哪个年轻女人，所以她决定设法让他住到庄园来。她不能直接雇他补雷布·丹留下的空缺，因为雷布·丹是亲戚，干不干活雷布·法利克总归要养他的。要是雇个人只是每周杀几只鸡，那也说不通，提出来会引起丈夫的疑心。琢磨了一阵子，她想到了办法。

她开始向丈夫抱怨，种庄稼挣不了几个钱，收成多么差，要再这么下去，过不了几年就要完蛋了。雷布·法利克安慰妻子，说上帝至今还未抛弃他，人必须有信仰，丽莎反驳说信仰不能拿来当饭吃。她提出，蓄起牧场养牛，再到拉斯科夫开一家肉店——这样就有双重收益，有牛奶，还有零售的肉。雷布·法利克反对这个计划，说不切实际，也不符合他的身份。他说，拉斯科夫的屠户会吵起来的，社区也绝不可能接受他雷布·法利克开肉店。但丽莎坚持。她去了拉斯科夫，把社区的老人请来开会，说她打算开一家肉店。她的肉将比别家的肉每磅便宜两分钱。镇子骚动了。拉比警告她，将禁止人们购买庄园的肉。屠户们威胁说，谁要妨碍他们的生计就捅了谁。但丽莎没被吓住。首先，她跟政府有关系，此地的长官受过她的不少好处，常常造访庄园，还在她的林子里打猎。而且，拉斯科夫的穷人很快就成了她的同盟，他们买不起过去的高价肉。许多人站到她一边，车夫、鞋匠、裁缝、皮货商、陶工，他们声称，要是屠户对她使用暴力，他们将烧掉肉店以报复。丽莎邀请这群人到庄园，从酒庄里拿出自酿的啤酒招待他们，让他们承诺支持她。很快，她在拉斯科夫租了个店面，并雇了沃尔夫·邦德，此人天不怕地不怕，人人知道他是个盗马贼和爱挑事的人。每隔一天，沃尔夫·邦德就驾着他的马和小马车去庄园，把肉运到镇上。丽莎雇了鲁本来干宰杀的活。

　　好几个月里，新生意一直亏钱，因为拉比严禁人们购买丽莎的肉。雷布·法利克羞愧地不敢直视镇上人的眼睛，但丽莎有办法也有毅力等待胜利的到来。她的肉便宜，客户的数量稳定地增长,没多久,竞争之下几家肉店被迫关了门,拉斯科夫的两个屠夫有一个没了工作。许多人诅咒丽莎。

新的生意为丽莎在雷布·法利克庄园里的罪孽提供了所需的掩护。从一开始,鲁本宰杀时她就总是在场。她常常帮着捆公牛或母牛。很快,她观看割喉和喷血的渴念和她的肉欲混杂到了一起,已经很难将两者清楚地分开。一等生意开始赚钱了,丽莎就建了个屠宰棚,让鲁本住到了主宅的一间屋子里。她给他买好衣服,他在雷布·法利克的餐桌上吃饭。鲁本光鲜起来,长得更胖了。白天他很少宰杀,穿着丝袍四处逛,脚上是软拖鞋,头上是亚莫克帽[1],瞧瞧农民在地里干活,再瞧瞧牧人放牧。他喜爱户外的种种乐趣,下午常常去河里游泳。衰老的雷布·法利克睡得很早。入夜,丽莎陪着鲁本到屠宰棚,他动手宰杀,她站在他身旁。鸟兽在临死的阵阵剧痛中四处扑撞时,她跟他讨论新的性花样。有时,宰杀完她立即委身于他。那个钟点,农民都在小棚屋里睡着了,只剩一个半聋也差不多瞎了的老头,是在屠宰棚打下手的。有时,鲁本在屠宰棚的稻草堆上跟她睡,有时在棚外的草地上,想到死了或快死的动物就在近旁,他俩的感官磨得更尖更利。雷布·法利克不喜欢鲁本。他厌恶新的生意,但几乎不说反对的话。他谦卑地承受这麻烦,想自己反正快死了,吵起来又有什么意思

---

[1] 亚莫克帽(skullcap),犹太男人戴的小圆帽,以示对上帝的敬畏。

呢？他偶尔也想，妻子和鲁本走得太近了，但摈弃了这疑心，因为他生来诚实正直，往好里想每一个人。

罪生罪，过生过。一天，受了肉欲狡诈之父撒旦的引诱，丽莎把手伸向了宰杀。最初听见她的主意，鲁本心生惧意。是的，他是通奸者，但他也信神，许多罪人是这样的。他说，他俩犯了罪过要吃鬼鞭子，但为什么把罪孽带给别人，给他们吃不洁净的肉呢？不，上帝禁止他和丽莎做这种事。当屠夫必须学习《布就筵席》和《解经》。刀上有污点，买家吃了不洁的肉而犯了罪，屠夫对此要负责。但丽莎不为所动。她问，有什么区别呢？反正他俩要在针床上打滚的。人要是犯了罪，就得从中尽量取乐。丽莎缠着鲁本，一会儿威胁，一会儿贿赂。她答应给他新刺激、礼物和钱。她发誓，只要让她宰杀，雷布·法利克一死就嫁给他，并把所有财产转到他名下，他就可以做善事赎回部分罪孽。最后鲁本让步了。丽莎极嗜杀戮之乐，很快宰杀都是她干了，鲁本只是帮帮手。她开始作假，用劣等油脂充洁净的油脂卖，也不再把牛腿受禁的筋挑出来[1]。她跟拉斯科夫的其他屠户打起了价格战，最后，还没倒闭的都成了她的雇员。她拿到了给波兰兵营供肉的合同，军官收受贿赂，士兵只能吃到最差的肉，于是她大赚特赚。

---

1 典出《圣经·创世记》第三十二章：雅各与天使摔跤，腿瘸了。"故此，以色列人不吃大腿窝的筋，直到今日，因为那人摸了雅各大腿窝的筋。"

丽莎发了，她自己都数不清有多少钱。她的恶念也在增长。有一次，她宰了匹马，充洁净的牛肉卖。她还杀了几头猪，用猪屠夫的办法，按在滚水里烫。她提防着，从没被抓到。欺骗世人令她非常愉悦，很快这种满足成了激情，与淫乐和残忍的激情同样强烈。

完全沉迷于肉体快乐的人都早衰，丽莎和鲁本也是如此。他俩身躯肿胀，几乎无法交合。心脏浮在脂肪中。鲁本喝起了酒，整天躺在床上，醒时就用吸管从玻璃瓶里吸烈酒。丽莎给他送茶点，两人闲扯打发时间，正如为世间的虚荣出卖灵魂的人那样唠唠叨叨。他们争吵亲吻，揶揄嘲讽，悲叹着时光流逝，坟墓日近。如今，雷布·法利克大多数时间都卧病不起，常常要不行的样子，但不知怎么的，他的灵魂还没放弃身体。丽莎半心半意地起了各种死的念头，甚至想到过毒死雷布·法利克。一次，她对鲁本说："你知道吗，我已经活腻味了！你要是想的话，就宰了我，娶个年轻女人吧。"

说完，她把吸管从鲁本的唇边扯过来吸着，一直吸到瓶子空空如也。

4

有一句谚语：天地曾共同起誓，秘密总无可藏匿。鲁本和丽莎的罪孽无法永远隐藏。人们开始嘀咕，这两人在一起也过得太好了。他们说，雷布·法利克如今这么老这么虚弱，卧床的时间远多于下床活动的时间，然后得出结论，鲁本和丽莎有奸情。丽莎曾逼得许多屠户关门，他们一直在传种种诽言谤语。有些懂点学问的主妇在丽莎的肉里发现了筋，而按照律法，筋是要挑除的。外邦屠户也抱怨，丽莎过去常供犹太人禁止的牛肋排，如今却有好几个月什么也没送来。凭此证据，以前的屠户们一同去找拉比和社区的头头，要求调查丽莎的肉。但长老会不太肯跟她作对，拉比则引用《塔木德》，大意是对正直的人起疑心的该受鞭打，又说，只要没有丽莎犯禁的证人，羞辱她就是错的，因为羞辱同胞的人将失去天国的福分。

屠户们遭了拉比的拒绝，决定雇个探子，选的是耶契尔，一个厉害的小伙子，是个恶棍。一天天黑后，他从拉斯科夫过来，潜入庄园，设法躲开丽莎养的恶犬，藏到屠宰棚后面。他透过一条粗缝往里瞧，看见了里面的鲁本和丽莎。他惊惧地瞧见，老仆人牵进腿脚受缚的牲口，丽莎用绳子一头头放倒。老人走了，借着火把的光，耶契尔吃惊地看见，丽莎操起一把长刀，一头头割着牛的喉咙。热气腾腾的鲜血汩汩涌出。牛还在流血，丽莎把衣服件件扯下，赤裸躺到稻草堆上，鲁本压了过去。他们太过肥胖，几乎交合不到一起。他俩气喘吁吁。喘息声间杂着动物的垂死哀号，混成一种非人间的声音。扭曲的阴影投到墙上，棚内充满了血的炽热。耶契尔是个流氓，但连他也吓坏了，因为只有魔鬼才做得出这种事。他害怕恶魔来抓自己，跑了。

天亮时，耶契尔敲响了拉比的百叶窗。他结结巴巴，一句蹦一句，说了看到的事情。拉比叫醒执事，命他去用木槌敲长老们的窗户，人立即召集起来了。起初，没人相信耶契尔说的是实话。他们怀疑屠户雇他作伪证，以责打和除名相威胁。为了证明自己没撒谎，耶契尔奔向立在审判室里的圣书柜，开了柜门，旁人想拦都来不及，他已以圣书之名发誓自己所言为实。

他的故事使全镇陷入了骚乱。女人们跑到街上，拿拳头捶自己的脑袋，又哭又号。照耶契尔的话，镇上的人已经吃了好几年不洁净的肉。有钱的主妇把陶器搬到集市砸成碎片。几个有病的和有身孕的晕倒了。许多虔诚的人撕破领子，往头上抹灰，坐地哀悼。人群聚起来，涌向那几家肉店，去惩罚丽莎的肉的卖主。屠户们为自己辩护，他们根本不听，狠揍了几个，随手抓起肉丢到门外，推翻案台。很快，有人叫出到雷布·法利克的庄园去，人群用短棍、绳子和刀武装起来。拉比担心流血，上街来阻止他们，警告说，必须要坐实了罪孽是故意犯的，判决出来之后才能惩罚。但人们不肯听。拉比决定跟着去，希望在路上安抚他们。长老们也跟去了。女人们跟在后头，像在葬礼上那样，掐着脸哭喊流泪。

沃尔夫·邦德收过丽莎不少礼物，从庄园到拉斯科夫运肉的工钱也多，仍然忠于丽莎。他看见人群如此凶恶，便到马棚备了匹快马,驰往庄园给丽莎报信了。这一晚,丽莎和鲁本整夜待在棚子里,现在还在。听到马蹄声,他们起身出来,吃惊地看见沃尔夫·邦德骑马奔来。沃尔夫说了怎么回事,警告他们人群正开来。他建议他们快跑,除非能自证清白,不然愤怒的人们肯定会把他们撕成碎片。他自己也不敢久留,害怕来不及回去,他们会对付他。他上了马,飞驰而去。

鲁本和丽莎站在那儿,吓得一动不动。鲁本的脸烧得通红,又白如死灰。他双手颤抖,攥住身后的门,不然都站不稳。丽莎焦虑地笑着,脸色黄得像得了黄疸病。但先动起来的是丽莎。她靠近情人,盯着他的眼睛,说:"所以,亲爱的,贼的下场是上绞架。"

"我们跑吧。"鲁本浑身发抖,几乎说不出这句话。

但丽莎回答,不可能跑掉。庄园只有六匹马,那天清晨全都被农民驾去林子里运木头了。两头公牛拉的车跑得太慢,人群会追上来的。而且,她丽莎不想丢下财产,像个乞丐到处流浪。鲁本求她,两个人一起跑,生命比身外之物更宝贵,但丽莎不为所动。她不肯走。最后两人进了主宅,丽莎拿亚麻布扎了个包裹,给他包了烤鸡和面包,还给了他一袋钱。她站在门外,目送着他,他踩在通向松树林的木桥上,摇摇晃晃。到了林子里,他就能寻路出去,再上那条去卢布林的路。好几次,鲁本转过头来,挥手说着什么,好像在唤她。但丽莎无动于衷地站着。她知道了他是个懦夫。他只是弱小的鸡鸭和拴着的公牛面前的英雄。

5

一等鲁本的人影看不见了，丽莎就到地里叫农民。她要他们操起斧子、镰刀和铲子，说一群暴徒正从拉斯科夫过来，许诺说，谁要是保卫她，就给谁一个银币和一大罐啤酒。丽莎自己一手攥着把长刀，一手挥着把砍肉刀。很快远远听到了人群的嘈杂声，一会儿就看到人了。丽莎登上庄园门口的一个山丘，护卫的农民簇拥着她。来人看见拿着斧子、镰刀的农民，脚步便缓了下来，有的甚至还要后退。丽莎的恶犬冲了过去，龇牙吠叫。

拉比看到，事情的结果只能是流血，要求自己的教众回家去，但人群中较强硬的人拒绝听从。丽莎大喊着，奚落他们："来啊，倒是看看你们能干什么！我要用这把刀砍掉你们的头，我就是用这把刀宰了马和猪给你们吃的。"一个人冲丽莎喊，拉斯科夫的人绝不会再买她的肉，她会被除名。丽莎回喊道："我不需要你们的钱。我也不需要你们的上帝。我要改信基督，就现在！"她开始用波兰语尖叫，说犹太人是天杀的害耶稣的凶手，还在胸前画十字，仿佛她已然是个异教徒了。她转向身边的一个农民说："还等什么，玛兹亚克？跑去把神父找来。我不想再属于这个肮脏的教派了。"那农民去了，人群变得沉默。人人知道，改宗者很快就会成为以色列的敌人，捏造各种指控来针对前同胞。他们转身回家了。犹太人害怕挑起基督徒的愤怒。

那时候，雷布·法利克坐在读经堂里念诵《密西拿》。他耳朵聋了，眼睛也半瞎了，什么也没听到看到。突然丽莎进来，拿着刀，尖叫道："找你们家犹太人去吧！我这儿要个犹太会堂干啥用？"等雷布·法利克定睛看清楚，她没戴头巾，手里拿着刀，辱骂着的脸扭成一团，他心中极其痛苦，但说不出话。他还戴着祷告披巾和经文匣，站了起来，想问她发生了什么，但脚下一软，摔倒在地死了。丽莎命人将尸体搬上牛车，送到拉斯科夫的犹太人那里，甚至没盖块亚麻尸布。拉斯科夫丧葬会清洗、摆放雷布·法利克的尸体，举行葬礼，拉比念悼词，同时丽莎在为改宗做准备。她派人去找鲁本，希望劝他照她的样子干，但她的情人消失了。

现在丽莎想干什么就能干什么了。改宗后，她重开了肉店，把不洁净的肉卖给拉斯科夫的外邦人，还卖给赶集的农民。什么也不用再藏着掖着。她公开地宰杀猪、公牛、小牛和羊，想怎么杀就怎么杀。她雇了个外邦屠夫替代鲁本，跟他进林子打猎，打鹿和各种兔子。但折磨动物的乐趣不如过去了，屠杀不再能挑动她的肉欲，跟猪屠夫睡觉也没多大意思。她到河边钓鱼，有时，鱼吊在钩上或扑腾在网里时，一瞬间的喜悦滑过她裹在脂肪里的心，她就嘟囔："唉，鱼儿，你比我还惨呢……"

其实她渴念着鲁本。她想念他俩说的下流话，想念他的学问、他对转世的害怕、他对地狱的恐惧。现在雷布·法利克进了坟墓，她没人背叛、可怜和嘲讽了。改宗后她立即给基督教堂捐了条长凳，几个月里每个礼拜天都去听神父的布道。来回的路上，她让车夫从犹太会堂门口过。那阵子，嘲弄犹太人带给她一点满足，但很快也乏味了。

丽莎渐渐懒了，不再去屠宰棚。她把事情都交给猪屠夫干，甚至不在乎他偷东西。早晨一起床，她就倒一杯烈酒，拖着沉重的脚步一个屋一个屋走着，自言自语。她在镜子前停住，喃喃道："唉，唉，丽莎。你怎么了？要是你圣洁的妈妈从坟墓里出来，看到你——她会躺回去的！"有些早晨，她还想打扮打扮，但她的衣服皱皱的扯不平，她的头发乱乱的捋不顺。她常常用意第绪语和波兰语唱歌，一唱几个小时。她嗓音嘶哑，乱唱起来，反复唱无意义的词语，发出家禽般的嘎嘎声、猪的哼哼声、公牛的垂死哀号声。她扑到床上，打着嗝，笑着，哭着。夜里，魅影在梦里折磨她：公牛的角顶穿她，猪嘴戳她脸咬她，公鸡的后爪撕烂她的肉。雷布·法利克裹着尸布，满身伤口，挥着一束棕榈叶，尖叫："我在坟里睡不安稳。你玷污了我的家门。"

然后丽莎（现在她叫玛丽亚·珀洛斯卡了）惊坐而起，手脚麻木，浑身冷汗。雷布·法利克的幽灵消失了，但还听得到棕榈叶的簌簌声、他叫喊的回响。她画着十字，同时念着小时候妈妈教的一段希伯来咒语。她强迫自己光脚下地，跌跌撞撞，摸黑走过一个屋又一个屋。她把雷布·法利克的书都已经扔了，圣书也烧了。读经堂现在是风干兽皮的仓房。可在餐厅里，雷布·法利克吃安息日餐的餐桌还在，点安息日蜡烛的枝形吊灯还吊着。有时丽莎想起前两个丈夫，想起她曾用怒气、贪婪、诅咒和泼舌折磨他们。她远没有悔恨，但心里的某处在悼念，满是苦痛。她打开窗户，瞧着半夜里满天的星星，叫道："上帝，来惩罚我吧！来吧撒旦！来吧魔王阿斯摩太！展示你们的威力吧，带我去黑暗群山后的燃烧的沙漠！"

6

有一年冬天，恐怖笼罩着拉斯科夫，一头食肉野兽夜间潜伏，袭击居民。见过它的人，有的说是熊，有的说是狼，有的说是恶魔。一个女人出门撒尿，脖子被咬了。一个书院男孩在街上被追着跑。一个守夜老人的脸被抓破了。天黑后，拉斯科夫的女人孩子不敢出门，家家都把窗户闩牢。有这野兽的许多异闻，有的听见它用人的声音咆哮，有的看见它直立起来跑。它掀翻一个院子里的一桶卷心菜，打开鸡笼，扔掉面包房放在木槽里发酵的面团，还用粪便玷污了犹太肉店的案台。

一天黑夜，拉斯科夫的屠户集合起来，拿着刀斧，决心杀了这怪物，或逮住它。他们分为几个小队，等候着，眼睛逐渐适应了黑暗。半夜，一声尖叫响起，他们奔过去，看见那野兽往郊外去了。一个男人叫道,他的肩膀被咬了。有些人害怕退去了,但剩下的人继续追赶。一个追捕者看见了它,扔出斧子。显然击中了,因为它发出一声可怕的尖叫,摇晃着倒下。空气中划过一声恐怖的咆哮。然后,那野兽用波兰语和意第绪语诅咒起来,哀号声又尖又高,好像生产的妇人。他们知道自己伤了一个女恶魔,跑回家去了。

整夜,那野兽呻吟着,乱语着。它竟然拖着腿到一个房子前敲窗户。然后它没声音了,狗开始吠叫。破晓时,胆大的人出门去看。他们惊讶地发现,那动物是丽莎。她倒毙在地,身上的臭鼬皮大衣浸了血,一只毡靴不见了。斧子深深插进她的后颈。狗已经在嚼她的肠子。她用来砍追赶者的刀落在身旁。现在清楚了,丽莎成了女狼人。犹太人拒绝把她埋在犹太墓地,基督徒也不肯给她一块墓地,人们就把她运到庄园她曾于此阻挡人群的山丘上,给她掘了条沟。市镇没收了她的财产。

几年后,一个寄宿在拉斯科夫救济所的流浪汉病了。临死前,他请来拉比和镇上的七位长者,透露自己就是与丽莎犯下罪孽的屠夫鲁本。他流浪了好多年,这个镇到那个镇,不吃肉,礼拜一和礼拜四斋戒,穿一件麻布衬衫,悔恨自己干的丑事。他是来拉斯科夫等死的,因为他父母葬在这里。拉比同他念了忏悔词,他说出了镇上的人所不了解的过往的种种细节。

丽莎在山丘上的坟很快布满了垃圾。不过,有个习俗持续了很长时间，在奥默节[1]的第三十三天，拉斯科夫的男学生带着弓箭和水煮蛋出门时，会去那儿。他们在山丘上边跳边唱：

> 丽莎宰了
> 黑马一群
> 如今落入
> 魔鬼手心。

> 丽莎死巫婆
> 猪肉冒充牛肉
> 如今翻滚在
> 硫黄沥青里头。

临走前，孩子们朝坟墓吐唾沫，念道：

> 你们不可容忍女巫活着
> 女巫活着你们不可容忍
> 容忍女巫活着你们不可。[2]

1　奥默节（Omer），指逾越节的第二天与五旬节之间的四十九天。
2　典出《圣经·出埃及记》第二十二章第十八节："女巫，你不应让她活着。"

独处*

1

以前，我常常希望发生某种不可能的事情——然后呢，就真的发生了。然而，尽管我心想事成，事情却颠覆了，仿佛那隐秘的力量要我明白，我不了解自己的需求。那年夏天在迈阿密海滩就是这样。我住在一个大旅馆里，里头到处是来迈阿密避暑的南美游客，还有像我一样患了花粉病的人。我受够了这一切——和吵闹的游客一起在海里划来划去啊，整天听见西班牙语啊，一天两顿难消化的饭啊。要是我读一读意第绪语报纸或书，旁人就震惊地瞧着我。于是，那天散步时我大声说道："我希望有个旅馆就

＊本篇英语由乔尔·布洛克尔（Joel Blocker）翻译。

我一个人住。"某个小精灵肯定在偷听,立刻设了个圈套。

第二天早晨,我下楼吃早饭,发现旅馆大厅乱成一团。一小群一小群的客人四处站着,说话比平时更大声。旅行包到处堆着,行李生跑来跑去,推着堆满衣物的行李车。我问一个人怎么了。"你没听到广播说吗?旅馆要关门了。""为什么?"我问。"他们破产了。"那男人恼怒我的无知,走开了。搞不懂啊,旅馆竟然关门了!就我所知,生意挺不错的,而且,怎么能突然关掉一间住着几百人的旅馆?但我已认定,在美国最好别问太多问题。

空调已经关掉,大厅的空气发霉。一列长队排在收银台前等着结账。到处乱糟糟。人们在大理石地板上踩灭烟头,孩子扯掉盆栽热带植物的叶子和花。有几个南美人,昨天还装纯种拉美人,现在却用意第绪语大声交谈。我自己要打包的东西很少,只有一个小旅行包。我拎着包,出去找别的旅馆。顶着外头炙热的太阳,我想起了《塔木德》里的故事,在幔利橡树[1],上帝把太阳从盒子里放了出来,以免陌生人打搅亚伯拉罕。我觉得有点晕。好像回到了单身汉时的生活,所有东西塞进一个小旅行包,走人,五分钟就能找到下一个房间。我路过一间小旅馆,样子有些破落,写着"淡季价,低至两美元一天"。哪还有更便宜的?我进了门。里面

---

1 幔利橡树(plains of Mamre),《圣经》地名,位于古希伯仑城附近。参见《圣经·创世记》第十八章第一节:"耶和华在幔利橡树那里,向亚伯拉罕显现出来。"

没空调，桌子后头是个驼背的女孩，生一双锐利的黑眼睛。我问她，可以要个房间吗？

"你要整个旅馆都行。"她回答道。

"没客人？"

"一个也没有。"女孩笑着，露出一排破牙齿，牙缝宽阔。她说话带西班牙语口音。

她说她从古巴来的。我要了个房间。驼背女孩领着我进了狭窄的电梯，上了三楼。然后走进一条昏暗的长走廊，就一个灯泡勉强照着。她打开一扇门，带我进了我的房间，像把犯人带进号子里。窗户上蒙着纱窗，窗外是大西洋。墙上的粉刷斑斑驳驳，地板上的小地毯脱线了也褪色了。卫生间发着霉味，衣橱里发着驱虫剂味。亚麻床单是干净的，但湿乎乎的。我把包里的东西腾出来，下了楼。什么都是我一个人的：游泳池、海滩、海。外庭放着一堆破旧的帆布椅。到处是直射的阳光。海水是黄色的，波浪低缓，几乎不大动，仿佛也被窒息的热浪晒倦了。只是偶尔地，波浪例行公事般翻出几点泡沫。单单一只海鸥立在水上，拿不定主意要不要抓条鱼。在我面前的，浸泡在阳光中的，是一种夏日的忧郁——有点古怪，因为忧郁通常意味着秋日。仿佛人类在某个灾难中灭绝了，只剩下我，就像挪亚——只是方舟上是空的，没有儿子，没有妻子，也没有动物。其实裸泳也无妨，但我还是换了泳衣。海水很暖，海洋就像个浴盆。一团团海草松散地漂浮。

在上一个旅馆，使我放不开的是羞涩，在这里则是孤独。谁能在空荡荡的天地中玩耍？我会游几下子，但出了什么事谁来救我呢？隐秘的力量给了我一个空空的旅馆——却也很容易再送来一股暗流、一个深窟窿、一条鲨鱼，或一条海蛇。与未知之物嬉戏的人必须加倍小心。

　　游了游，我出了水，在那一堆耷拉着的帆布沙滩椅里找了一张躺下。我的身体发白，没戴帽子，尽管有染色眼镜保护，太阳光还是直刺进眼睛。天空淡蓝无云。空气里是盐、鱼和芒果的味道。我感觉，有机物和无机物之间并无分隔。周围的一切，每一粒沙，每一颗卵石，都在呼吸，在生长，在渴望。卡巴拉的经文说，天的管道控制着神之仁慈的流动，此刻，经天的管道而来的真理，在北方的气候中是不可能领会的。我失去了一切抱负，懒洋洋的，仅剩的几个愿望是琐碎的物质的，一杯柠檬汁，或橘子汁。在我的遐想中，有个眼睛火辣的女人到旅馆住几晚。我的本意不是要一个完全属于我的旅馆。小精灵要么误解了，要么假装误解了。如同一切形式的生命，我也想开花结果，想要繁衍，至少要繁衍的运动。我准备忘记一切道德或美的要求。我准备用床单盖住我的罪孽，像个盲人般，完全把自己交给触觉。同时，永恒的问题在我的大脑里跳动：谁在世界的表象之后？是拥有无限性质的实体？是最终的单子？是那绝对者，那盲目的意志，那无意识？某种更高的存在必定藏在这一切幻象背后。

海面，岸边是油黄色的，远处是亮绿色的；一艘帆船驶在水上，像一具裹着的尸体。船头下倾，仿佛叫唤海底的什么东西上来。天上飞着一架小飞机，拉着一条横幅：玛格丽斯餐厅——合礼，七道菜，1.75美元。那么万物还未回到原初的混沌。玛格丽斯餐厅还在卖粥汤、逾越节丸子、馅饼和犹太香肠。这样的话，也许明天我会收到一封信。他们答应把我的信件转过来。这是在迈阿密我与外界的唯一联系。有人写信给我，不嫌麻烦贴上邮票寄出信封，对此我总感到惊讶。我寻觅隐秘的含义，甚至到纸边空白处找。

2

一个人独处时，一天是多么长！我读了一本书、两份报纸，到小自助餐馆喝了杯咖啡，做了一个填字游戏。我在拍卖东方小地毯的店门口停了停，又进了一家卖华尔街股票的店。是的，我在迈阿密海滩的柯林斯大道上，但我觉得自己是个幽灵，与一切事物隔绝。我走进图书馆，问了个问题——馆员吓着了。我像个死掉的人，我的空间已经被占了。我经过许多旅馆，各有其特别的装饰和风情。棕榈树顶是半枯萎的扇叶，椰子吊着像沉重的睾丸。一切都仿佛静止着，连滑行在沥青路上的崭新汽车也是。每个东西都持存着，靠着毫不费力的力，这毫不费力的力大约就是万物的本质。

我买了本杂志，读了几行就读不下去了。我上了辆公交车，任自己被带来带去，漫无目的，堤道，有池塘的岛，别墅林立的街道。这里的居民在荒野上建造，种下了世界各地带来的树和花，填平海岸边的浅水湾，创造了建筑的奇观，琢磨出各种作乐的方法。有规划的快乐主义。但沙漠的无聊还是在。响亮的音乐驱散不了它，刺眼的亮丽抹不去它。我们经过一株仙人掌类的植物，肉叶和积灰的针刺间开出了一朵红花。我们开到某个湖边，围着湖的是一群群振翅的火烈鸟，水面照出它们的长喙和粉色羽毛。聚集的鸟。野鸭飞来飞去，嘎嘎叫着——沼泽地拒绝让路。

我从开着的窗户望出去。我看到的都是新的，但像是旧的疲惫的：染了发、涂了胭脂的祖母们，比基尼几乎遮不住女孩们的羞耻，滑水板上晒黑的小伙子们狂饮可口可乐。

一条小船的甲板上，一个老头平躺着，四肢展开，暖和患了风湿病的双腿，白毛胸脯打开朝着阳光。他惨然一笑。边上是他已立为财富继承人的情妇，在拿红指甲扯着脚趾皮，确信自己的魅力，正如知道太阳明天会升起。一条狗站在船尾，傲慢地盯着船后的水面，打哈欠。

开了很久才到终点站。一到站，我立即上了另一辆公交车。我们开过一个埠头，新捕的鱼在那儿称重。鱼古怪的颜色，血淋淋的外皮伤口，呆滞的眼睛，满是血块的嘴，尖尖的牙，统统是某种深不见底的邪恶的证据。人扯掉鱼的内脏时有一种可怕的愉悦。公交车经过一家养蛇场、一个猴子聚居地。我看见白蚁噬空的房子，还有一个咸水池塘，原初蛇的后代们在里面扭啊爬啊。鹦鹉刺耳地叫着。时不时，奇怪的气味从车窗吹进来，浓浓的臭味令我的头抽痛。

感谢上帝，南方的夏日比北方短。夜幕突然就降下来了，毫无黄昏的过渡。在环礁湖和公路的上空，悬着雨林般的黑暗，浓稠的黑暗，什么光也穿不透。一辆辆汽车开着头灯向前滑行。月亮现身了，出奇地大和圆。月亮挂在空中，好像地理学家的地球仪，裹着的地图不是这个世界的。这个夜晚有一种奇迹的气氛，宇宙沧桑的气氛。我从未放弃的一种希望苏醒了：我是不是注定要见证太阳系的动乱？也许月亮就要坠落。也许地球要挣脱出太阳轨道，流落到新的星座。

公交车在不知名的地段钻来钻去，最后回到了林肯路，回到了精美的商店。夏季的商店是半空的，但还是囤了有钱游客想拥有的种种东西——貂皮外套，绒鼠皮衣领，十二克拉钻石，毕加索原作。空调吹着的店里，衣着考究的销售员们交谈着，对自己"涅槃之后，报应脉动"的知识自信满满。我不饿，但还是进了一个餐馆，新染烫了头发的女招待给我上了全套餐。她很安静，没有废话，我给了她半美元。走时，我的胃疼了，头也沉重起来。

出门时，阳光烤过的深夜空气呛了我一口。旁边一栋房子挂着个霓虹灯，闪着此刻的温度——九十六度[1]，湿度也差不多是这个数字！我不需要天气预报员。闪电已经在发亮的天空闪起了，尽管还没听到雷声。一块巨大的云正压下来，如大山般厚重，装满了火和水。一个个雨滴打在我的秃顶上。棕榈树像是石化了，等着风暴袭来。我赶紧往我的空旅馆走去，想在雨下开前赶到。而且，我还想着我的信是不是到了。但刚走了一半路，暴雨就来了。只淋了一下，我就像是在巨浪里泡过一样。一条火棍点亮了夜空，同一时刻，我听到了一声霹雳——那么闪电就在我近旁了。我想跑到哪个房子里去，但从附近门廊吹出来的椅子在我前面翻着跟头，挡住了路。招牌纷纷掉落。一棵棕榈树的树冠被风刮断了，掠过我的脚边。我看见，另一棵包着粗麻布的棕榈树，风刮弯了腰，就要跪下了。慌乱中我一直跑着。几次掉进深坑，差点淹死，凭着少年般的轻快，我往前冲去。危险之中，我胆大起来，尖叫着，高唱着，用风暴的音调，冲着风暴喊叫。这时交通全停了，连汽车也被丢弃了。但我继续跑着，决意要逃离这种疯狂，否则就死了。我必须拿到那封快递信件。没人写过那信，我也从没收到。

到现在我都不知道是怎么找到旅馆的。我进了门厅，一动不

---

[1] 这里用的是华氏度，96 华氏度约为 35.6 摄氏度。

动站了一会儿，让水流到小地毯上。对面墙上的镜子里，我半融化的形象仿佛是立体主义画里的人。我尽力进了电梯，上了三楼。我房间的门开着条缝：房间里，蚊蚋、飞蛾和萤火虫四处嗡嗡翻飞，躲避着风暴。风把蚊帐刮塌了，放在桌上的纸页吹散了。小地毯湿透了。我走到窗前，看着海洋。在大海中央，波浪如群山涌起——凶恶的巨浪要一次性彻底淹没海岸，冲走陆地。海水发出狠毒的吼叫，朝黑夜喷出白色的泡沫。海浪冲着造物主狂吠，仿佛一群群猎狗。我使出剩余的全部力气，拉下窗户，放低百叶窗。我蹲下身子，规整打湿的书和稿子。我很热。汗水从身体里渗出，与流淌的雨水混在一起。我扒掉衣服，衣服躺在脚边像是贝壳。我觉得自己是刚刚破茧而出的生物。

3

风暴还没到达顶点。呼号的风敲打着，好像拎着巨锤。旅馆像是浮在海洋中的船。什么东西塌了，砸落下来——屋顶，一个阳台，部分地基。铁杆子断了。金属在呻吟。窗户的框松动了，窗玻璃咔嗒咔嗒响。我窗户上沉重的百叶窗如窗帘般轻易地鼓动。一团大火的闪光照亮了房间，然后是一声雷鸣的巨响，吓得我都笑了。黑暗中现出一个白色的人影。我的心猛地一沉，脑壳颤抖。我一直知道，迟早那种东西会向我具身现形，带来从未有人讲过的恐怖，因为见过的人绝无生还。我默默躺着，等待死亡的降临。然后，我听到一个声音：

"不好意思啊，先生，我太害怕了。你睡了吗？"是那个古巴驼背。

"没有，请进。"我回答她。

"我在发抖。我觉得我要死了，吓死了，"那女人说，"这样的飓风从来没有过。你是旅馆里唯一的客人。请原谅我来打搅你。"

"你没有打搅我。我应该点灯，但我没穿衣服。"

"不，不。没必要……我害怕一个人。请让我留在这儿等风暴结束。"

"没问题。你想的话可以躺下，我可以坐椅子。"

"不，我坐椅子。椅子在哪里，先生？我没看到。"

我起身，在黑暗里找到那女人，带她去扶手椅那儿。她拖着身子跟在我后面，颤抖着。我想到衣橱里拿点衣服，但撞到了床，摔在了床上。我迅速拿床单盖住自己，以免这陌生人在闪电来时看见我的裸体。很快，闪电又闪了，我看见她坐在椅子里，一个畸形的生物，穿着过大的睡衣，驼背散发，多毛的长臂，扭曲的腿，像只得了结核病的猴子。她瞪大的眼睛里有动物的恐惧。

"别怕，"我说，"风暴很快就会停的。"

"对，对。"

我把头搁到枕头上，静静躺着，生出一种怪异的感觉，戏弄人的小精灵正在满足我最后的愿望。我想要一个人的旅馆——于是我有了。我梦想有一个女人走进我的房间，就像路得走向波阿斯[1]——于是一个女人就来了。每次闪电亮起，我的眼睛都遇上她的。她使劲盯着我，沉默如施法的女巫。我恐惧这女人甚于恐惧这飓风。我去过一次哈瓦那，发现黑暗的力量在那儿仍拥有古老的威力。连死人也不得安宁——他们的骨头被挖出来。夜里，我听到过食人者的尖叫，血洒偶像崇拜者的祭坛的处女的哭喊。她是从那儿来的。我想念个咒语对抗邪恶之眼，向执掌大权的神灵祷告，别让这丑老太婆压过我。我心里有个声音叫道：沙代[2]，摧毁撒旦吧。同时，雷声隆隆，大海咆哮，发出水淋淋的笑声。我房间的墙成了猩红色。那古巴女巫瞪着地狱般的眼睛，伏低身子，仿佛正要扑向猎物的动物——张着嘴，露出烂了的牙齿；手臂和腿上长着缠结的黑色毛发；脚上布着痈和拇囊肿。她的睡袍已经滑落，皱皱的乳房轻飘飘垂着。就缺长鼻子和尾巴了。

我肯定睡着了。在梦中，我进了一个镇子，街道狭窄陡峭，百叶窗装了栅条，日食昏暗，沉寂如黑色安息日[3]。天主教的葬礼队伍一队接着一队没有尽头，十字架和棺材，矛刺和燃烧的火把。送到墓地的，不是一具而是许多具尸体——一个部落被夷平了。

---

1 路得和波阿斯是《圣经》中的人物。
2 沙代（Shaddai），犹太人对上帝的称谓之一。
3 黑色安息日（Black Sabbath），指女巫们聚会的日子。

香在焚烧。哀悼的声音唱着一首极悲痛的歌。棺材刷地变成经文匣的样子,黑色闪亮,有结和系带。棺材分出许多隔间——双胞胎的,三胞胎的,四胞胎的,五胞胎的……

我睁开眼睛。有人坐在我床上——那古巴女人。她用蹩脚的英语嘶哑地说起话来。

"别害怕。我不会伤害你。我是个人类,不是野兽。我的背坏掉了,但不是天生的。小时候我从桌子上摔了下来。我妈妈太穷了,不能带我去看医生。我爸爸,他坏的,总是醉。他跟坏女人走,我妈妈,她在烟草厂上班。她肺都咳出来。你干吗发抖?驼背是不传染的。你不会从我这里得上驼背。我的灵魂跟别人一样——男人要我。连我老板也是。他信任我,给我自己管这旅馆。你是犹太人,呃?他也是犹太人……从土耳其来的。他会讲——你们怎么叫的——阿拉伯语。他娶了德国夫人,但她是个纳粹。她的第一个老公是纳粹。她诅咒老板,要毒他。他告她了,但法官站她一边。我觉得她行贿了他,要么给了他别的。老板,只好付她钱——你们怎么叫的——赡养费。"

"最开始他为什么要娶她?"我问,只是找话说。

"啊,他爱她。他很男人的,气血旺,你懂的。你爱过?"

"是的。"

"夫人在哪儿?你娶她了吗?"

"没有。他们枪杀了她。"

"谁?"

"也是那帮纳粹。"

"嗯嗯……然后你就一个人了?"

"没有,我有妻子。"

"你妻子在哪儿?"

"在纽约。"

"你忠实于她,呃?"

"是的,我很忠实。"

"总是?"

"总是。"

"找一次乐子没关系的。"

"不是,亲爱的,我要一生诚实。"

"谁在乎你干什么?没人看见。"

"上帝看见。"

"好吧,要是你提上帝,那我就走。但你是个骗子。我要不是残废,你就不会说上帝。他惩罚这种谎话,你猪!"

她朝我吐了口唾沫,下了床,出了房间摔上门。我立刻擦脸,但她的唾沫像是热的,灼烧着我。我感到额头在黑暗中胀起,皮肤痒痒的,像什么东西在拽,像水蛭在吸我的血。我进洗手间洗洗,弄湿一块毛巾,敷在额头上。我忘了飓风。我没注意到飓风已停了。我睡着了,醒来时,几乎中午了。我的鼻子塞了,喉咙紧紧的,膝盖疼。我的下唇肿胀,破了一大块,冷冷的。我的衣服还在地板上,泡在一汪水里。夜里进来避雨的昆虫粘在墙上死了。我开了窗。吹进来的空气凉凉的,虽然还是潮湿。天色是秋天的灰,大海凝滞,只是由于自身的重量些许摇动。我鼓捣着穿上衣服,下了楼。桌后站着那驼背,苍白干瘦,头发梳到脑后,黑眼睛里有一丝亮光。她穿一件旧式的女衬衫,蕾丝褶边泛黄了。她嘲弄地瞥了我一眼。"你得走了,老板打电话,要我锁了旅馆。"

"有没有我的一封信?"

"没有信。"

"请给我账单。"

"没有账单。"

古巴女人斜着眼看我。这施法失败的女巫,我周围的魔鬼及其狡猾伎俩的沉默搭档。

艾斯特·克瑞恩德尔二世*

1

《塔木德》教师梅耶尔·孜思尔住在毕尔格雷[1]镇。他体短肩宽，圆脸黑须，红红的脸颊，黑樱桃色的眼睛，满嘴龅牙，头发茂密，盖住脖子。梅耶尔·孜思尔爱吃好的，一口能喝掉半品脱[2]白兰地，喜欢在婚礼上通宵唱歌跳舞。他教书没什么耐心，但有钱人还是把儿子送来当学生。

梅耶尔·孜思尔三十六岁时，妻子死了，留下六个孩子。半

---

* 本篇英语由艾萨克·巴什维斯·辛格和伊丽莎白·波莱（Elizabeth Pollet）翻译。
1 毕尔格雷（Bilgoray），波兰卢布林省一小镇。辛格母亲的故乡，辛格青少年时期曾在这里生活过很长时间。
2 半品脱约为284毫升。

年后,他娶了个寡妇,名叫瑞兹。她是克拉希尼克村的,高高瘦瘦,安静,长鼻子,有不少雀斑。这瑞兹原是个挤奶工,后来嫁给一个七十岁的富人,雷布·坦恰姆·伊兹比泽,生了个女儿叫斯梅里。雷布·坦恰姆·伊兹比泽去世前破产了,什么也没给寡妇留下,只有他俩心爱的女儿。斯梅里会写字,也能读意第绪语的《圣经》。她父亲出门做生意回来时,总给她带回礼物——披巾、围裙、拖鞋、刺绣手帕和新故事书。斯梅里带着自己的全部东西,到毕尔格雷跟着妈妈和继父生活。

梅耶尔·孜思尔的四个女儿和两个儿子是一群贪婪粗鄙的家伙,爱吵爱吃爱叫,满脑子狠毒的伎俩,乞讨、偷窃全无顾忌。他们立刻攻击斯梅里,抢走了她的所有宝贝,还给她起绰号叫"高冷小姐"。斯梅里生得纤弱,腰细腿长,脸瘦瘦的,皮肤白白的,黑头发,灰眼睛。她害怕院子里的狗,畏怯这家人在饭桌上抢食的样子,羞于在继父的女儿们面前脱衣服。很快,她就不和梅耶尔·孜思尔的儿女们说话了,也不和邻居的女孩子交朋友。她上街时,顽童们在她身后扔石头,叫她胆小鬼。斯梅里待在家里,读书,哭泣。

儿时起,斯梅里就爱听故事。妈妈总能讲故事哄她安静,雷布·坦恰姆在世时,常常讲童话故事伴她入睡。故事里常讲到一个人物,住在扎莫希奇的雷布·佐拉克·利泼弗,是雷布·坦恰姆的好朋友。雷布·佐拉克因富有而名满半个波兰。他妻子艾斯特·克瑞恩德尔也出身富家。斯梅里喜欢听这个著名家庭的事情,他们的财富,有教养的孩子。

一天,梅耶尔·孜思尔回家吃午饭,带来一个消息,佐拉克·利泼弗的妻子死了。斯梅里睁大了眼睛。这个名字唤起了她对克拉希尼克的记忆,她想起死去的父亲,拥有自己房间的时光,有两个枕头的床,套着刺绣亚麻被套的丝被,伺候茶点的女仆。如今她坐在一个乱糟糟的房间里,穿着破裙子和破鞋子。她的头发里有鸡毛,不梳洗,身边是肮脏的臭孩子,时刻瞅空子捉弄她。听到艾斯特·克瑞恩德尔的死讯,斯梅里双手捂脸,悲泣着。她哭的是艾斯特·克瑞恩德尔的命运,还是自己的;是为了受宠爱的艾斯特·克瑞恩德尔如今在坟墓里腐烂,还是为了她自己的生命走到这凄凉结局,她自己也不知道。

2

斯梅里自个儿睡凳床时,梅耶尔·孜思尔的孩子们折磨她,所以瑞兹经常让斯梅里跟她睡。这安排并不妥当,因为梅耶尔·孜思尔常要上妻子的床,然后呢,虽然斯梅里蛮懂得大人们要干什么,却只能全程装睡。

一天晚上,斯梅里跟着妈妈睡,梅耶尔·孜思尔在一个婚礼上喝醉了回来。他把睡着的女孩从妻子身边抱起来,却发现凳床上有瑞兹放的一堆洗了的湿衣服。他的欲望很强烈,就把继女放到烤箱上的破布堆里。斯梅里睡了过去。后来她醒了，听到梅耶尔·孜思尔的呼噜声。她拉过一个面粉袋子盖着取暖。然后她听见窸窸窣窣的声音，像是有人用手指挠板子。她抬起头，吃惊地看见最近的墙上有一处亮光。百叶窗关着，烤箱里的火早熄了，也没点灯。光能从哪儿来呢？斯梅里盯着看，亮光开始摇颤，一圈圈的光凝固起来。糊涂了的斯梅里忘了害怕。一个女人开始显现，先是额头，然后是眼睛、鼻子、下巴、喉咙。女人张嘴说起话来，那词句仿佛来自意第绪语《圣经》。

那声音说道："斯梅里，我的女儿，让你知道吧，我是艾斯特·克瑞恩德尔，雷布·佐拉克·利泼弗的配偶。死人从沉睡中醒来并不常见，但因为我丈夫没日没夜地思念我，我无法安息。三十天的哀悼期已经过了，他仍不胜悲恸，不能忘记我须臾。如果我能甩掉死亡，我很高兴站起来回到他身边。但我的身体葬在了七尺黄土之下，我的眼睛已经被爬虫叮噬。因此，我，艾斯特·克瑞恩德尔的魂魄，被允许给自己寻找另一个身体。因为你的父亲，雷布·坦恰姆，同我的佐拉克亲如兄弟，所以我选择了你，斯梅里。对我来说，你其实跟我不陌生，几乎是亲人。斯梅里，我很快要进入你的身体，你将成为我。不要怕，没有邪恶会落到你身上。早上起床后，蒙住头，对家里人和镇上的人宣布发生的事。恶人将驳斥你，指控你，但我将保护你。留意我说的话，斯梅里，因为你必须把我的要求一一做到。到扎莫希奇去找我悲伤的丈夫，嫁给他。躺在他腿上，忠诚地服侍他，如同我四十年来做的。一开始，佐拉克会怀疑是不是我回来了，但我会告诉你能说服他的东西。你绝不能耽搁，因为思念吞噬着佐拉克，很快，上帝保佑，就要来不及了。上帝的旨意是，等到你过世之时，你和我都将是天堂里佐拉克的脚凳。他的右脚放在我身上，左脚放在你身上。我们就像拉结和利亚[1]，我的孩子也是你的，就好像他们孕育自你的子宫……"

艾斯特·克瑞恩德尔继续说着，告诉斯梅里只有妻子知道的亲密事。直到笼里的公鸡打鸣，半夜的月亮能从百叶窗的缝隙里看见，她才停住。然后，斯梅里感到某种坚硬如豌豆的东西进了鼻孔，穿透了头骨。她的脑袋疼了一下，但疼痛随即止住，她感到手和脚在伸展，肚子和乳房在成熟。她的心智也在成熟，她的思维成了妻子、母亲和祖母的思维，惯于统管一所有许多男仆、女仆和厨子的大房子。实在太神奇了。"我把自己交到你手里了。"斯梅里喃喃道。不久她沉睡过去，立刻艾斯特·克瑞恩德尔又出现在她梦里，直到早晨她睁开眼睛前才离去。

3

纤弱的斯梅里通常起得晚，但这天早晨她与家人同时醒来。她

---

[1] 在《圣经·创世记》中，拉结（Rachel）和利亚（Leah）是一对姐妹，都嫁给了雅各。

的继兄妹们看见她拉着条食物口袋盖着躺在烤箱上,笑了起来,朝她泼水,拿稻草挠她的光脚。瑞兹赶走了他们。斯梅里坐起身,和善地微笑,念道:"我谢谢您。"然后,尽管放一罐水在女孩的床边供晨洗并非习俗,斯梅里却问妈妈要水和盆。瑞兹耸耸肩。斯梅里更衣后,瑞兹递给她一片面包和一杯菊苣汁,但斯梅里说她要先祷告,拿出礼拜六头巾盖住头。梅耶尔·孜思尔惊讶地看着继女的举止。斯梅里念诵祷告书,弯腰,捶胸,说出"他在天上缔造和平"后,退了三步。然后,吃饭前,她洗手及腕,念诵祝福文。孩子们围过来,模仿、嘲笑她,但她只是如母亲般微笑,叫道:"孩子们,请让我念祷告。"她吻了最小女孩的头,捏了捏最小男孩的脸,让大男孩在她围裙上擦鼻子。瑞兹张大了嘴,梅耶尔·孜思尔挠着头。

"这是什么把戏?我几乎认不出她了。"梅耶尔·孜思尔说。

"她一夜成熟了。"瑞兹说。

"她摇晃起来像那个虔诚的燕特尔[1]。"大男孩嘲讽道。

"斯梅里,怎么回事?"瑞兹问。

女孩没有立即回答,继续慢慢嚼着嘴里的面包。这平静思索的样子不像她。等面包都咽完了,她说:

"我不再是斯梅里了。"

---

1 参见第147页《书院男孩燕特尔》。

"那你是谁?"梅耶尔·孜思尔询问。

"我是艾斯特·克瑞恩德尔,雷布·佐拉克·利泼弗的妻子。昨晚她的灵魂进入我体内。把我送到扎莫希奇,送到我的丈夫和孩子那里。我的家如今没人照管。佐拉克需要我。"

大一点的孩子笑出声来,小一点的孩子傻看着。瑞兹脸色白了。梅耶尔·孜思尔揪着胡子,说道:"这女孩被附鬼[1]附身了。"

"不,不是附鬼,而是艾斯特·克瑞恩德尔圣洁的灵魂进入了我体内。她在坟墓里躺不住,因为她丈夫佐拉克·利泼弗快要悲伤而死了。他的事务乱成一团。他的财富要没了。她把所有秘密都告诉我了。如果你们不相信我,我会提供证据。"然后斯梅里说起来,把艾斯特·克瑞恩德尔在她醒着和睡着时透露的事情说了一部分。斯梅里的母亲和梅耶尔·孜思尔听着,愈来愈惊讶。斯梅里的说话、用词和整个做派都像有经验的妇人,像惯于经管生意和大宅邸的妇人。她提到的一些事,斯梅里这样年纪的人不可能知道。她描述了艾斯特·克瑞恩德尔临终的病痛,说医生是怎样开药膏,用拔罐和水蛭放血,却弄得她的病情更糟。

邻居们很快注意到发生了奇怪的事情。在这种镇子,人们躲在门后偷听,从钥匙孔里偷看。故事传了出去,人群聚向梅耶

---

[1] 附鬼(dybbuk),犹太传说中一种会附身的恶灵。据说,如果死者生前有罪,那死后便会成为游魂,还能进入生者的体内,并控制其行为。

尔·孜思尔家。拉比听到了此事，传信来要求把女孩送到他那里。在拉比家，长老会被召集起来，还来了邻里中最有名望的妇女。斯梅里到达后，拉比的妻子把门链拴上，盘问开始了。必须弄明白，这女孩是不是在骗他们，是不是魔鬼上了她的身，或是想要欺骗和愚弄正直者的傲慢恶魔上了她的身。经过几个小时的盘问，每个人都相信斯梅里说的是真话。他们都见过艾斯特·克瑞恩德尔，不只是斯梅里的言谈像那死去的女人，她的手势、笑容、甩头和拿头巾轻拂眉毛的样子，也同死者丝毫不差。她的举止也绝对是习惯了优渥生活的样子。还有，要是有个恶灵附在女孩身上，她会行为粗鲁，可斯梅里尊言敬行，礼貌贤明地回答每个问题。很快，男人们开始拽胡子，女人们绞着手，摆正帽子，系紧围裙。殡葬会的人通常坚毅不动情，这时也抹起了泪。就是瞎子也能看出艾斯特·克瑞恩德尔的灵魂归来了。

　　盘问尚在进行时，车夫曾维尔架起马和轻马车，带上几个见证人，前往扎莫希奇把此消息带给雷布·佐拉克·利泼弗。雷布·佐拉克知道后泪流不已。他命车夫驾了辆驷马车，他自己带着一个儿子和两个女儿上了车。车夫快马加鞭，道路干硬，马匹疾驰；傍晚时分，佐拉克·利泼弗一家就到了毕尔格雷。斯梅里还在拉比家，拉比的妻子照看她，不让变态好事之人靠近。她坐在厨房织毛衣，瑞兹发誓她以前从不会织。斯梅里向在场的人回忆早被淡忘的事情：三十年前可怕的冬天，住棚节后的热浪，夏天的雪,刮坏风车的风,砸破屋顶的冰雹,鱼和蛤蟆从天而降。她还谈到烧烤、烘焙,女人怀孕时易得的病,她谈到适用于同床和经期的仪式。厨房里,惊呆的女人们沉默地坐着。她们觉得像在听尸体说话。突然车轮声响起,雷布·佐拉克的马车驶进了院子。佐拉克进了门,放下编织活的斯梅里站起身,宣布道:

"佐拉克,我回来了。"

女人们号啕哭了出来。佐拉克只是瞪着眼。盘问又一次开始,持续到午夜过后。盘问的内容是什么,后来有许多相互冲突的讲法,引起了持久的争论。但从一开始,人人就都承认接待佐拉克的那个女人不是别人,就是艾斯特·克瑞恩德尔。很快,佐拉克就哭得撕心裂肺,佐拉克的儿子叫斯梅里妈妈。两个女儿没有这么快接受,想证明斯梅里是骗子,渴望获得她们母亲的特权。渐渐地,她们也认识到事情没有这么简单。先是小的沉默了,然后大的也低下了头。天亮前,两个女儿说出了几小时都不肯说的那个词:妈妈!

4

根据律法,佐拉克·利泼弗可以立刻与斯梅里结婚,但佐拉克还有第三个女儿,比娜·霍德尔,她顽固地不相信此事。她说,这一切艾斯特·克瑞恩德尔的事情,斯梅里可以从她父母那里知道，或从某个艾斯特·克瑞恩德尔解雇的女仆那里知道。或者，斯梅里可能是个女巫，或跟某个小精灵是搭档。

比娜·霍德尔不是唯一怀疑斯梅里的人。扎莫希奇有一些寡妇和离婚的女人视雷布·佐拉克为结婚的猎物，她们都不想让斯梅里轻松地夺走佐拉克，四处说斯梅里是狡猾的狐狸，是耍手腕的荡妇，是把嘴拱到别人园子里的猪。扎莫希奇的拉比听说了斯梅里说的话，命人将她带来查看。扎莫希奇突然分出了阵营。富人、学者和嘴尖舌利的人怀疑斯梅里的话，想要细细审查她。艾斯特·克瑞恩德尔的邻居和朋友也想盘问这个女孩。

瑞兹听到扎莫希奇的情况，听到他们要如何对待她女儿，抗议道，她不想让自己的孩子被拖来拖去，遭全镇人议论，而且斯梅里对雷布·佐拉克·利泼弗的财产并无兴趣。但梅耶尔·孜思尔有其他考虑。他厌倦了教书，早就想搬到扎莫希奇，比起毕尔格雷，那城市更大更快活，到处是有钱人、快乐的年轻人、俊俏女人、酒馆和酒窖。梅耶尔·孜思尔说服瑞兹，让他带着斯梅里去扎莫希奇。他已经从佐拉克·利泼弗那儿得了一笔钱。

在扎莫希奇，一大群人聚集在拉比房子的外面，等着看斯梅里和梅耶尔·孜思尔到来。梅耶尔·孜思尔和他那边的人仔细把关，只让最有影响力的市民进门。斯梅里穿着瑞兹的节日衣服，头上戴着丝巾。这几个礼拜，她长高了，也更丰满，更成熟了。面对各方投来的问题，她的回答得体大方，显得很有教养，最后连来嘲讽她的人也不说话了。艾斯特·克瑞恩德尔本人也给不出更好的回答。最初，人们问了许多另一个世界的问题。斯梅里讲了临终的痛苦，清洗尸体和埋葬的过程。她描述了天使杜马[1]如何带着火棍接近她的坟墓，问她的名字；邪灵和小妖精如何想附上她，以及她虔诚的儿子念的卡迪什祷文如何救了她。在天堂的审判中，她的善行和过失在天平上称量。撒旦阴谋针对她，但神圣的天使保护了她。她说到了与父母的相遇，还有祖父母、曾祖父母以及其他早住在天堂的灵魂。但前往审判的路上，她获得许可从一个窗户里看地狱。她说到地狱中的恐怖——酷刑床，邪恶之人在雪堆和煤床上翻滚，恶毒之人的舌头和乳房挂在发亮的钩子上——每一个人都叹息。连轻蔑的、不知悔过的人都颤抖。斯梅里说出许多受惩罚的扎莫希奇居民的名字，有的浸在沸腾的漆桶里，有的被迫捡木柴堆起焚烧自己的柴堆，还有的被毒蛇咬，被蟒蛇和刺猬吞食。陌生人根本不可能听说过其中的大多数人或他们的罪行。

接着，斯梅里描述了天堂的钻石柱，钻石柱间，正义的人坐在黄金椅上，头戴王冠，享用利维坦[2]和野牛，喝着上帝为珍爱的人存的酒，天使向他们吐露《托拉》的奥秘。斯梅里解释道，正直的人不把妻子当脚凳，神圣的女人坐在丈夫身旁，只是椅子的黄金椅

---

1 天使杜马（Angel Dumah），东欧意第绪语民间传说里的形象，主管死人的灵魂。
2 利维坦（Leviathan），《圣经》中的海怪。

背头比男人的矮一点。听到这消息,扎莫希奇的女人们高兴得哭啊笑啊。雷布·佐拉克·利泼弗双手捂着脸,泪水打湿了胡子。

在拉比家的盘问结束后,斯梅里被带到雷布·佐拉克家,雷布·佐拉克的儿女、亲戚和邻居已经都在了。在那儿,她再次被细细盘问,这次聊的是埃斯特·克瑞恩德尔的朋友、商户和仆人。斯梅里什么都知道,记得每一个人。雷布·佐拉克的女儿指着橱柜里的抽屉,斯梅里就一一说出里面放的亚麻衣物等东西。她谈到一块刺绣桌布,是佐拉克在莱比锡为她买的礼物;还有个香盒,是他在布拉格的集市买的。她熟络地跟每个老妇人说话,都是埃斯特·克瑞恩德尔的同代人。"特瑞娜,你吃完饭胃还有灼烧感吗?……里娃·古塔,你左胸的烫伤好了吗?"她还同雷布·佐拉克的女儿们开善意的玩笑,对一个说:"你还讨厌萝卜吗?"对另一个说:"你记得那天吗,我带你去看帕乐基医生,一头猪吓到了你?"她回想起丧葬会的女人清洗她时说的话。盘问松弛下来了,斯梅里又一次说,她丈夫佐拉克的思念不允许她安息,生命的主可怜佐拉克,把她送回他身边。她解释说,佐拉克辞世之时也就是她去世之日,因为她的寿数已尽,现在只是为了他而活。没人把这个预言当真,她的样子那么年轻,那么健康。

扎莫希奇的人以为对斯梅里的盘问要持续好多天,但在拉比家和佐拉克家问过她的人很快就相信了,她真是埃斯特·克瑞恩德尔的转世。连猫也认得这位老主人,兴奋地喵喵叫,跑过去拿头蹭她的脚踝。那一天结束时,只有一小撮人还在坚持。埃斯特·克瑞恩德尔的朋友们不住吻着斯梅里;佐拉克的女儿们,除了比娜·霍德尔,都哭着拥抱妈妈;儿子们也行母子礼。孙子孙女们亲她的手指。他们都不管嘲讽者了。雷布·佐拉克·利泼弗和梅耶尔·孜思尔商定了结婚的日子。

婚礼很热闹,因为她的灵魂虽是埃斯特·克瑞恩德尔,但她却是处女之身。

5

埃斯特·克瑞恩德尔归来了。然而,这种奇迹的发生,佐拉克和镇子的人相信起来并不容易。埃斯特·克瑞恩德尔二世带着女仆去市集时,女孩子从窗户偷看她,街上的人驻足盯着她。在逾越节和住棚节的半天假期中,四面八方的年轻人到扎莫希奇来看这个从坟墓回来的女人。人群聚集在雷布·佐拉克家门前,只能拴上门链,以免有人闯入。佐拉克·利泼弗自己走到哪里都有点恍惚,他的儿女们在复活的母亲面前脸红结巴。

镇上的怀疑者们总是要谈这件事,说佐拉克是个老山羊[1],断定是他跟瑞兹安排了这桩奇迹,猜测他为瑞兹的年轻女儿付了多

---

1 山羊有色鬼之意。

少钱。有的说一千金币。一天晚上,两个搞恶作剧的人摸到佐拉克家的墙外,架了梯子,透过百叶窗窥视卧室。后来他们在酒馆说,他们看见埃斯特·克瑞恩德尔二世念祷文,拿来一罐晨洗的水,亲手给佐拉克脱靴子,挠他脚底心,他色眯眯地拉她耳垂。就连外邦人也在他们的酒馆里谈论这件事,有几个人预言,法庭将介入此事调查那个冒牌货,她极可能是女巫,或跟魔鬼是搭档。

几个月里,这对新婚夫妇都在晚上交谈。佐拉克并未停止询问埃斯特·克瑞恩德尔,问她离开此世时的事情,问她后来看见的事情。他一直在寻找不容辩驳的证据,证明她所言不虚。许多次他告诉她,她病倒垂死之际,他经受了多少痛苦,他为她守灵以及三十日哀悼期间,他感到多么绝望。埃斯特·克瑞恩德尔一次次肯定地告诉他,她在坟墓中思念他,他的痛苦使她不能安息,她到荣耀的王座前哀求时,小天使为她唱赞歌,魔鬼们叫嚣着指控她。她不断添加细节,如何遇到死去的亲人,以及他们在坟墓、在地狱,以及后来在伊甸园里的历险。天亮时,丈夫和妻子仍在交谈。

有些夜晚,埃斯特·克瑞恩德尔洗过净浴,佐拉克上她的床,他说她的身体比第一次结婚的蜜月时更美。他对她说:"也许我也会死,再变成个年轻人回来。"艾斯特·克瑞恩德尔和善地责备他,要他放心,她爱他胜过一切年轻男子,她的唯一愿望是他活到一百二十岁。

渐渐地，大家都习惯了这事。婚礼过后不久，瑞兹带着继子继女们到了扎莫希奇，住在雷布·佐拉克给的房子里。雷布·佐拉克让梅耶尔·孜思尔参与自己的生意，让他负责给当地乡绅放贷。梅耶尔·孜思尔的儿子们，前不久还对斯梅里又扇又踢，或吐唾沫，如今却在安息日来给艾斯特·克瑞恩德尔道安，招待他们的是杏仁面包和酒。人们很快忘了斯梅里这个名字。连瑞兹也不再叫女儿斯梅里。艾斯特·克瑞恩德尔去世时已年近六十，现在斯梅里对待瑞兹就像对待女儿。这种场面怪怪的：那年轻女人称瑞兹为孩子，在烘焙、烹调和抚养子女方面给予她建议。同第一个艾斯特·克瑞恩德尔一样，第二个艾斯特·克瑞恩德尔也有做生意的才能，她丈夫佐拉克一定要问过她再做决定。

在社区的地位方面，第二个艾斯特·克瑞恩德尔也同第一个一样了。人们请她陪伴新娘去犹太会堂，请她当婚礼的首席女傧相，请她在割礼时抱着宝宝。而她的举止仿佛早已习惯了这类荣耀。起初，年轻女人想跟她交朋友，但她对待她们就像对待另一代人。在她的婚礼上人们曾预料，艾斯特·克瑞恩德尔二世很快会怀孕，但几年过去，她并未怀上；这时人人都开始说，归来的艾斯特·克瑞恩德尔过早地衰老了，她的肉体萎缩了，她的皮肤干皱了。此外，她穿衣服也像老妇人，穿的披风有垫肩，出门戴的无边帽有饰带。她常常穿褶边上衣和长裙裾的褶裙。每天早晨，她走进会堂的妇女区，带着一本镶金边的祷告书和一本哀告书。

在新月前一天,她斋戒,参加只有老妇人才去的祷告会。在以禄月和尼散月,按习俗要去扫亲人的墓,艾斯特·克瑞恩德尔二世便去墓地,扑倒在第一个艾斯特·克瑞恩德尔的墓上,悲泣着祈求宽恕。那场面如同墓中的尸体跑出来哀悼和称赞自己。

一年年过去,佐拉克越发衰老虚弱。他的胃和脚都有病痛。他不再管生意,整日坐在扶手椅里看书。艾斯特·克瑞恩德尔给他送去食物和药品。有时她同他玩"山羊和狼"的游戏,甚至打牌,有时她大声读书给他听。她完全接管了生意,因为儿子们都懒惰无能。每天她向他报告事务。夫妻俩谈论过去的时光,好像他们真是同龄人。他提起早年孩子还小时的艰难,两人回忆家里的烦恼,生意上同债主、贵族和竞争者的麻烦事。艾斯特·克瑞恩德尔知道并记得所有的细节,常常提起他忘了的事情。或者他俩几个小时坐着不说话,艾斯特·克瑞恩德尔织袜子,佐拉克·利泼弗惊奇地看着她。第二个艾斯特·克瑞恩德尔长得越来越像第一个了,也有了高高的胸脯,脸上生出一样的褶皱,还有双下巴和眼袋。正如过去的艾斯特·克瑞恩德尔,这一个也把眼镜戴在鼻子尖,拿织针挠耳朵,累了就喝点樱桃酒,吃点果酱,边吃边对自己或猫嘟囔。连她身上的新鲜亚麻味和薰衣草味也跟第一个艾斯特·克瑞恩德尔一样。她停止洗净浴后,大家都觉得她绝经了。连她妈妈瑞兹也完全看不出原本斯梅里的样子了。

第一个艾斯特·克瑞恩德尔的同代人当中,有几人说话间含着这个意思：老朋友不只是灵魂回来了，身体也回来了。鞋匠坚称，这转世女人的脚同前一个的一模一样。第二个的脖颈上长出一个疣，长的地方与第一个的分毫不差。扎莫希奇的有些人说，要是打开艾斯特·克瑞恩德尔的坟墓，上帝禁止这样的亵渎，挖出来的尸体将不是艾斯特·克瑞恩德尔的，而是斯梅里的。

由于女人不能完全取代男人的位置，佐拉克·利泼弗的不少生意交给了梅耶尔·孜思尔经营。前《塔木德》教师开始大手大脚花钱。他晚起，喝酒用银高脚杯，弄了根琥珀嘴的烟斗。雷布·佐拉克总是朝乡绅们鞠躬举帽，梅耶尔·孜思尔却要跟他们平起平坐。他穿乡绅穿的衣服，纽扣是银的，戴貂皮帽，缀根羽毛，同贵族吃饭打猎。微醺时，他扔钱币给农民。他把儿子们送到意大利上学，把女儿们嫁给波西米亚的有钱小伙。一段时间后，扎莫希奇的外邦人称呼他"潘"[1]。艾斯特·克瑞恩德尔斥责他，说犹太人耽于世间的享乐不是好事，惹基督徒嫉妒，钱也浪费了，但梅耶尔·孜思尔不听。后来他不再去瑞兹的卧房。流言说，他跟扎莫亚斯卡女伯爵有染。又起了桩花柳女子的丑闻。梅耶尔·孜思尔和一位贵族决斗，那贵族的大腿受了伤。终于，除了神圣节日，梅耶尔·孜思尔不再去犹太会堂。

雷布·佐拉克·利泼弗已经极度虚弱。他最后的病拖了很长

---

[1] 潘（Pan），希腊神话中的牧羊神。

时间。许多夜晚,艾斯特·克瑞恩德尔坐在丈夫身边,不肯让别人看护。他过世时,她悲痛地扑到身体上,不肯让人抬走。丧葬会的人只能把她拽开。葬礼过后,艾斯特·克瑞恩德尔回到家,周围是佐拉克的全部儿女,他们都跟着她守了七天的灵。因为佐拉克死时非常老了,他的儿女们穿着袜子坐在小凳上唠叨家常。他们常常提到他的遗嘱,人人知道他立了遗嘱,但不知道遗嘱的内容。他们认定佐拉克留给寡妇一大笔钱,已经准备跟她讨价还价了。许多年来,这些男男女女称第二个艾斯特·克瑞恩德尔为母亲,如今不再看她的脸。艾斯特·克瑞恩德尔拿出《圣经》,翻到《约伯记》。她一边哭泣,一边念着约伯及其同伴的话。比娜·霍德尔在父亲病危时从未哭过一次,这时她嘟囔了一声,音量足以让人听见:"天贼。"

艾斯特·克瑞恩德尔合上《圣经》,站起身。"孩子们,我要向你们告别。"

"你要出门吗?"比娜·霍德尔耸起眉毛,问道。

"今晚,我就同你们的父亲在一起了。"艾斯特·克瑞恩德尔回答。

"明年再说这话吧。"比娜·霍德尔打趣道。

那晚的晚餐,艾斯特·克瑞恩德尔几乎没动盘子里的食物。饭后她站在东墙边,鞠躬捶胸,说出自己的罪孽,仿佛是赎罪日。瑞兹在厨房洗碗。梅耶尔·孜思尔去了一个舞会。艾斯特·克瑞恩德尔忏悔完，进了卧室，要女仆铺床。女仆提出异议，嘟囔说女主人应该睡别处。主人是在那个房间去世的。一条灯芯还在陶瓷碎片里烧着，一杯水照习俗立在床头柜上，里面有一片亚麻布，好让灵魂清洗自己。谁会睡在这么个刚刚才抬走过尸体的房间里呢？但艾斯特·克瑞恩德尔请求姑娘照吩咐的做。

艾斯特·克瑞恩德尔脱了衣服。躺到床上的瞬间，她的脸开始变化，变得干黄凹陷。女仆跑去叫来家人，也叫了医生。看见艾斯特·克瑞恩德尔死去的人后来见证说，她的样子完全就像第一个艾斯特·克瑞恩德尔临终时的苦状。她的眼睛睁着，但浑浊了，不看了。人们唤她，但她不应声。一勺鸡汤灌进她嘴里又漏出来。突然她叹了口气，灵魂离开了身体。比娜·霍德尔扑倒在床角，叫道："我的好妈妈。我的圣母。"

葬礼盛大。艾斯特·克瑞恩德尔二世埋在了艾斯特·克瑞恩德尔一世近旁。镇上最尊贵的女人为她缝尸布。拉比念诵悼词。葬礼结束时，梅耶尔·孜思尔呈给拉比两份遗嘱。在一份遗嘱中，佐拉克·利泼弗留给妻子四分之三的财产；在另一份遗嘱中，艾斯特·克瑞恩德尔把自己遗产的三分之一捐作慈善，三分之二留给瑞兹和她的孩子们。梅耶尔·孜思尔是遗嘱执行人。

没过几个月，比娜·霍德尔死了，而梅耶尔·孜思尔，没了艾斯特·克瑞恩德尔来稳住他，变得无所顾忌。他借贷给还不起钱的商人，不评估财产就接受抵押，不断大笔大笔亏钱。他永远在挑起官司。越来越频繁地,他躲避债主,躲避国王的收税员。一天,一群乡绅带着执法官、法警和士兵来到梅耶尔·孜思尔的宅子。卢布林省长授权公开拍卖他所有的财产。梅耶尔·孜思尔被逮捕,戴上镣铐,被扔进了监狱。瑞兹想从社区筹钱弄他出来,可由于他无视犹太人和做犹太人的准则,长老们拒绝伸出援手。曾与他花天酒地的乡绅们连他的哀求信都不愿提笔回复。九个月后的一天早晨,狱卒拿着一块面包和一碗热水进了梅耶尔·孜思尔的牢房,发现犯人吊在窗户的栅条上。梅耶尔·孜思尔把衬衫撕成条,编了根绳子。犹太人搬走了尸体,埋在篱笆后头。

6

多年后,扎莫希奇、毕尔格雷、克拉希尼克乃至卢布林的人还在谈论那个姑娘,那个入睡时是斯梅里醒来时是艾斯特·克瑞恩德尔的姑娘。瑞兹早就死在了救济所。她的孩子们生活在异邦,完全抛弃了自己的信仰。佐拉克·利泼弗的巨额财产什么也没剩下。但争议仍在继续。一个婚礼说笑人写了首讲斯梅里的诗。女裁缝们唱着讲她的歌谣。在长长的冬夜,女孩和女人们拔着鸡毛,切着卷心菜,织着夹克,回顾事情的点滴。连学校的男孩中间也传着艾斯特·克瑞恩德尔灵魂转世的故事。有人认为整件事就是个骗局。雷布·佐拉克·利泼弗及其家人太傻了啊,竟中了一个女孩的招。他们说主脑是梅耶尔·孜思尔。他不想教书了，想用佐拉克的财富享乐。一个人想了又想后得出结论，梅耶尔·孜思尔跟继女上了床，说服她参与这个计划。另一个人说瑞兹是阴谋的发起人，帮女儿做了各种准备。扎莫希奇有个厄汀格医生说，一个女人从坟墓里出来回到丈夫身边固然神奇，更神奇的是一个十四岁的女孩竟能骗过扎莫希奇的长老们。毕竟扎莫希奇不像海乌姆，不是个傻子镇。还有，斯梅里怎么就没怀孕呢，还死在丈夫葬礼结束的那个晚上？没有人能跟死亡天使谈交易。

无论如何，佐拉克·利泼弗的墓上长出了一棵白桦树。鸟在树枝上筑巢。树叶永远在颤抖，不息的窸窣声好像微小的铃铛。艾斯特·克瑞恩德尔一世和艾斯特·克瑞恩德尔二世的墓碑相互靠着，随着时间的推移几乎融为一体。世上到处是谜。弥赛亚降临时，可能连以利亚[1]也无法回答我们的每一个问题。甚至七重天的上帝也不一定能解开他的造物的一切谜团。或许正是为此，他隐藏了他的脸。

---

1 以利亚（Elijah），意为"耶和华是神"，是《圣经》中的先知。

雅基德和耶基妲[*]

1

在这间监狱里,必定要下阴间——那儿的人称之为地球——的灵魂等待着毁灭。女灵魂耶基妲在此盘桓。灵魂遗忘自己的出身。遗忘天使普拉驱散上帝的光,隐藏上帝的脸,管辖着神性之外的一切处所。不知自己出身于荣耀王座的耶基妲犯了罪。在她居住的世界,她的嫉妒惹出了大麻烦。她疑心每个女天使都与她的情人雅基德有染,她不只用言语亵渎上帝,还否认上帝存在。她说,灵魂不是被创造出来的,而是从乌有中演化而来:既无使

---

[*] 本篇英语由艾萨克·巴什维斯·辛格和伊丽莎白·波莱(Elizabeth Pollet)翻译。

命也无目的。尽管当局极度耐心宽厚，最终耶基妲仍被判处死刑。法官判定了她堕入名为地球的坟墓的时刻。

耶基妲的律师上诉到天堂最高法院，甚至向脸孔之主梅塔特隆[1]呈请愿书。但耶基妲罪孽深重，又无悔意，什么大人物也救不了她。侍从们抓住她，把她从雅基德身边拖走，剪掉她的翅膀，割了她的头发，让她穿上长长的白尸布。不再允许她听见天体的乐声，或闻见天堂的香味，或思索维续灵魂的《托拉》的奥义。她不能再到香膏油井沐浴。在监狱的牢房里，下界的黑暗已经围拢住她。但她最大的痛苦是对雅基德的思念。她失去了与他的心灵感应，也无法给他送信，她的仆人都没了。留给耶基妲的只有对死的恐惧。

在耶基妲生活的地方，死亡并不罕见，但只落到粗俗枯萎的灵魂身上。死人到底经历了什么，耶基妲不知道。她相信，灵魂堕入地球就是灭亡，即便虔诚者认为还有一星半点生命留存。死去的灵魂立刻开始腐烂，很快被一种叫作精液的黏稠物覆盖。接着，掘墓人将它置入某个子宫，它在里面变成某种真菌，此后成为所谓的孩子。然后就开始了地狱的折磨：出生，长大，受苦。道德书籍上讲，死亡不是最后的阶段。灵魂在净化后回归源头。但这种信仰的证据在哪里？据耶基妲所知，从未有谁从地球归来。

---

[1] 梅塔特隆（Metatron），犹太教的大天使。

开化了的耶基妲相信，灵魂迅速腐烂，随后分解，进入永无归途的黑暗。

现在，耶基妲必须死去并掉落地球的时刻到来了。千眼的死亡天使就要持着火剑现身。

一开始，耶基妲不停地哭泣，接着她的泪水止住了。醒着睡着，她从未停止想念雅基德。他在哪里？他在做什么？他身边是谁？耶基妲很清楚，他不会永远哀悼她。他周围尽是美丽的女性，神兽、天使、六翼天使、小天使、艾拉利姆，个个都擅引诱。雅基德这样的人能遏制欲望多久呢？和她一样，他没有信仰。正是他教她知道，灵魂不是被造出来的，而是演化的产物。雅基德不承认自由意志，也不相信终极善恶。有什么能约束他呢？毫无疑问，他已经躺在另一个神女的腿上，讲着对耶基妲讲过的他自己的事。

但她又能怎样呢？在这地牢里，与住宅区的一切联系都切断了。门都关着，仁慈或美都进不来。这监狱的出口通向下面的地球，通向叫作肉、血、骨髓、神经和呼吸的种种恐怖。敬畏上帝的天使们许下复活的诺言。他们布道说，灵魂并不永远在地球上徘徊，经受了惩罚之后，将回到上界。但耶基妲是个现代主义者，认为这一切都是迷信。灵魂如何能免于肉体的败坏？科学上不可能。复活是一个梦，是对原始、恐惧的灵魂的愚蠢安慰。

2

这天晚上,耶基妲躺在角落里,想着雅基德,想着他带给她的快活,他的吻,他的爱抚,他在她耳边轻吐的秘密,他带她领略的种种姿势和游戏。千眼的死亡天使杜马手持火剑进来了,模样正如圣书中的描述。

"你的时辰到了,小妹妹。"他说。

"不能再上诉了吗?"

"关在这一片的总是要去地球的。"

耶基妲颤抖着。"好吧,我准备好了。"

"耶基妲,就算现在悔悟也有用。说出你的忏悔。"

"能有什么用?我唯一悔恨的是没有多犯一点禁。"耶基妲叛逆地说。

两个都沉默了。最后杜马说:"耶基妲,我知道你对我有火气。但这是我的错吗,妹妹?我想当死亡天使吗?我也是个罪人,从上界被放逐下来的,对我的惩罚是当灵魂的刽子手。耶基妲,我没有要你死,但不要难过。死不是你想的那样可怕。是的,一开始不好过。但一旦你被种进了子宫,随后的九个月就不疼了。你将忘记在这里知道的一切。从子宫出来会有惊吓,但童年多半是快乐的。你将开始学习死亡的知识,住在有血有肉的、柔顺的身体里,而且很快将恐惧放逐的结束。"

耶基妲打断他。"要杀就杀吧，杜马，撒这些谎就不必了。"

"我说的是真的，耶基妲。你离开不会超过一百年，因为最邪恶的也不遭更长时间的罪。死亡只是为新生做准备。"

"杜马，别说了。我不想听。"

"但有一点很重要，你要知道，那里也存在善恶，意志仍旧自由。"

"什么意志？为什么说这种鬼话？"

"耶基妲，仔细听着。即便那里的死人中间也有法律和法规。死时的行为将决定你随后的命运。死亡是灵魂改过自新的实验室。"

"了结我吧，求你了。"

"耐心些，你还有几分钟可以活，必须接受教导。听着，你在地球上的行为有善有恶，最恶毒的罪是让某个灵魂回到生命中。"

这说法太过荒谬，耶基妲尽管痛苦，还是笑了出来。

"一具尸体怎么能把生命给予另一具？"

"不像你想的那么难。身体是由很脆弱的物质组成，一击即碎。死亡不比蜘蛛网牢固，微风拂过，就消散了。但摧毁他人的或自己的死亡是大罪。不止如此，你也不可威胁夺走死亡，做、说乃至想想都绝对不行。在这里，我们的目标是保存生命，但在那里则是维护死亡。"

"托儿所的童话。刽子手的幻想。"

"这是真的,耶基妲。适用于地球的《托拉》基于一条原则:另一个人的死亡必须珍贵如自己的死亡。记住我的话。等你下到阴间后,这些话将对你有价值。"

"不,不,我不想再听这种谎言了。"耶基妲捂住了耳朵。

3

许多年过去了。上界的人都忘记了耶基妲,只有她母亲还为女儿点纪念蜡烛。在地球上,耶基妲有了新的父母,几个兄弟姐妹,都是死的。上完高中,她开始去大学上课。她住的地方是一个大墓园,那儿的尸体学习各种行当的丧葬之事。

春天,地球的堕落随着花的开放染上了麻风。在坟墓的纪念树和涤濯水中间升腾起可怕的恶臭。数百万被迫落入死域的生灵变成苍蝇、蝴蝶、虫子、蟾蜍和青蛙。他们嗡嗡地叫,呱呱地叫,尖利地叫,嘎嘎地叫,已然在为死亡挣扎。不过,耶基妲完全习惯了地球的风物,觉得这一切是生命的一部分。她坐在公园长凳上,抬眼盯着月亮。在阴间的黑暗里,月亮有时像点在头盖骨上的纪念蜡烛。正如每一具女性尸体,耶基妲渴望永续死亡,渴望自己的子宫成为新死者的坟墓。但没有男性的协助她做不成此事,她得跟某个男性相恨(尸体称之为相爱)而交配。

耶基妲坐着,盯着天上的头盖骨眼洞,一具包着白尸布的尸体走过来坐在她身边。两具尸体相互注视了一会儿，以为自己能看见，其实尸体都是瞎的。最后男尸体说：

"不好意思，姑娘，你知道现在几点了吗？"

在内心深处，尸体全都渴望自己惩罚的终结，所以老是念叨着时间。

"几点了？"耶基妲回答，"稍等。"她手腕上缠着一个测时的仪器，但分格很窄，标识很小，她看得吃力。男尸体靠近她。

"我可以看看吗？我眼睛很好。"

"随你。"

尸体从来不直截了当，总是羞涩迂回。男尸体握着耶基妲的手，头朝那仪器凑过去。以前也有男尸体触碰过耶基妲，这一次却让她的手脚颤抖。他专注地看着，但无法立刻看清。然后他说："我想是十点十分。"

"真的这么晚了？"

"请允许我介绍我自己。我叫雅基德。"

"雅基德？我叫耶基妲。"

"好奇怪的巧合。"

两人听着血管里的死亡的奔腾，沉默了很长时间。然后雅基德说："今天晚上真美！"

"是的，很美！"

"春天有种语言说不出的东西。"

"语言说不出任何东西。"耶基妲回答。

她一说出这句话,两人就都知道他俩注定要躺到一起,为某个新尸体预备坟墓。事实是,无论死者死得多么彻底,还是会残留某种生命,某种与充盈着宇宙的知识接触过的痕迹。死只是遮盖了真理。贤人说这就像肥皂泡,稻草一碰就迸裂开了。死者为死而羞耻,想靠狡诈来隐瞒自己的状况。死得越透的尸体越健谈。

"可以问你住哪儿吗?"雅基德问。

我在哪儿见过他?他的声音怎么如此熟悉?耶基妲迷惑。他怎么会叫雅基德呢?很罕见的名字。

"离这儿不远。"她回答。

"我送你回家好不好?"

"谢谢你。不需要的。但如果你想……现在就回家睡觉倒还太早了。"

雅基德站起身,耶基妲也站起来。他是我在找的那一个吗?耶基妲问自己,我注定的那一个?但注定是什么意思?据我的教授说,存在的只有原子和运动。一辆马车驶来,耶基妲听见雅基德说:

"想兜兜风吗?"

"去哪儿?"

"哦,就围着公园转转。"

耶基妲想要责备他,嘴里说出的却是:"倒是不错。但我觉得你不应该花钱。"

"钱是什么？我们只活一次。"

马车停了，他俩上了车。耶基妲知道，自爱的姑娘绝不会跟着陌生的年轻男人兜风。雅基德会怎么想她？他是不是认为，随便谁只要邀请她她就会跟着兜风？她想要解释自己生性是害羞的，但又知道已经造成的印象无法抹去了。她默默坐着，吃惊于自己的行为。她感到与这陌生人的距离比任何人都近。她几乎能看出他的心思。她希望这夜晚永远持续下去。这是爱吗？人真能如此快地坠入爱河吗？可是我快乐吗？她问自己。但心中没有答案。因为死人总是忧郁的，即便在快活之时。过了一会儿，耶基妲说："我有种奇怪的感觉，这一切我以前经历过。"

"既视感——心理学上是这么叫的。"

"但也许不是完全瞎说……"

"你的意思是什么？"

"也许我们在某个其他世界里认识。"

雅基德一下子笑了出来。"哪个世界？只有一个世界，我们的世界，地球。"

"但也许灵魂确实存在。"

"不可能。你说的灵魂只不过是物质的震动，神经系统的产物。我应该懂的，我是个医科学生。"突然，他的手搂住她的腰。耶基妲从未允许任何男性如此放肆，却没有责备他。她坐着，困惑于自己的默许，恐惧着明天将感到的后悔。我完全不像样了，她斥责自己。但他有一点说对了。如果没有灵魂，生命只不过是永恒死亡中的短暂插曲，那么为什么不去无拘无束地享乐呢？如果没有灵魂，就没有上帝，自由意志就毫无意义。就像我的教授说的，道德只不过是意识形态上层建筑的一部分。

耶基妲闭上眼睛，向后靠在靠垫上。马缓慢地溜达。黑暗中，所有的尸体——人和动物——悲叹着自己的死，呼号、笑、嗡嗡叫、唧唧叫、叹气。有些尸体走得跌跌撞撞，喝醉了暂且忘却地狱的折磨。耶基妲沉浸在自己的念头中。她打了个盹，又突然醒来。睡着时，死者与生命的源头又连接上了。时间、空间、因果、数字和关系的幻觉停止了。在梦里，耶基妲又升入了她最初的世界。她看见自己真正的母亲、朋友和老师。雅基德也在那里。两人打招呼，拥抱，笑着，快乐地落泪。在那一刻，两人都认清了真理，地球的死是暂时的是幻象，是磨炼，是净化的手段。他们一起经过天上的宅邸、花园，经过灵魂疗养的绿洲，神兽的森林，天堂之鸟的岛屿。不，我们的相会不是偶然，耶基妲自己喃喃道。有上帝。造物有目的。交配、自由意志、命运全都是他的计划。雅基德和耶基妲经过一所监狱，透过窗户朝里看。他们看见一个被判堕入地球的灵魂。耶基妲知道这灵魂将成为她的女儿。临醒来前，耶基妲听见一个声音：

"坟墓和掘墓人相遇了。埋葬将于今晚进行。"

刀口之下[*]

1

　　莱伯睁开那只好眼睛,但地下室里黑乎乎的。他看不出是白天还是夜里。他摸索着放在铁床旁小凳子上的火柴和香烟。每次在这个近来住的无窗房间里醒来,同一个疑问都袭来:要是他的另一只眼睛也瞎了呢?他擦了根火柴,看着火焰发光。他点着香烟,深深吸了一口,用火柴上尚余的一点蓝火点亮一盏小煤油灯。煤油灯的玻璃灯罩已没了。颤动的光照在斑驳的墙上,照在完全烂了的地板上。但要是不用付房租,活死人墓也是好买卖。感谢

---

[*] 本篇英语由鲁思·惠特曼(Ruth Whitman)和伊丽莎白·波莱(Elizabeth Pollet)翻译。

上帝，昨天还剩下点伏特加。酒瓶立在一个鸡蛋板箱上，瓶口用纸塞着。莱伯思忖着，放下光着的脚，朝板箱走了几步。唔，我就漱漱口，他跟自己开玩笑。

他把酒瓶举到嘴边，喝了个底朝天，然后扔掉了瓶子。他坐了一会儿，感觉酒气从胃升到大脑。好吧，那么我是个堕落的人了，他嘟囔着。平常，房间里有老鼠窸窸窣窣，但现在寒冷驱走了它们。这地方有股霉味和地底下的味道。空气潮湿，残破的木料上长出了某种真菌。

莱伯向后靠到墙上，让自己屈从酒精的力量。喝酒时，他的脑子不转了。他的念头自个飘来飘去，可以说用不着他的脑袋。他失去了一切：左眼，工作，妻子鲁什克。他莱伯曾是友爱协会的第二督察，如今却成了酒鬼、懒汉。我要杀了她，我要杀了她，莱伯自己嘟囔着。她死定了。我要杀了她，然后自己了结。她多活的每一天都是送她的。一个礼拜之内她就进坟墓了，那婊子，收拾好上路吧……要是有上帝，他会在下一个世界里对付她的……

莱伯早就计划好了一切。他又过了一遍，不过呢，觉得那结局不妨再等等。要捅进狠心鲁什克的肚子的刀藏在稻草床垫下。他新磨过，吹发立断。他要捅进她的肚子，转两圈割断她的肠子。然后踏住鲁什克的胸脯，垂死的她吃痛挣扎，他对她喊：怎样，鲁什克，你还狠吗？呃？再朝她脸上吐唾沫。然后就到墓地去，在查耶的墓旁割自己的腕。

坐累了,莱伯又躺倒在小床上,拉上香烟烫坏了许多处的黑毯子盖住,吹灭灯。时机会来的。他已经等了很久。他先是卖了所有东西,后来向朋友借钱,如今要靠奇迹才能存活下去。他在施汤所吃饭。老朋友给他一点点钱、一件破衬衫、几条短裤、一双不要的靴子。他活得像动物,像街上窜着的猫狗老鼠群里的一只。黑暗里,莱伯眼前又出现了渴念的画面:鲁什克,死人般的苍白,躺着,穿得漂亮,腿伸直了,金黄头发散乱,肚子上的刀只露出金属刀柄。她痛苦地尖叫起来,哀求,咕噜咕噜,蓝眼睛大张着。他莱伯靴子踏紧她的胸脯,问:怎样,你还狠吗,呃?

2

莱伯醒了。这几天他发烧般地昏睡,搞不清楚白天还是黑夜,礼拜二还是礼拜四。也许都礼拜六了。没伏特加了,最后一根香烟也抽完了。他做了个长长的梦,梦里都是鲁什克,奇怪,他一边割她的喉咙一边跟她做爱,好像有两个鲁什克。他稍稍回忆那无意义的梦,想要解释,但很快放弃了。我病了吗?他想。也许我要死在这洞里,鲁什克来参加我的葬礼。但就算死了,我也要去勒死她……

后来他颤抖着,又醒过来。他摸摸额头,但额头凉凉的。疲惫消失了,力气回来了。他感觉自己想要穿起衣服上街。这样腐烂地活着,受够了!莱伯对自己说。他想点灯,但找不到一根火柴。那就黑着穿衣服,他想。他的衣服又湿又硬。他摸黑拉上裤子,穿上有衬垫的夹克、靴子、宽舌帽。屋里挺冷,据此莱伯猜测外面肯定下雪了。他上了楼梯,走到院子,看见现在是夜里。没在下雨或下雪,但路上的卵石是湿的。几个窗户亮着灯,所以不是他起初以为的后半夜。唔,我跳过了几天,莱伯对自己说。他摇摇晃晃,仿佛伤寒新愈,走出大门。店铺都关了,封上了帘门。金属屋顶之上,天空沉重,冷冷发红,雪云催压。莱伯站着,踟蹰着,看门人在他身后关了门。不知道鲁什克在做什么?莱伯问自己。他知道她在做什么。她坐在理发师莱姆金身边,吃着夜宵,新鲜的小面包卷咬着脆脆的,凉芥末肉片就着茶和果酱。炉子烧着,留声机唱着,电话响着。她的朋友们过来聚会:药剂师莱泽·茨特林,非犹太肉店的卡尔曼,渔夫贝拉里·本茨,维也纳婚礼堂交响乐团的音乐家施姆尔·泽恩维尔。鲁什克和善的嘴冲着每个人笑,现出酒窝,拉起裙子让他们看见圆润的膝盖、红袜带和衬裤的蕾丝。她丝毫不会想起他莱伯。真是个贼,婊子……她死一次不够……

莱伯感觉靴筒那儿有什么东西,弯腰去摸。我带着刀呢,他吃了一惊。不过,带着刀让他感觉更自在。他买了个皮刀鞘。这刀如今是他唯一的朋友了,他要用它把所有的账一笔勾销。莱伯朝靴筒深处推了推刀,这样就不磕脚踝了。也许现在就该去找她,他告诉自己。但他只是随便想想。他必须单独见她。最好的时机是早晨,莱姆金去了理发店，女佣茨佩去了市场买东西。鲁什克还在床上打盹，或者听她的金丝雀唱歌。她喜欢裸睡。他用万能钥匙打开公寓门，静静地走进她房间，掀起被子，问：怎样，鲁什克，你还狠吗？呃？

复仇的念头压倒了莱伯，他停住脚步。不能再等了，心里的声音下令。这声音常常命令他，像个上级军官——左，右，立正，齐步走！除非那声音下了命令，莱伯什么都不做。现在他知道为什么这一周睡觉这么多了。那指引他的无形力量要他为行动做准备。睡觉时，这决定在他心中孵化，好像一种疾病将要暴发。他的脊背一阵发凉。是的，他拖延了太久。时辰到了……他不害怕，但他的肋骨冰凉。他心智异常清晰，但他明白，必须把每一个细节都琢磨清楚。他身无分文，没有伏特加和香烟。现在门都关着，他没地方可去。想到鲁什克吃夜宵，他觉得饿了。他也想吞一块新鲜的小面包卷，里面有萨拉米香肠或热熏香肠。他感到辘辘饥肠的噬咬。多少年莱伯第一次感觉到自怜。忽然他想起一首歌的歌词，小时候演普珥节的一出戏时唱的。他的朋友贝里什戴着形如普珥节蛋糕的三角帽和黑胡子恶棍面具，走近他，要杀了他，挥舞一把包着银纸的纸板剑。他莱伯戴着红胡子商人的面具，唱道：

> 我的这片面包你拿走，
> 但杀我之前留一个钟头；
> 那边的辫子面包随你尝，

但给我一个钟头陪陪新娘。

贝里什早就死了,马踢死的。倒是他莱伯要成杀人犯了,而且连临死前换回一个钟头的一片面包也没有……

莱伯慢慢走着,步子很小。他将信任寄托在命令他的那力量上。他得有点助力。没有酒,没有香烟,胃里空空,他杀不了人。他用一只眼睛瞪着周围的昏暗。几个人路过,但他并没真看见他们。他全身心地倾听,一切都悬着,有什么事情要发生。如果什么也没发生,莱伯想,我就回家。做了这个决定,他感觉像是朝那统治他这么多年的、将要领着他走最后一步的力量发出了挑战。他眯眯眼睛。燃烧的稻草似乎从暗淡的煤气灯光里射出。几颗雨滴打在他头上。他觉得困。同时他感到曾有过同样的经验。就在那一刻,莱伯听见了一个声音,吓了一跳,尽管他正在期待一个声音。

"你冷吗,莱贝勒?进来暖和暖和……"

莱伯四下张望。一个妓女站在六号屋的大门前。莱伯不认识她,但显然她认识他。在煤气灯的光照下,他看见她瘦瘦小小,面颊凹陷,涂了胭脂,睫毛膏抹到眼睛周围。她的红头发半盖着披巾,红裙子,红靴子湿湿的,沾着泥巴。莱伯停住脚步。

"你认识我?"

"是的,认识。"

"跟你真的能暖和吗?你已经是个丑老太婆了。"莱伯说,自己知道不是事实。

"我的敌人才这么年轻就要死呢……"

"也许我可以到你屋里过夜?"

"只要有钱什么都可以。"

莱伯沉默片刻。

"我没有钱。"

"唯一免费的东西是死。"女人回答。

莱伯琢磨着。

"拿个什么抵押行不行?"

"押什么?金表吗?"

莱伯知道这么做很蠢,但还是把手伸进靴筒,连着鞘把刀拿了出来。

"那是什么——刀?"

"对,一把刀。"

"我要刀干什么?我又不想捅谁。"

"它值三卢布。看一眼这个刀把……"

莱伯踱到煤气灯下,从鞘里抽出刀刃。刀刃如火焰般闪烁,姑娘退后了一步。

"连刀鞘值四卢布。"

"我要它没用。"

"那好吧……算了。"

但莱伯没有动地方。他等着，仿佛期待着姑娘改变主意。她拉着披巾，把自己包得更严实。

"你带把刀干什么？是不是想杀谁？"

"也许。"

"谁？狠心的鲁什克？"

莱伯浑身僵住了。

"你怎么这么说？"

"大家在说啊。你的事他们都知道。"

"他们说什么？"

"鲁什克甩了你，因为她你变成了酒鬼。"

什么东西扯了扯莱伯的心。大家知道他的事，谈论他。他还以为大街上已经忘了他，当他死了呢。他眼里含满了泪。

"我去你那儿吧。明天我付钱给你。"

姑娘抬起头。她打量他，微微笑着，仿佛这一切谈话只是游戏或测试。她好像属于他的生活，就像他的一个亲戚，等着他，需要时帮助他。

"算你走运，鸨妈不在。她要是发现了，会生吞了我……"

3

她的房间在地下室。过道很窄，只能过一个人。姑娘走在前头,莱伯跟着。两边的砖墙逼仄,地不平,莱伯弓着身子才不撞到头。他觉得仿佛已死了,正在地洞里游荡,四周是阴间的恶魔。

一盏灯在她房间里微微亮着,墙刷成粉色。炉子里的煤闪着红光,炉子上的茶炊咕噜咕噜冒着泡。一只猫坐在脚凳上,乜斜着绿眼睛。床上只有稻草席和脏床单,没有别的铺盖。但那是给客人用的。角落的椅子上铺着一条毯子和一个枕头。桌上放着半条面包。莱伯看见镜子里的自己:一个大男人,麻子脸,长鼻子,凹陷的嘴,左眼的位置是一个洞和一条缝。泛绿的玻璃破了,盖着灰,他的镜像折射,仿佛那玻璃是个幽暗的池塘。他一个多礼拜没刮脸了,下巴盖了一把稻草色的胡须。姑娘摘掉披巾,莱伯才第一次看清她。她个子小小的,平胸,手臂瘦巴巴的,双肩嶙峋。过长的脖颈上有个白斑。黄眉毛,黄眼睛,鹰钩鼻,尖下巴。脸还年轻,但嘴周围有两道深皱纹,仿佛这嘴独自衰老了。听口音,她是农村来的。莱伯盯着看,隐约认得她。

"这儿就你一个吗?"他问。

"还有一个去医院了。"

"鸨妈呢?"

"她哥哥死了。守灵去了。"

"你可以把这儿偷空。"

"没什么东西可偷的。"

莱伯坐到床沿上。他不再看姑娘,而是看着面包。虽然不觉得饿,他却无法把目光移开。姑娘脱掉靴子,但没脱红色的长筒袜。

"这种天气,就是一条狗我也不会让它待在外面的。"她说。

"今晚你还会去门口站吗?"莱伯问。

"不了,我就在这儿了。"

"那我们可以聊聊。"

"跟我有什么可聊的?我毁了我的生活。我父亲是个体面人。你真要捅鲁什克吗?"

"她也就配得上这个了。"

"如果我想捅哪个伤害了我的人,我每只手就拿六把刀。"

"女人不一样。"

"是吗?人应该等着让上帝审判。我的敌人有一半已经烂在坟墓里了,剩下的一半也不会有好下场。为什么要溅血?上帝等的时间长点,但他惩罚得很好。"

"他没惩罚鲁什克。"

"等等吧。没有什么永远不变。她的惩罚会来得比你以为的早。"

"比你以为的早,"他答话时笑了一声,好像狗叫。然后他说:"我来都来了,给我点东西嚼嚼吧。"

姑娘眨眨眼。

"来,来点面包。桌子那儿拉把椅子。"

莱伯坐下。她给他一杯淡茶,消瘦的手指从锡罐里挖出两块糖。她在他身边忙活,像个妻子。莱伯从靴筒里拿出刀,切了一片面包。姑娘看着他笑,露出歪斜锈黄的零落牙齿。黄眼睛里闪着什么,像妹妹的目光,有些狡猾,仿佛她是他的同谋。

"这刀不是切面包的。"她说。

"那是切什么的,呃?肉?"

她从柜子里拿来一根萨拉米香肠,他拿刀切成两段。猫跳下脚凳,在他腿上磨蹭起来,喵喵叫。

"别给它。让它吃老鼠。"

"老鼠够吃吗?"

"够十只猫吃。"

莱伯把那段萨拉米香肠切了一半,丢给猫。姑娘眯着眼看他,半是好奇,半是嘲讽,好像他来她屋里这件事完全是个笑话。两个人沉默了很长时间。然后莱伯张开嘴,没过脑子就问:

"你想不想结婚?"

姑娘笑了。

"我会嫁给死亡天使。"

"不开玩笑。"

"女人只要有口气就想结婚。"

"你嫁给我好吗?"

"就算是你也——"

"那好吧,我们结婚吧。"

姑娘往茶炊里倒水。

"你是指在床上,还是在拉比那里?"

"先在床上,再到拉比那里。"

"随便你。我不再相信任何人了,但就算耍了我,又有什么所谓?你说什么就是什么。你要是反悔了,我也没失去任何东西。他们怎么说的?三个客人里就有一个要娶我。等完事了,他们连那二十戈比都不肯付。"

"我会娶你。我已经没有什么可失去的了。"

"我又有什么可失去的呢?只有我的命。"

"你没有点钱吗?"

姑娘露出熟稔的微笑,微微做了个鬼脸,仿佛期待莱伯问这个。她整张脸变得老了,世故了,皱纹显得和蔼,像个丑老太婆。她犹豫着,四处张望,抬头看蒙着黑帘子的小窗户。她的脸像在笑,又像在沉思着某种古老悲伤的事情。然后她点点头。

"我的全部财产都在我的袜子里。"

她用手指指自己的膝盖。

4

第二天早晨,莱伯等着看门人开了大门。然后他走到街上。一切都顺利。天还黑着,但维斯瓦河的这一边,东边,一片天空显出淡蓝色，红斑点点。烟囱冒起了烟。装着肉、水果和蔬菜的农民大车路过，半睡半醒的马走得沉重缓慢。莱伯深呼吸。他的喉咙干干的。他的肠子打着结。这个点能到哪儿弄点吃喝呢？他想起查姆·斯梅特尼饭馆，上帝还没醒它就开门了。莱伯像马那样摇着头，朝那方向出发了。好吧，都是注定的，我兑现了我的命运，他想。查姆·斯梅特尼饭馆已经开门了，散发着牛肚、啤酒和鹅肉汁的味道，煤气灯亮着。一夜没睡的人们坐在那儿吃着，不过，是在吃早饭还是晚饭吃到现在就很难说了。莱伯坐到一张空桌子旁，要了一瓶伏特加、鸡脂洋葱和煎蛋。他立刻空肚喝了三杯。嗯，这是我最后一顿饭，他自己嘟囔。明天这时候我就是个烈士……服务员们看他可疑，担心是来混吃的。店主查姆·斯梅特尼亲自过来问：

"莱伯，你有钱吗？"

莱伯想操起酒瓶砸他的肥肚子。那肚子上挂了一串银卢布。

"我不是要饭的。"

莱伯从口袋里掏出一叠红带子绑着的钞票。

"好吧，别生气。"

"走开！"

莱伯想忘了这侮辱。他灌下一杯又一杯，沉迷在饮酒中，连煎蛋也忘了。他拿出一张钞票给服务员当小费，又要了一瓶伏特加。这回不是四十标或六十标的，而是九十标[1]的。店里坐满了客人，烟气渐重，也吵闹起来。有人把锯屑撒到石地板上。莱伯周围的人说着话，不过，他虽听得见一个个词语，却听不明白整句的意思。他的耳朵好像注满了水。他把头靠到椅背上，打起鼾来，还同时抓着酒瓶怕人拿走。他不是睡着了，却也不是醒着。他做着梦，但那梦似乎离得很远。有人冲他说了一大段话，不停顿地，好像布道者在布道，但莱伯无法明白是谁在说话，又说了什么。他睁开那一只眼睛，又闭上了。

一会儿，他坐起来。天已大亮，煤气灯灭了。墙上的钟指着八点三刻。饭店里挤满了人，不过，虽然他认识这条街的每个人，却谁也没认出来。酒瓶里还有点伏特加，他喝了。他尝了尝冷煎蛋，皱皱脸，拿勺子敲盘子叫服务员。最后他走了，迈着摇晃的腿出了门。他那一只眼睛前悬着一层雾，当中有个果冻般的东西跳来跳去。我要彻底瞎了，莱伯对自己说。他进了亚诺什集市，找鲁什克的女佣茨佩，他知道她每个早晨都来买东西。集市里已经挤满了顾客。店铺的女人叫卖自己的货物，鱼贩子们朝装满鱼的盆子弯腰，三个屠户在大理石池子那儿杀鸡宰鸭，煤油灯照亮那池子，杀完的鸡鸭交给拔毛的，拔完毛装进篮子里，还活着。有刀的人都用着刀呢，莱伯想。上帝不在乎。他向出口走去，看

---

[1] 九十标（ninety proof），约为50度。

见了茨佩。她拿着空篮子刚到。唔,就是现在了!

他走出集市,朝鲁什克的院子走去。他不怕被人看到。他进了大门,上了楼梯到二层,牌子上刻着"莱姆金——高级理发师"。如果钥匙开不了锁怎么办呢?莱伯问自己。我就撞开门,他回答。他能感觉到自己的力气,现在他就像参孙[1]。他从胸袋掏出钥匙,好像是这公寓的主人。他把钥匙插进锁孔,开了门。他看见的头一件东西是一个煤气表。一顶礼帽挂在帽架上,他玩闹似的拍拍它。透过半开的厨房门,他看见咖啡研磨器、黄铜研钵和杵把。咖啡渣和炸洋葱的气味从那里传来。好吧,鲁什克,你的日子到头了!他静静地踏着走廊的地毯,前进,头伸在前面,如捕狗人行动时那般灵巧谨慎。他从靴筒的刀鞘抽出刀时,某种笑声般的东西攥住了他。莱伯猛地推开卧室门。鲁什克在那儿,盖着一条红毯子睡着呢,漂淡过的金发散在白枕头上,黄兮兮、松垮垮的脸涂了面霜。眼球在闭着的眼皮下凸出,双下巴遮住皱皱的喉咙。莱伯站着,张大了嘴瞪着。他几乎认不出她来。上回见她之后的这几个月,她变得肥胖臃肿,失去了少女般的容貌,成了个妇人。头皮近旁能见到灰头发。床头柜上,一副假牙立在一杯水里。果然如此,莱伯嘟哝。她说得对。她真成了个丑老太婆了。他想起他俩分开时她说的话:"我已经耗干了。我不会变年轻了,

---

[1] 参孙(Samson),《圣经》中的大力士,遭情人陷害,后复仇。

只会更老……"

他不能一直这么站着。随时会有人敲门。但他也不能走。必须做的必须做,莱伯对自己说。他靠近床,掀开毯子。鲁什克没裸睡,穿一件睡袍,没系扣子,露出一对松松的乳房,像两个面团,还有鼓着的肚子,厚厚的出奇宽的屁股。莱伯根本想不到鲁什克的肚子能这么肥,皮肤能这么蜡黄、枯萎、斑斑点点。莱伯以为她会尖叫,但她慢慢睁开眼睛,仿佛此刻之前一直在装睡。她的眼睛盯着他,认真地,悲伤地,仿佛在说:你真可怜啊,你怎么成这样了?莱伯颤抖着。他想要说出演练过无数遍的话,却想不起来了。那些话就在嘴边。鲁什克也像说不出话来。她审视着他,目光里有种古怪的平静。

突然,她尖叫了出来。莱伯举起了刀。

5

唔,真的很容易,莱伯嘟囔。他关上门,慢慢走下楼梯,脚跟砸着地,好像在寻找目击者。但在楼梯和院子里都没碰上人。走的时候,他在大门前站了一会儿。日出时显得那么蓝的天空变灰了,下起了雨。一个搬运工走过,背着满满一袋煤。一个驼背叫卖着腌鲱鱼。牛奶场在卸奶罐。杂货店,一个送货员往手臂上堆一条条面包。套着的两匹马把头靠在一起,仿佛说着什么秘密。

是的，还是同一条街，什么也没变，莱伯想。他打着哈欠，打了个战。然后他记起了那时忘掉的话：怎么，鲁什克，你还狠吗，呃？他不觉得恐惧，只是空虚。这早晨看着却像黄昏，他想。他到口袋里摸香烟，但香烟丢了。他经过文具店。他朝肉店里头望。屠夫莱泽站在案台旁，使一把宽刀切着一扇牛肉。一群女人推推搡搡，讲着价，伸长了手臂要筒骨。他会砍掉哪个女人的手指的，莱伯嘟囔。忽然，他发觉自己站在莱姆金的理发店门口，然后，他透过玻璃门往里看。助手还没来呢。莱姆金一个人在。他个子小，胖胖粉粉的，光头，短腿，肚子凸起。他穿着条纹裤、带鞋罩的鞋子，戴着衣领和领结，但没穿夹克，吊带短短的像孩子穿的。他站着翻一份波兰语报纸。他还不知道自己成了鳏夫，莱伯对自己说。他看着莱姆金不解。真难相信，他莱伯竟然为这个猪一样的小男人忧虑了这么久，竟这么痛恨他。莱伯推开门，莱姆金侧身看他，吃了一惊，几乎吓坏了。我也要搞定他，莱伯决定。他弯腰想从靴筒里抽刀，但某种力量阻止了他。一种无形的力量似乎抓住了他的手腕。好吧，他注定要活，莱伯决定。他说：

"给我刮个脸。"

"什么？没问题，没问题……请坐。"

罩衣就放在一把椅子上，莱姆金快活地给自己穿上，拿了块干净裹布裹住莱伯，往盆里倒热水。他给莱伯上肥皂，拍挠莱伯的喉咙。莱伯向后靠头，闭上那一只眼睛的眼皮，在黑暗中放松。我想我要打个盹,他决定。我要跟他说头发也剪剪。莱伯觉得有些晕,打了个嗝。一阵凉风吹进理发店,他打了个喷嚏。莱姆金祝他健康。椅子太高,莱姆金放低了些。他从鞘里拉出剃刀,在皮带子上磨磨,开始刮脸。他轻柔地用粗粗的指尖捏莱伯的脸颊,好像他俩是亲戚。莱伯感觉到了他的呼吸,因为莱姆金说着悄悄话:

"你是鲁什克的朋友……我懂,我懂……她什么都跟我说了。"

莱姆金等着莱伯答话,甚至停下了剃刀。等了等,他又说起来。

"可怜的鲁什克病了。"

莱伯沉默了片刻。

"她怎么了?"

"胆结石。医生说她需要手术。她已经住院两个礼拜了。但是吃那一刀可不容易。"

莱伯抬起头。

"在医院?哪儿?"

"在切斯塔,我每天都去。"

"那谁在家里啊?"

"普拉加来的姐姐。"

"是个老的吗?"

"都已经当奶奶了。"

莱伯低下头。莱姆金把头又掰上来。

"相信我，鲁什克不是你的敌人，"他在莱伯耳边低语，"她成天说到你。毕竟，事情已经这样了。我们想为你做点什么，但是你不肯理我们……"

莱姆金弓着的头离莱伯极近，几乎碰到莱伯的额头。他散发着漱口水的气味，兄弟般温暖的气味。莱伯想说点什么，但外面传来一声尖叫，人们跑了起来。莱姆金站直身子。

"我去看看外面闹什么。"

他走出去，罩衣还在身上，右手拿着剃刀，左手沾着肥皂和胡须末。他溜达了一两分钟，问了个人，喜滋滋地走回来。

"一个妓女死了。拿刀划开了。六号屋的那个小红头发。"

斋戒[*]

1

伊齐·诺克哈姆一直吃得少,不过,自从洛伊斯·吉纳恩德尔离开了他,他父亲(愿他长寿)命他送了离婚状给她,伊齐就一心斋戒了。在贝克弗先生家,斋戒是容易的。贝克弗夫人去世了。管家的佩舍姑姑不注意谁吃没吃饭。仆人厄尔克·多比常常忘记给伊齐·诺克哈姆送饭。他窗户外面有个丢垃圾的坑,他把食物扔出窗户,猫啊狗啊鸟啊就吃。直到如今,四十岁了,伊齐·诺克哈姆才理解为何过去的圣人要从安息日斋戒到安息日。

---

[*] 本篇英语由米拉·金斯伯格(Mirra Ginsburg)翻译。

空空的胃，纯净的肠子，是一种精致的愉悦。身体轻盈仿佛摆脱了重力，心智清晰。起初，胃里有轻微的噬咬感，嘴也流口水，但头两天过后饥饿就完全消失了。伊齐·诺克哈姆早就厌恶了吃肉，或来自活物的任何东西。自从在屠宰场看了屠夫莱泽宰杀公牛，肉就令他恶心。连牛乳房挤出的牛奶、母鸡生的蛋都令他反胃。这些东西都连着血、血管和肠子。是的，圣书允许吃肉，但只是对圣人，他们有能力释放出投到母牛或家禽里的有罪灵魂。伊齐·诺克哈姆一点都不肯碰。

连面包、土豆和蔬菜也吃不消。吃饭只消维持生命就够了，那么，吃一两口就能撑几天。多一点点就是放纵自己。为何向暴食屈服？拜勒先生的女儿洛伊斯·吉纳恩德尔离开他后，他发现人可以抑制任何欲望。心里某种东西有欲念，但人可以嗤之以鼻。那东西想着肉欲，但人强迫它钻研圣书。那东西引诱人去渴望去想象，但念诵赞美诗就挫败了它。早晨，它想睡到九点，但人叫它天亮就醒。这内心的敌人最恨的是冷水净浴。但说了算的是大脑里的某个小点，命令脚走脚就走，哪怕水寒如冰。渐渐地，反对这个有欲念的生物成了习惯。人强压它，塞它的嘴，或者随它聒噪却不理它——正如那句话说的："别回答傻子的蠢话。"

伊齐·诺克哈姆在房间里来回踱步。他瘦瘦小小，一把细软的稻草色胡子，面色苍白如垩，红红的尖鼻子，大粗眉毛下是水蓝色的眼睛。头上一顶皱皱的亚莫克帽，粘了些稻草和羽毛。伊齐·诺克哈姆体重减轻后，身上的什么衣服都松垮了：腰带吊着的裤子，垂至脚踝的粗布长袍，皱巴巴的没系扣子的衬衫。连拖鞋和白袜子如今也太大了。他不是走路，而是拖着脚走。当那引诱者的力量太强时，伊齐·诺克哈姆就用一撮鼻烟或烟斗愚弄它。烟草使欲念迟钝。伊齐·诺克哈姆不停歇地与敌人角斗。这一刻，攥住他的是对洛伊斯·吉纳恩德尔的肉欲，下一刻，则是对父亲的愤怒（愿他长寿），因为父亲催促他离婚；有时，他想盖着被子睡觉，有时，对一杯咖啡的渴念折磨着他。踱步踱累了，他躺在长凳上，手帕垫在脑袋下面当枕头。板条硌他的肋骨，同一个姿势不可能保持很久。要是伊齐·诺克哈姆真能睡着，梦就立刻袭来——不是过去那样一个梦接一个梦，而是如蝗虫般的一堆梦，仿佛幻象和错觉围着他飞，只等他闭上眼睛。洛伊斯·吉纳恩德尔出现在他面前，赤裸就如人之母夏娃，说着倒错的话，不知羞耻地笑。伊齐·诺克哈姆吃着油酥面团、杏仁蛋白糖，喝着酒，像只蝙蝠在空中上下翻飞。乐手们演奏，鼓梆梆响。既是普珥节又是西赫托拉节。"怎么可能呢？"伊齐·诺克哈姆琢磨着，"弥赛亚肯定降临了——沙巴泰·泽维[1]本人……"

他猛然惊醒，浑身是汗。一时间他还记得全部的幽灵、荒诞

---

[1] 沙巴泰·泽维（Sabbatai Zevi, 1626—1676），东欧犹太世界一场伪弥赛亚运动的领袖，后皈依伊斯兰教。

和幻象，但随即都消散了，心头只剩下洛伊斯·吉纳恩德尔的形象。她的身体光芒逼人。他听见她的笑声回荡。"我不应该跟她离婚！"伊齐·诺克哈姆嘟囔着，"我应该离开她，消失掉，让她不知道我的骨头埋在哪儿。现在太晚了……"贝克希夫的人说，她就要嫁给克曼诺先生了，他妈妈是个加利西亚人。一个认识克曼诺先生的哈西德教徒说，他个子高得能顶到天花板，黑得像个吉卜赛人，当了三次鳏夫……

伊齐·诺克哈姆发觉自己犯了罪孽。为什么他想让她成为遭遗弃的妻子呢？为了复仇。他已在心里违逆了摩西的律条：不可报复或心怀怨恨。伊齐·诺克哈姆从书架取出《智慧之始》。复仇的救赎是什么？他翻看着泛黄的书页。上面列着一长串的罪孽，但复仇不在其中。伊齐·诺克哈姆皱了皱脸。这不是他第一次在心里诅咒洛伊斯·吉纳恩德尔，咒她不得安生。他想象她病了、垂死了、死了。他知道怨尤、仇恨、邪念吞噬着自己。梗着脖子的身体拒绝屈服，充满了怨恨。

伊齐·诺克哈姆拉开一个抽屉，里面放着一把从院子捡来的卵石，一些从篱笆那儿折来的荨麻，还有刺果，圣殿被毁日顽童扔的那种。伊齐·诺克哈姆闩上门，脱下拖鞋，放进卵石：让它们硌他的脚底。他拿荨麻抵着手臂和脖子，摩擦胸脯。荨麻刺人，但没那么疼。过后会起水疱的。他对自己说："现在我要把你浸到冷水里！来吧！……"他开了门，迈步走下楼梯。伊齐·诺克哈姆不再是一个人,而是两个。一个裁量施罚,另一个抗拒。一个伊齐·诺克哈姆拽着另一个去洗净浴,被拽的那个嘀咕着脏话,诅咒,说亵渎的话。伊齐·诺克哈姆抬手给了自己一个耳光:

"放肆!"

2

伊齐·诺克哈姆的斋戒到了第五天。他是从安息日傍晚开始斋戒的,现在是礼拜四的晚上。首先,伊齐·诺克哈姆想证明古人能做到的事情,今天也有人能做到。既然耶路撒冷的扎多克拉比能够靠着吮吸一个无花果活四十年,他伊齐·诺克哈姆当然能一个礼拜不贪吃。其次,那另一个,那个对头,已经完全喧嚣无度了。他居于伊齐·诺克哈姆体内,像个附鬼,永远在怨恨。一个伊齐·诺克哈姆祷告,另一个如小丑般嘟囔着打油诗。一个系上经文匣,另一个咕噜打嗝吐唾沫。一个念诵《十八祝福词》[1],另一个想象着克曼诺先生和洛伊斯·吉纳恩德尔嬉戏作乐。伊齐·诺克哈姆不再知道自己在干什么了。同一句祷告,他重复说三次。他不再是在摔跤角力,而是在作生死搏斗。伊齐·诺克哈姆停止了睡眠。如果人不能

---

[1] 《十八祝福词》(Eighteen Benedictions),犹太人在祈祷时,最开始吟诵的十八段赞美上帝的祝福词。

靠斋戒、靠躺在荆棘中、靠冷水浸泡来战胜敌人，那怎么样才能赶走他呢？靠摧毁自己？但那是禁止的！人要做的是打破桶而不洒了酒。可这怎么能做到呢？伊齐·诺克哈姆躺在板凳上，穿着裤子和袜子，一块石头当枕头，好像祖先雅各。皮肤痒，但他不肯挠。大滴的汗珠顺着脖子淌，但他不肯抹。邪恶的那一个每时每刻都想出不同的伎俩。伊齐·诺克哈姆的头发扎着头皮。耳朵嗡嗡响，好像有蚊蚋钻了进去。鼻孔发痒要打喷嚏，嘴要打哈欠。膝盖疼痛。肚子鼓胀，仿佛塞了过量的食物。伊齐·诺克哈姆感觉蚂蚁在背上爬来爬去。他在黑暗中喃喃道：

"来吧，折磨我，撕我的肉！……"

那一个歇了歇手，伊齐·诺克哈姆睡了过去。一只巨大的青蛙张开大嘴，要吞了他。教堂钟声响起。伊齐·诺克哈姆惊起，颤抖着。是不是着火了？或是别的祸事？他等着钟声再响，但只余空空的遥远的回声。伊齐·诺克哈姆感觉要小便。站到尿桶旁却尿不出。他洗了手，准备说这种时候该说的祷告词，但尿意回来了。他感觉到火烧和悸动。肠子一抽一抽地收缩，嘴里满是苦味，好像就要吐了。"我是不是该喝杯水？"伊齐·诺克哈姆问自己。他走到小凳子跟前，凳子上放着一个壶，有半壶水，典礼净手用的。他不情愿地倾倒。一只袜子湿了。"我不向他屈服！"伊齐·诺克哈姆轻声说，"给狗一根手指，它就咬到整只手上来……"

伊齐·诺克哈姆躺回到长凳上，四肢麻木。疼痛、干渴、噬咬的饥饿突然消失了。他既没睡也没醒。大脑在思考，但伊齐·诺克哈姆不知道它在思考什么。那一个，怨恨的那个，不见了，又只有一个伊齐·诺克哈姆了。他不再分裂。"我要死了吗？"他问自己。对死的恐惧全消失了。他准备好了。他想，要是葬礼在礼拜五下午举行，新死者就免于黑天使的盘问和折磨。伊齐·诺克哈姆观察着自己气力的衰退。他的心智一时失据，剩下一阵空白。仿佛遗忘天使普拉挖走了伊齐·诺克哈姆的一块记忆。他在黑暗中感到惊奇。这空白可能持续一分钟，也可能持续一小时，或一天一夜。伊齐·诺克哈姆曾读过一个故事，一个中邪的年轻人向一个桶弯下腰蘸点水，等他站直身子，已经是七十年以后。

突然，伊齐·诺克哈姆呆住了。门口有个什么东西在黑暗中晃动起来，一缕盘旋的蒸汽，雾蒙蒙的。伊齐·诺克哈姆吃惊极了，忘了害怕。一个身影显出来，一个幽灵，生着头、肩膀、脖子和头发，一个女人。她的脸好像自己会发光。伊齐·诺克哈姆认出了她：洛伊斯·吉纳恩德尔！她的上半身已经很清楚了，脸摇摆着仿佛要说话。眼里噙着笑。魅影的下半身模糊成片片缕缕。伊齐·诺克哈姆听见自己的声音：

"你想干什么？"

他想站起来，但双腿麻木沉重。幽灵飞向他，拖着黏糊糊的尾巴，好像过早破壳的小鸡崽。"原初的体质！"伊齐·诺克哈姆的心里有什么在叫着。他想起《诗篇》："我未成形的体质，你的眼早已看见了。"他想对这夜间的生灵说话,但说话的能力丧失了。一时间,他默默地看着她靠近,半是女人,半是无形的流质,竭力要挣脱根部骇人的真菌,匆忙拼凑起来的造物。片刻,她开始消融。碎片凋落。脸溶解,头发散落,鼻子伸长成为动物的长吻,好像冬天摆在窗台嘲讽霜冻的小人偶。她吐出舌头。洛伊斯·吉纳恩德尔消失了,太阳在东方闪耀,利如刀锋。血红的光斑洒在墙上、天花板上、地板上。早晨杀死了洛伊斯·吉纳恩德尔,溅洒她的血。生命最后的泡泡破了,一切归于虚无。伊齐·诺克哈姆坐起身,颤抖着,仿佛面前是具死尸。

"洛伊斯·吉纳恩德尔!……我好惨啊!……"

3

他们在贝克希夫吹公羊角。以禄月的微风从墓地的柳枝吹来。明亮的蛛丝在院子的上空高高地飘浮。贝克弗先生的果园里,成熟的果子从树上掉落。荒芜在祷告堂里沙沙作响。麻雀在桌子上蹦跳。社区山羊[1]溜达到前厅,倚着一个装着被撕掉的、废弃的祷告书的盒子,要嚼一本赞美诗的书角。又是礼拜四了,自安息日的晚餐以来,伊齐·诺克哈姆还没吃过东西,但没人注意到。要

---

[1] 社区山羊(community goat),用于犹太典礼,有替罪羊的含义。

是一个人整年斋戒,他不会在以禄月(忏悔之月)开始进食。伊齐·诺克哈姆坐在房间里,翻着《休憩之约》。他咕哝了一会儿,然后头靠在椅背上打起了盹。

突然,伊齐·诺克哈姆听见脚步声和嘈杂声。有人正快步上楼向他而来。门猛地荡开,伊齐·诺克哈姆看见洛伊斯·吉纳恩德尔,身后是她的女仆耶蒂。这不是夜里向他现身的那个洛伊斯·吉纳恩德尔,要是那个她的话,他的目光能穿过她的身体,就像穿过他的腰带镂空纹。这是活生生的、有血有肉的洛伊斯·吉纳恩德尔:高个瘦身,鹰钩鼻,火亮的黑眼睛,厚嘴唇,长脖子。她穿戴着黑披巾、丝披风和高跟鞋。她责骂女仆,示意她别再跟着。洛伊斯·吉纳恩德尔进了伊齐·诺克哈姆的房间,让门开着——显然是为了不跟他独处。耶蒂站在楼梯的半截处不动。伊齐·诺克哈姆感到震惊。"难道我已经拥有了这样的力量?"这念头在他脑子里闪过。她在门槛边站了很长时间,抓着裙摆,侧目瞪着他打量他,目光中混合着愤怒和怜悯。然后她说:

"白得像尸体!"

"你来干什么?"伊齐·诺克哈姆的声音很微弱,连自己都几乎听不见。

"你在搞什么?斋戒,呃?"洛伊斯·吉纳恩德尔嘲讽地问。

伊齐·诺克哈姆没有回答。

"伊齐·诺克哈姆,我必须跟你谈谈!"

洛伊斯·吉纳恩德尔甩上门。

"怎么了?"

"伊齐·诺克哈姆,别再来烦我!"洛伊斯·吉纳恩德尔几乎吼起来,"我们离婚了,我们现在是陌生人。我想要结婚,你也可以结婚。什么事都有个了结!"

"我不知道你什么意思。"

"你知道,你知道。你坐在这儿念咒呢。我本来第二天都要结婚了,却只好推迟。你为什么不让我安生?你要逼我离开这个世界。我会自己投井的!"

洛伊斯·吉纳恩德尔跺着脚。她的手狠狠抓着门柱。她手指上闪着个钻石戒指。她的呼吸里既有恐惧也有力量。伊齐·诺克哈姆抬抬眉毛。他的心咚了一下,似乎停止了。

"我发誓,我不知道……"

"你吵醒我!你冲我耳朵尖叫!你要我怎么样?我们俩不合适。一开始就是。原谅我,但你不是个男人。那你为什么折磨我?你能告诉我吗?"

"我做了什么?"

"你来找我,掐我,鞭挞我。我听见你的脚步声。因为你,我吃不下,睡不着。我越来越瘦。他们在我们的院子里看见你了,他们看见你了,我没有疯!……耶蒂差点吓死了。我叫她进来,她会自己告诉你。她当时正要去,不好意思,正要去茅房,而你朝她飘了过来。她尖叫起来，院子里的人全都跑过来……就在日出之前，你过来坐在我的床上，我的脚动不了。你是什么啊，魔鬼？"

伊齐·诺克哈姆沉默。

"我们没说出去，"洛伊斯·吉纳恩德尔接着说，"但我不能一直这么受罪。我要告诉全世界，你是什么，你在做什么。你会被除名的。我只可怜你的老父亲……"

伊齐·诺克哈姆想答话，但一个词也说不出来。他整个人都萎缩干枯了。他开始喘气，咕咕着，仿佛一架老爷钟要敲了。他心里有个什么东西像一条蛇在游移。伊齐·诺克哈姆内心充满着一种奇怪的颤动。一根冰冷的羽毛拂过他的脊背。他左右摇头，好像在说："不是。"

"我来是警告你！发誓你会放过我。如果不，我就出去吵嚷，让整个贝克希夫都闹起来。我会完全不顾羞耻。下楼到祷告堂里去，当着圣书发誓。要么我死要么你死！……"

伊齐·诺克哈姆又努力了一下，开始用哽住的声音嘟囔，好像有人在掐他。

"我对你发誓，不能怪我。"

"那是谁？你在使用神圣的名字。你钻进了卡巴拉的经文。你已经失去了这个世界——你也会失去下一个世界的。我的父亲，愿他长寿，要我来找你的。他在天堂也有保护神的。你在跟邪恶之物干勾当，可怜啊我。你会被放逐到黑暗之山的后面的！你会被扔进甩石之洞[1]！笨蛋！……"

"洛伊斯·吉纳恩德尔！"

"恶魔！撒旦！阿斯摩太！"

洛伊斯·吉纳恩德尔突然说不出话了。她瞪着大大的黑眼睛，看着伊齐·诺克哈姆，向后退缩。房间里极其安静，能听见一只苍蝇的嗡嗡声。伊齐·诺克哈姆竭力要说话。他的喉咙收紧，好像刚吞了什么东西。

"洛伊斯·吉纳恩德尔，我无法……我无法忘记你！"

"卑鄙的水蛭！我斗不过你……"

洛伊斯·吉纳恩德尔的嘴扭曲着。她双手捂住脸，迸发出嘶哑的哭号。

---

1 参见《圣经·撒母耳记上》第二十五章第二十九节："你仇敌的性命，耶和华必抛去，如用机弦甩石一样。"

最后的魔鬼[*]

1

我，一个魔鬼，可以告诉你们，再没有别的魔鬼了。既然人自己就是魔鬼，为什么还要有魔鬼呢？既然人已经信了邪恶，为什么还要劝人向恶呢？我是劝恶者中的最后一个。我借宿在提舍维茨的一间阁楼里，从一本意第绪语故事书里汲取养分。这本书是大灾难前的日子的遗物。书里的故事是乏味的鸡肋，但希伯来字母自有其分量。不用说，我是个犹太人。要不然呢，外邦人？我听说有外邦魔鬼，但我自己既不认识，也不想认识。雅各和以

---
[*] 本篇英语由玛莎·格利克里奇（Martha Glicklich）和塞西尔·赫姆利（Cecil Hemley）翻译。

扫成不了姻亲[1]。

我是从卢布林来的。提舍维茨是个被上帝遗弃的村子，亚当连到那儿撒泡尿都不肯。这地方太小，一辆马车开过来，后轮刚到收过路费的口子，马就在集市了。从住棚节到圣殿被毁日[2]，提舍维茨都有淤泥。这里的山羊嚼木屋顶上盖的茅草都不用抬胡子。母鸡就在街上栖息。鸟儿在女人无边帽上筑巢。在裁缝会堂[3]，一只公山羊是祷告班里的第十个[4]。

别问我是怎么碰上这个最小祷告书里的最小字母的。要是阿斯摩太叫你去，你就得去。从卢布林出来到扎莫希奇，路还是熟悉的样子，再往前走就要靠自己了。指令说，我要在读经堂的屋顶找一个铁公鸡风向标，鸡冠上站着一只乌鸦。那公鸡曾经随风转动，但如今多年没动过了，电闪雷鸣时也不动。在提舍维茨，连铁公鸡风向标也死了。

我用现在时说话，对我来说，时间是静止的。我到了。我四处看看。一辈子都不可能找到一个我们的人。墓地是空的。也没有厕所。我去了净浴房，但一点声音都没有。我坐到最高的凳子上，俯视着那每个礼拜五灌进一桶桶水的石头池子，心中不解。

---

1 《圣经》中，雅各和以扫是孪生兄弟，雅各娶本族人，以扫娶外邦人。
2 住棚节在每年公历九、十月间，圣殿被毁日在每年公历七、八月间。
3 早期的犹太会堂有些是由裁缝们所建的，故有的会堂称裁缝会堂。
4 见第 28 页脚注 1。

为什么需要我在这里？如果需要一个小魔鬼，真有必要大老远从卢布林弄一个来吗？扎莫希奇不是有够多的魔鬼了吗？屋外，太阳在闪耀，快到夏至了，但浴房里阴阴冷冷的。我头上有个蜘蛛网，网里的蜘蛛摇动着腿，像在织网却并未抽丝。看不见苍蝇的影子，连苍蝇壳都没有。"这家伙吃什么？"我问自己，"它自己的内脏？"突然，我听见它用《塔木德》的腔调吟诵："狮子瞧不上那一小口，沟渠不靠自个墙上的土来填。"

我哈哈笑了出来。

"是吗？你为啥装成个蜘蛛？"

"我当过爬虫、跳蚤、青蛙。我坐在这儿两百年了，一针一线的活都没有。但他们批准你走你才能走。"

"这儿的人不犯罪吗？"

"无聊的人，无聊的罪。今天有人觊觎别人的扫帚，明天他斋戒了，放豌豆到鞋里面。自从亚伯拉罕·扎尔曼错以为自己是弥赛亚，是约瑟的儿子，人的血就在血管里凝结了。如果我是撒旦，我连个一年级的小学生都不会派到这儿来。"

"那又费撒旦什么事呢？"

"世界里有什么新鲜事吗？"他问我。

"对我们这族不大有利。"

"发生什么了？圣灵变强了？"

"变强？只在提舍维茨强。大城市里没人听说过他。就算在卢布林他也过时了。"

"哦,那不挺好。"

"但不好啊,"我说,"'对我们来说,全有罪比全无辜更糟糕。'已经到了这个地步,人们犯起罪来也不瞧瞧自己是谁了。他们为了最琐屑的罪当烈士。如果事情成了这样,还需要我们干什么?我刚刚飞过勒弗托夫街,看见一个穿着臭鼬皮外套的男人。他有一把黑胡须,波浪边落[1],嘴里叼琥珀雪茄烟嘴。一个官员的妻子在街对面走着,所以我就想到说:'这买卖不错啊,是不是啊,叔叔?'我指望的只是他的一个念头,也拿好了手帕,以备他朝我吐唾沫。可这男人做了什么?'干吗在我身上浪费口舌?'他生气地喊,'我自己就要干。正开始对她下功夫呢。'"

"这是什么样的不幸啊?"

"启蒙!你拖着尾巴坐在这儿的两百年里,撒旦搞出了一种新的荞麦粥。如今犹太人里培养出了作家。意第绪语的,希伯来语的,他们接管了我们的营生。我们跟一个个小年轻人说话说得嗓子哑了,他们却成千成千地印自己的鬼作品,散布给各个地方的犹太人。他们懂得我们的所有招数——嘲讽,虔诚。他们有一百种道理说明老鼠是洁净的。他们的目的是救赎世界。

---

[1] 边落(sidelocks),或译为"侧边发辫",即在脸两侧各留一束头发,一些正统犹太人以此表明自己的犹太身份。此习俗源于犹太教义,《圣经·利未记》第十九章第二十七节载:"头的两鬓不可剃。"

要是你什么也败坏不了,要你在这儿待两百年干什么?而且,要是在两百年里你什么也干不了,他们指望我在两个礼拜里能干什么?"

"你知道那句谚语,'旁观者清'。"

"有什么可看的呢?"

"一个年轻的拉比从摩德里伯泽克搬来了。他还不到三十,但脑子里绝对塞满了知识,《塔木德》的三十六章全背熟了。他是波兰最棒的卡巴拉派教徒,每个礼拜一和礼拜四斋戒,在冰冷的水里洗净浴。他绝不允许我们跟他说话。而且他还有个俏媳妇,就是说篮子里有面包了。我们还有什么可以诱惑他的?就跟砸铁墙没什么两样啊。要是你问我的意见,我会说应该把提舍维茨从我们的档案里划掉。我只求你把我弄出这地方,在我疯掉之前。"

"不,首先我必须同这个拉比谈谈。你觉得我应该从哪儿谈起?"

"我哪知道。你还没开口他就朝你的尾巴撒盐了。"

"我是从卢布林来的。我可没这么容易被吓到。"

2

去拉比家的路上,我问那小精灵:"你已经试过什么法子了?"

"我什么没有试过?"他回答。

"女人？"

"看都不看。"

"异端？"

"对答如流。"

"钱？"

"不知道钱币长啥样。"

"名誉？"

"避之不及。"

"不回头瞧瞧吗？"

"头一动不动。"

"他肯定有什么天使保佑。"

"藏哪儿了呢？"

拉比书房的窗户开着，我们飞了进去。四处是普通的物件：放圣书的柜子，书架，钉在门框上的圣卷。拉比是个年轻人，金色胡子，蓝眼睛，黄边落，高额头，美人尖很深；他坐在拉比椅上，盯着看《革马拉》。他穿戴整齐：亚莫克帽，绶带，流苏袍子，每条流苏编了八道。我听他脑子里的念头：纯洁的思考！他摇晃着，用希伯来语念诵，"Rachel t'unah v'gazezah"，然后翻译："一只毛茸茸的绵羊羊毛卷卷。"

"在希伯来语里，Rachel既是羊也是姑娘的名字。"我说。

"所以？"

"绵羊有羊毛，姑娘有毛发。"

"因此？"

"如果不是中性人，姑娘是有阴毛的。"

"别胡扯了，我要学习。"拉比生气地说。

"等一下，"我说，"《托拉》又不会变凉。雅各确实爱拉结[1]，但替换拉结嫁给他的利亚可不是毒药。拉结送辟拉给他当妾的时候，利亚是怎么报复她妹妹的？她把悉帕送到了他的床上。"

"那是《托拉》出现之前的事。"

"那么大卫王呢？"

"那是杰书姆拉比[2]的禁令之前的事。"

"不管是杰书姆拉比之前或之后，男人还是男人。"

"无赖。上帝撕碎撒旦。"拉比喊道。他抓住头两侧的边落，颤抖起来，仿佛做了个噩梦。"我在瞎想什么啊？"他捏住耳垂，堵上耳朵。我继续说着，但他不听。他专注读一段困难的经文，我再说也没人听了。提舍维茨的小精灵说："很难弄他上钩，对吧？明天他会斋戒，滚在荆棘床里。他会把最后一分钱捐作慈善。"

"如今还有这样的信仰者？"

---

1 拉结的名字即为 Rachel，雅各爱拉结，拉结的父亲拉班要求雅各先服侍他七年，等到成婚之日，拉班用拉结的姐姐利亚冒充拉结，雅各又答应拉班再服侍七年才娶到拉结。见《圣经·创世记》第二十九、三十章。

2 杰书姆拉比（Rabbi Gershom），10 世纪的一位重要拉比，推动禁止了一夫多妻。

"坚如磐石。"

"他老婆呢?"

"献祭的羔羊。"

"孩子呢?"

"还是婴儿呢。"

"他大概有个岳母?"

"已经过世了。"

"相吵的人?"

"半个敌人也没有。"

"哪儿来的这么个宝贝?"

"犹太人里时不时会出这么个人。"

"这人我必须搞定。这是我在这儿的第一个活。他们答应,我成功了就把我调到敖德萨去。"

"那有什么好的?"

"是我们这族能到的最接近天堂的地方。你可以一天睡二十四小时。那儿的人都犯罪,你手指都不用动。"

"那整天干吗?"

"耍我们的女人。"

"这地方连一个我们的姑娘都没有,"小精灵叹气,"有过一个老婊子,走了。"

"还剩下啥?"

"俄南干的事[1]。"

"那可没前途。帮我,我以阿斯摩太的胡子发誓,我会把你弄出这地方。我们有个搅拌苦草药的职位空缺。只用在逾越节干活。"

"我希望能成,但蛋还没孵出来可别给我数小鸡。"

"我们对付过比他还厉害的。"

3

一个礼拜过去了,我们的生意没有进展。我的情绪很糟了。提舍维茨的一礼拜等于卢布林的一年。提舍维茨的小精灵倒不坏,可在这种烂地方里闷了两百年,总要变成乡巴佬的。他说的笑话以诺都不会笑,却自己笑得直抽。他掉《哈加达》[2]里的书袋,每一个故事都长得要命。我想离开这个鬼地方,但一事无成地回家谁不会呢。同事里有我的对头,我必须提防阴谋。也许他们派我来就是想累折我的腰。要是不跟人开战,魔鬼就互相使绊。

经验告诉我,我们用的陷阱里头有三样屡试不爽——肉欲、骄傲和贪婪。没人能全部躲过这三样,连茨沃茨拉比都不能。三样

---

[1] 俄南(Onan),《圣经》人物,这里他干的事指自慰。
[2] 《哈加达》(Haggadah),"哈加达"意为"传说",该书记载犹太人的风俗和礼仪,也是犹太人教育儿童的一个课本,其体裁大多为宗教诗文、寓言和民间故事。

当中，骄傲之网的束缚最强。据《塔木德》，学者被允许有六十四分之一的虚荣，但博学的人通常都超出这份额。我看到日子一天天过去，提舍维茨的拉比依然顽固，就专攻虚荣了。

"提舍维茨的拉比，"我说，"我不是三岁小孩。我从卢布林来，那里的铺路石都刻着《塔木德》经文。我们用书稿烧炉子。卡巴拉经书能把阁楼的地板压凹陷。可是，在卢布林我都没见过你这样出色的人。"我问："怎么会没人听说过你呢？真正的圣人应该隐匿自己吧，也许，但沉默带不来救赎。你应该成为这一代人的领袖，而不只是这地方的拉比，尽管这地方很神圣。是时候显扬你自己了。天和地正等待着你。弥赛亚本人正坐在鸟巢之上，朝下望着，寻觅你这样的无瑕圣人。但你又在干着什么？你坐在拉比椅子上，拟定法条说明哪种罐子哪种锅是合礼的。原谅我打个比方，这就像拿大象拉一根稻草。"

"你是谁，你想干什么？"拉比恐惧地问，"你为什么不让我学习？"

"有时候，侍奉上帝需要把《托拉》放到一边，"我尖叫道，"随便哪个学生都能学习《革马拉》[1]。"

"谁派你来的？"

"有人派我来，我来了。你以为他们在上边不知道你吗？上天

---

1 《革马拉》（Gemara），"革马拉"是阿拉米语音译，意为"补全"，是《塔木德》的后半部和释义部分，是对《密西拿》的诠释和评注。

对你不满。宽厚的肩膀必须承担相应的分量。用一句诗来说，谦虚者失语。听着：亚伯拉罕·扎尔曼是弥赛亚，是约瑟的儿子，你的天命是为弥赛亚——大卫的儿子——开启道路，只是要停止沉睡。准备去战斗。世界堕入了不洁的第四十九道门，而你已经突破了七重天。天界的宅邸只听见一个人的声音，就是提舍维茨的你。掌管以东的天使指挥着一群魔鬼对付你。撒旦也等着出手。阿斯摩太正在颠覆你。莉莉丝和拿玛在你的床边盘旋。你看不见他们，但沙布利利和布利利正在你的脚跟后头踩步子呢。如果天使们不保卫你，那群邪恶的家伙会把你捣成粉末。但你不是孤身一人，提舍维茨的拉比。圣德芬大天使护卫着你走出的每一步。梅特拉特隆在他光亮的所在看护着你。一切正悬而未决，提舍维茨的你啊，你能够使天平倾斜。"

"我应该做什么？"

"好好听着我说的话。即便我命令你违反律条，也要照我说的做。"

"你是谁？你的姓名是什么？"

"提斯比的以利亚。我准备好了弥赛亚的公羊角。是救赎到来，还是我们在埃及的黑暗中再游荡两千六百八十九年，取决于你。"

提舍维茨的拉比沉默了很长时间。他的脸色白了，白得如同他写评注的纸条。

"我怎么知道你说的是真话？"他的声音颤抖，"原谅我，神圣的天使，但我要求你显个灵迹。"

"你是对的。我就为你显个灵迹。"

我在拉比的书房里刮起了大风,他正写的那张纸条从桌上升起,鸽子般飞舞起来。《革马拉》的书页自个儿翻着。圣书柜的帘子鼓荡着。拉比的亚莫克帽跳脱他的脑袋,直升到天花板,又落回到他头上。

"自然是如此行为的吗?"我问。

"不是。"

"现在你相信我了吗?"

提舍维茨的拉比犹豫着。

"你要我做什么?"

"这一代人的领袖必须是出名的。"

"怎样出名?"

"去周游世界。"

"我要在世界里做什么?"

"布道,募集金钱。"

"募集金钱做什么?"

"先去募集。以后我会告诉你用那钱做什么。"

"谁会捐钱呢?"

"我发令,犹太人就给钱。"

"我自己靠什么生活?"

"拉比使者有权得到一部分募集的钱。"

"我的家人呢?"

"足够养活你所有的家人。"

"那我现在要做什么?"

"合上《革马拉》。"

"啊,但我的灵魂渴念《托拉》。"提舍维茨的拉比惨声道。不过他还是掀起书的封面,准备合上书。如果他合上了书,他就完了。约瑟·德·拉·里纳做了什么?不过递给萨麦尔[1]一撮鼻烟。我已经在心里大笑着说:"提舍维茨的拉比,我把你揣兜里啦。"那个浴室的小精灵站在角落里,竖着一只耳朵,嫉妒得脸都绿了。是的,我是答应帮他的忙,但我们这族的嫉妒心胜过一切。突然,拉比说:"原谅我,大人,我还需要另一个灵迹。"

"你要我做什么呢?让太阳停止运转?"

"只需给我看看你的脚。"

提舍维茨的拉比说出这话的那一刻,我知道什么都没了。我们能够伪装身体的一切,只有脚除外。无论是最小的小精灵,还是高高在上的克塔夫·梅利利,我们都长着鹅爪。角落里的小精灵扑哧笑了出来。我,语言的大师,在一千年里第一次无话可说。

"我不露出脚的。"我怒喊。

"那意味着你是个魔鬼。呸,滚出去。"拉比叫道。他奔到书

---

[1] 萨麦尔(Samael),犹太传说中恶灵的首领,其最重要的角色是死亡天使。

架边，抽出《创世之书》[1]，朝我威胁地挥舞。哪个魔鬼能顶住《创世之书》呢？我魂飞魄散地逃出了拉比的书房。

长话短说，我困在了提舍维茨。没有卢布林了，也没有敖德萨了。一秒钟里我的策略全都粉碎了。阿斯摩太本人下了命令："留在提舍维茨，煎吧熬吧。你的活动范围不可超出人在安息日允许走的路程。"

我在这里多久了？永恒再加一个礼拜三。我什么都见证了，提舍维茨的毁灭，波兰的毁灭。没有犹太人了，没有魔鬼了。冬至的晚上女人不再泼水了。她们不再只送出偶数的东西了。她们不再清晨敲响会堂前厅的门了。她们倒泔水时不警告我们了。拉比在尼散月的一个礼拜五殉道了。社区受屠戮，圣书被焚毁，墓地遭亵渎。《创世之书》交还给了创世者。外邦人在净浴堂里洗澡。亚伯拉罕·扎尔曼的礼拜堂成了个猪圈。不再有善的天使或恶的天使。无所谓罪了，无所谓诱惑了！目前这代人的罪孽超出七重之多了，但弥赛亚没有降临。他降临到谁中间呢？弥赛亚没有降临到犹太人中间，于是犹太人去找他了。再没有对魔鬼的需求了。我们也已经被灭光了。我是最后一个，一个难民。我想去哪里就去哪里，但我这样的魔鬼能去哪里？去找杀人犯吗？

---

[1] 《创世之书》（Book of Creation），犹太神秘主义现存最早的文献，认为宇宙源自希伯来语的 22 个字母和 10 个数字。

在曾经属于桶匠威尔维尔的房子里,我在两个破桶之间发现一本意第绪语故事书。我坐在那儿,最后一个魔鬼。我吃尘土。我睡在羽毛掸子上。我一直读那些瞎扯的话。那本书的风格是我们的手法:安息日布丁在猪油里烹制,亵渎滚在虔诚里。书的教义是:既无审判者,也无审判。不过字母毕竟是犹太的。这些字母可糟蹋不了。我吮吸着字母喂饱自己。我数着词,押韵玩,绕来绕去地对每一个点解释来解释去。

  阿莱夫,深渊,有别的等着吗?
  贝特,打击,早就注定的造化。
  吉梅尔,上帝,假装他知道,
  达勒特,死亡,死的阴影升高。
  赫伊,绞刑手,站立待命;
  沃夫,智慧,无知裸露显明。
  扎英,黄道,星官远远逼视;
  齐特,孩子,劫数生前已立。
  特特,思考者,主公身陷囹圄;
  角得,审判者,判词是个骗局。[1]

---

[1] 每一行的第一个词是意第绪语字母,第二个词与第一个词押头韵,如abyss(深渊)押aleph(阿莱夫),blow(打击)押bet(贝特)。

是的，只要还有一册在手，我就能维持生计。只要蛀虫没把最后一页蛀坏，就有东西可玩。等到最后一个字母也没了，会怎么样呢？我真不想用我的嘴说出来。

等到最后的字母没了，
最后的魔鬼也就完了。

书院男孩燕特尔*

1

　　父亲去世后,燕特尔没有留在雅内夫的理由了。家里就她一个人。当然,房客很愿意搬进来付房租,媒人也涌到门口,说的人家有卢布林的,有托马舍夫的,也有扎莫希奇的。但燕特尔不想结婚。她心里有个声音一遍遍地说:"不!"婚礼完毕后,女孩子成了什么?她立刻怀孕生养。她的婆婆说一不二。燕特尔知道自己生性不适合女人的生活。她不会缝缝补补,也不懂针织活儿。她烧饭烧煳,煮牛奶煮溢出来。她的安息日布丁永远做不好,她

---

* 本篇英语由马里恩·马吉德(Marion Magid)和伊丽莎白·波莱(Elizabeth Pollet)翻译。

的辫子面包面团不发酵。比起女人的事情，燕特尔更中意男人的事情，中意得多。她父亲雷布·托德罗斯，愿他安息，在卧床不起的许多年里与女儿一起学习《托拉》，仿佛她是个儿子。他要燕特尔锁上门，放下窗帘，然后两人共同钻研《摩西五经》《密西拿》《革马拉》和《解经》。她是个很聪敏的学生，父亲常常说：

"燕特尔——你有男人的灵魂。"

"那为什么我生为女人？"

"连上天也会犯错啊。"

毫无疑问，燕特尔与雅内夫的任何女孩子都不像——高高细细，瘦巴巴的，乳房小，屁股窄。安息日的下午，父亲睡着时，她会穿戴起他的裤子、流苏袍子、丝绸上衣、亚莫克帽、天鹅绒帽，对着镜子研究自己的模样。她像个黑黑的英俊小伙子。甚至上唇还有些微的绒毛。只有粗辫子像个女人，不过嘛，头发总是可以剪掉的。燕特尔琢磨着一个计划，成天成夜无法想别的事。不，她生来不是为了面条板和布丁料理，不是为了同傻女人们闲聊，不是为了推来挤去在屠夫的案台边抢个位子。她父亲给她讲过多少书院、拉比、饱学男人的故事！她的脑袋里全是《塔木德》里的争论，诘问和回答，博学的词语。甚至，她还偷偷抽过父亲的长烟斗。

燕特尔告诉中介商，她要卖了房子，到卡利什同姑姑住。邻里的女人劝阻她，媒人说她疯了，说她在雅内夫更有希望找到好

- 148 -

男人。但燕特尔很顽固。她急急忙忙把房子卖给了第一个出价人，家具几乎白送。从遗产中她总共得了一百四十卢布。然后，埃波月的一个深夜，雅内夫镇沉睡之际，燕特尔剪掉辫子，在太阳穴旁理出边落，穿上父亲的衣服。她把内衣、经文匣和几本书装进草提箱，出门徒步走向卢布林。

在主路上，燕特尔搭了辆马车，一直到了扎莫希奇。接着又徒步上路。她在路边的一家小旅馆歇脚，报自己的名字为安舍尔，是一个过世叔叔的名字。旅馆里挤满了赶路去找有名拉比求学的年轻男人。他们正争论各个书院的优点，有的夸赞立陶宛的书院，有的说波兰的学风好，饭菜也好。燕特尔第一次独自身处年轻男人当中。她想，他们的谈话与女人的碎嘴子多么不同啊。不过，因为羞怯她不敢插话。一个年轻人议论着一桩可能的婚事以及嫁妆的多少，另一个戏仿普珥节上的某个拉比，宣讲《托拉》里的一段话，添进各种淫秽的解释。说了一阵，他们玩起了角力。这个撬开那个的拳头，那一个要压弯同伴的手臂。一个学生吃着面包和茶，没有勺子，拿小折刀搅着杯子。这时，其中一人来到燕特尔跟前，戳戳她的肩膀：

"干吗这么安静？你没有舌头吗？"

"我没有话可说。"

"你叫什么名字？"

"安舍尔。"

"你害羞啊。路边的一朵紫罗兰。"

然后年轻人揪了揪燕特尔的鼻子。她想扇他一下回击,但她的手臂不肯挪动。她的脸色白了。另一个学生,较其他人略年长,高个子,皮肤苍白,亮眼睛,黑胡须,走过来解救她。

"嘿,你,你干吗欺负他?"

"你不喜欢就别看。"

"你想我扯掉你的边落吗?"

留胡须的年轻人朝燕特尔打招呼,然后问她从哪里来到哪里去。燕特尔告诉他,她在找一家书院,只是要找个安静的。年轻人拉拉胡子。

"那跟我去贝切夫吧。"

他说他回贝切夫上第四年学。那里的书院很小,只有三十个学生,镇上的人给全部学生供饭菜。食物充足,主妇给学生补袜子洗衣服。贝切夫的拉比,即书院的院长,是个天才。他能提出十个问题,然后用一个论证回答全部十个问题。多数学生最后都在镇上找到了媳妇。

"你为什么在学期中离开呢?"燕特尔问。

"我母亲去世了。现在我在回程的路上。"

"你叫什么名字?"

"阿维戈多。"

"你怎么还没结婚啊?"

年轻人挠挠胡子。

"说来话长。"

"说说看。"

阿维戈多捂住自己的眼睛，想了想。

"你去不去贝切夫？"

"去。"

"那反正你很快就会知道的。我和阿尔特·维什克奥尔唯一的女儿订了婚，阿尔特是镇上最富裕的人。连婚礼的日子都定好了，可是，他们突然把订婚契约送了回来。"

"发生了什么？"

"我不知道。长舌的人编了闲话吧，我估计。我有权要求拿一半嫁妆，但我天性不肯干这样的事。现在他们劝我订另一门亲事，但我不中意那个姑娘。"

"在贝切夫，书院男孩冲女人看啊？"

"在阿尔特家，我每个礼拜去吃一次饭，哈达丝，就是他女儿，总是把饭菜端上来……"

"她好看吗？"

"她是金发姑娘。"

"褐发姑娘也有好看的。"

"没有。"

燕特尔瞧着阿维戈多。他瘦巴巴的，面颊凹陷。他卷曲的边落非常黑,都发蓝了,两条眉毛在鼻梁上碰到了。他盯着她看,眼神里是刚透露秘密之人的后悔和羞涩。他的衣领按照丧亲的习俗撕破了,长袍的衬里露出来。他烦躁地敲桌子,哼一首曲子。在高高皱起的眉头后面,他似乎在飞快地想着什么。突然他说:

"好吧,管它呢。我将成为一个隐士,就是这样。"

2

有点奇怪,但事情就是这样:燕特尔——或安舍尔——刚到贝切夫,就被安排每个礼拜到那同一个富人家吃一次饭,就是那个阿尔特·维什克奥尔,他女儿同阿维戈多订了婚又毁了约的。

书院的学生结对学习,阿维戈多选安舍尔为搭档。他在课业上帮助她。他还精通游泳,要教安舍尔蛙泳和踩水,但她总是找借口不下河。阿维戈多建议他俩同住,但安舍尔在一个半瞎的老寡妇家找了地方住。每个礼拜二,安舍尔到阿尔特·维什克奥尔家吃饭,哈达丝服侍她。阿维戈多总是问许多问题:"哈达丝的样子如何?她难过吗?她开心吗?他们在给她找婆家了吗?她有没有提过我的名字?"安舍尔报告说,哈达丝把菜打翻在桌布上,忘记拿盐,端盘子时手指浸到盘里。她支使女仆跑来跑去,永远沉浸在故事书里,每个礼拜都换发型。还有,她肯定觉得自己是个美人,因为她总是照镜子,但其实她没那么好看。

"结完婚两年,"安舍尔说,"她就成老妇女啦。"

"那么你不中意她?"

"没特别中意。"

"但如果她要你,你不会拒绝她。"

"没她我也无所谓。"

"你就没有邪念吗?"

两个朋友共用读经堂角落的一张诵经台,聊天的时间比学习多。阿维戈多偶尔抽烟,安舍尔就从他嘴上拿过烟卷吸一口。阿维戈多爱吃荞麦做的烤麦饼,安舍尔就每天早晨路过面包房时买一个,不肯让他付那份钱。安舍尔经常做出让阿维戈多大吃一惊的事。例如,要是阿维戈多外衣的纽扣掉了,第二天安舍尔就带着针线来书院给他缝回去。安舍尔带给阿维戈多各种各样的礼物:丝手帕、袜子、围巾。阿维戈多越来越依恋这个男孩,比他小五岁,连胡子都没长出来呢。一次,阿维戈多对安舍尔说:

"我要你娶哈达丝。"

"那对你有什么好处?"

"总比个陌生人好。"

"你会成为我的敌人的。"

"永远不会。"

阿维戈多喜欢在镇子里散步,穿来穿去走很长的路。安舍尔常常一起去。他俩聊得入神,走到水磨坊边,松树林里,或立着基督教圣殿的路口。有时他们在草地上躺下。

"为什么女人不能像男人?"一次,阿维戈多问,看着天空。

"什么意思?"

"为什么哈达丝就不能像你一样?"

"怎么像我?"

"哦——一个好伙伴。"

安舍尔的玩心来了。她摘了朵花,一瓣瓣撕掉花瓣。她捡了个栗子扔给阿维戈多。阿维戈多看着一只瓢虫在自己手掌里爬。一会儿,他说话了:

"他们在给我做媒呢。"

安舍尔立刻坐起身。

"娶谁?"

"费特尔的女儿,佩舍。"

"那个寡妇?"

"就是她。"

"你为什么要娶个寡妇?"

"没有别人要我。"

"不是事实。会有人出现的。"

"永远不会有。"

安舍尔告诉阿维戈多,这样的婚配不好。佩舍既不好看也不聪明,只是长着一双眼睛的母牛。而且,她是煞星,丈夫在他们结婚第一年就死了。这种女人克夫。但阿维戈多没答话。他点了支烟,深吸了一口,吐出烟圈。他的脸色绿了。

"我需要一个女人。我晚上睡不着觉。"

安舍尔吃了一惊。

"为什么不能等到合适的人到来呢?"

"哈达丝是我命定的人。"

阿维戈多的眼睛湿润了。他猛地站起身。

"躺够了,走吧。"

此后,事情进行得很快。那天阿维戈多还在对安舍尔倾诉心事,两天后他就同佩舍订婚了,还带了蜂蜜蛋糕和白兰地到书院。他们定好了早早结婚的日子。准新娘是寡妇,无须等着准备妆奁。一切都齐了。而且,新郎是孤儿,无须征求谁的意见。书院的学生喝了白兰地,祝贺了阿维戈多。安舍尔也啜了一口,但一喝就呛着了。

"哦,火辣辣的!"

"你真不是个男人。"阿维戈多打趣。

庆祝完毕,阿维戈多和安舍尔拿着一卷《革马拉》坐下来,但不太能读下去,谈话也同样迟缓。阿维戈多前后摇晃,拉拉胡子,轻声咕噜。

"我完了。"他猛地说。

"如果不喜欢她,为什么要结婚?"

"母山羊我都娶。"

第二天，阿维戈多没来读经堂。皮革商费特尔属于哈西德派，要自己未来的女婿到哈西德祷告堂继续学业。书院的学生私底下说，不可否认那寡妇又矮又胖像个圆桶，她妈妈是牛奶工的女儿，她爸爸是半个蠢货，但他们家有钱得要死。费特尔是一家皮革厂的合伙人，佩舍用自己的嫁妆投资了一家卖鲱鱼、焦油、锅碗瓢盆的店，店里总是挤满了农民。父女俩给阿维戈多置办了全套衣服，订了皮草外套、布外套、丝大衣和两双靴子。此外，他还立刻收到许多礼物，佩舍第一任丈夫的东西：维尔纳[1]版的《塔木德》、金表、光明节的枝形烛台、香料盒。安舍尔独自坐在诵经台前。礼拜二，安舍尔到阿特尔·维什克奥尔家吃晚饭时，哈达丝说：

"说说看你那个搭档怎么样了——回到锦衣玉食的生活了，对吧？"

"你以为会怎么样呢——没有别人肯要他？"

哈达丝脸红了。

"不是我的错。我父亲反对。"

"为什么？"

"因为他们发现他的一个兄弟是上吊自杀的。"

安舍尔看着她站在那儿——高个子，金发，长长的脖子，凹

---

1 维尔纳（Vilna），即立陶宛首都维尔纽斯。

陷的脸颊，蓝眼睛，穿着棉布裙子和白布围裙。头发扎成两条辫子，甩在肩膀后面。可惜我不是男人，安舍尔想。

"你现在后悔了吗？"安舍尔问。

"哦，是的！"

哈达丝跑出了屋子。其余的食物，肉饺子和茶，是女仆送来的。直到安舍尔吃完、为饭后的终祷洗手时，哈达丝才又出现。她走到桌旁，压着嗓子说：

"发誓你什么也不告诉他。他干吗要知道我心里想什么！……"

然后她又逃走了，差点在门槛上绊了一跤。

3

书院院长要安舍尔另选个学习搭档，但几个礼拜过去了，安舍尔仍旧独自学习。书院里无人可取代阿维戈多。其他人全都不太行，无论身体还是精神。他们瞎胡扯，吹嘘琐碎的事，粗野地做鬼脸，举止仿佛乞丐。没了阿维戈多，读经堂似乎空了。晚上，安舍尔躺在寡妇屋子里的凳床上睡不着。脱掉了长袍和裤子，她又是燕特尔了，一个结婚年纪的姑娘，爱着一个跟别人订了婚的小伙子。也许我应该告诉他真相的，安舍尔想。但如今太晚了。安舍尔无法做回姑娘，再也不能没有书本和读经堂。她躺着天马行空地瞎想，几乎要疯了。她睡着了，又猛地醒来。她梦见自己同时是男人和女人，同时穿着女人的胸衣和男人的流苏袍。燕特尔的月经迟迟没来，她突然害怕了……谁知道呢？她曾在《米德拉什·塔皮奥特》里读到，一个女人只是渴念着一个男人就怀了孕。到如今，燕特尔才领会到《托拉》为何禁止穿异性的衣服。这样的行为不仅欺骗了别人，也欺骗了自己。连灵魂也迷惑了，发现自己托生于奇怪的身体中。

晚上安舍尔醒着躺着，白天她几乎睁不开眼。供她吃饭的几个人家的女人抱怨，这年轻人盘子里的食物都没动过。拉比注意到，安舍尔不再专心听讲，而是盯着窗外不知想什么。到了礼拜二，安舍尔去维什克奥尔家吃晚饭。哈达丝端了碗汤在她面前等着，但安舍尔心里太乱，连句谢谢都没说。她伸手拿汤匙，汤匙掉了。哈达丝大胆地说道：

"我听说阿维戈多抛弃了你。"

安舍尔从恍惚中醒来。

"这话什么意思？"

"他不再是你搭档了。"

"他离开了书院。"

"你还见过他吗？"

"他好像躲着我。"

"起码你会去婚礼？"

安舍尔一时沉默了，仿佛没听懂意思。然后她说：

"他是个大傻瓜。"

"为什么这么说?"

"你很美,而那一个看起来像只猴子。"

哈达丝脸红到头发根。

"都是我爸爸的错。"

"别担心。你会找到配得上你的人。"

"没有人是我想要的。"

"但是人人都想要你……"

半晌无声。哈达丝的眼睛睁大了,眼里尽是"明白自己无可安慰"的悲伤。

"你的汤要凉了。"

"我,是的,我也想要你。"

安舍尔被自己说的话吓着了。哈达丝转头盯着她。

"你在说什么!"

"是真的。"

"有人会听到的。"

"我不怕。"

"喝了汤。我马上端肉饺子来。"

哈达丝转身走了,高跟鞋咯哒咯哒。安舍尔去捞汤里的豆子,捞出一颗,又让它掉下去。她的食欲没了,喉咙闭住了。她很明白,自己正陷入邪恶,但某种力量驱使着她。哈达丝回来了,端

- 159 -

着个大盘子，盛着两个肉饺子。

"你怎么不吃啊？"

"我在想着你。"

"你想什么呢？"

"我想娶你。"

哈达丝歪了歪脸，像咽了什么东西似的。

"这种事情，你必须跟我父亲说。"

"我知道。"

"习俗是找个媒人来。"

她跑出了屋子，让门在身后啪的一声关上。安舍尔心里笑着，想："跟姑娘我想怎么玩就怎么玩！"她在汤里撒盐，撒胡椒粉。她坐着，脑袋发飘。我做了什么？我肯定要疯了。没有别的解释……她强迫自己吃东西，但吃不出任何味道。这时安舍尔才想起来，要她娶哈达丝的是阿维戈多。一个计划从混乱中浮现了：她要为阿维戈多报仇，同时，通过哈达丝，把阿维戈多拉得和自己更近。哈达丝是处女，她又了解什么男人？这样的姑娘可以骗很久。当然，安舍尔自己也是处女，但从《革马拉》里，从男人的谈话里，她对那种事情知道了不少。恐惧和欢愉同时占据了安舍尔，正如一个正谋划欺骗整个镇子的人。她记起了那句话："公众是傻瓜。"她站起身，大声说道："现在我真要干点事情了。"

那晚安舍尔一丁点儿都没睡。每隔几分钟她就起身喝水。她喉咙干渴，额头火热。她的大脑不由自主地在狂热地运转。似乎她体内正发生着一场争吵。她的胃颤动着，膝盖疼痛着。仿佛她跟撒旦订了契约——那邪恶者耍弄人类，在人的道路上设置绊脚石和陷阱。安舍尔睡着时已是早晨，醒来时比往常更为疲惫。但她无法再在寡妇家的凳床上睡下去了。她努力起身，拿起装着经文匣的包，出门去读经堂。在路上，她偏偏遇见了哈达丝的父亲。安舍尔恭敬地问他早上好，他也以友好的问候回应。雷布·阿尔特摸摸胡子，同她聊了起来：

"我女儿哈达丝一定给你上了剩菜。你看着饿坏了。"

"您的女儿是个好姑娘，也很慷慨。"

"那你为什么这么苍白？"

安舍尔沉默了一会儿。

"雷布·阿尔特，我有句话必须对你说。"

"不妨，说吧。"

"雷布·阿尔特，您的女儿让我很欢喜。"

阿尔特·维什克奥尔顿住了。

"哦，是吗？我以为书院的学生不谈这种事情。"

他眼里满是笑意。

"但这是事实。"

"我们不和小伙子本人讨论这些事。"

"但我是个孤儿。"

"唔,这种情况的话,习俗是请一个媒人来。"

"是的……"

"你看中了她什么?"

"她美丽……优雅……聪明……"

"好了,好了,好了……来,说说你的家庭。"

阿尔特·维什克奥尔搂住了安舍尔,就这样,两个人走着,一直走到会堂的院子门口。

4

你说了"甲",就得说"乙"。想法引出言辞,言辞引出行动。阿尔特·维什克奥尔同意了这桩婚事。哈达丝的妈妈弗雷达·利亚反对了一阵子。她说,她不想再给女儿找贝切夫书院的学生,宁可找一个卢布林或扎莫希奇的。但哈达丝放了话,如果她再次当众受辱(如阿维戈多那回那般),她就投井自尽。就像这种欠考虑的婚事里常见的那样,人人都强烈赞同,这一桩也是,拉比啊,亲戚啊,哈达丝的闺蜜啊,都很赞同。贝切夫的姑娘们盯着安舍尔有一段时间了,这年轻人在街上路过时,她们在窗户后面看。安舍尔把靴子擦得亮亮的,在女人面前不心虚垂眼。他到贝拉的面包房买圆面包时,和她们开玩笑,从容老练令人惊叹。女人们都觉得安舍尔身上有种特别之处：他的边落独特的卷曲样子，他的围巾系得不一样，他的眼睛含着笑意又显得辽远，仿佛总是看着远处的某个地方。而且，阿维戈多和费特尔的女儿佩舍订了婚，抛弃了安舍尔，使得安舍尔更招镇上的人喜爱了。阿尔特·维什克奥尔草拟了一张订婚契约，要给安舍尔更多的嫁妆和礼物，供他生活的期限也比答应阿维戈多的更长。贝切夫的姑娘们拥抱哈达丝，恭喜她。哈达丝立即动手为安舍尔织起了经文匣袋子、辫子面包盖布和逾越节饼干包。阿维戈多听说了安舍尔订婚的事，来到读经堂祝贺他。这几个礼拜他苍老了，胡子乱糟糟，眼睛红肿。他对安舍尔说：

"我早知道会这样的。一开始就知道。在小旅馆里刚碰见你的时候。"

"是你建议这样做的。"

"我知道。"

"你为什么抛开我？你连再见都没说就走掉了。"

"我想烧掉身后的桥。"

阿维戈多邀请安舍尔去散步。住棚节已过，天却还是阳光灿烂。阿维戈多很友善，以前都从未这样过，他向安舍尔敞开了心扉。是的，是真的，他的一个兄弟向忧郁低了头，自缢了。如今他也感觉自己走到了悬崖边。佩舍很有钱，她父亲是个富人，但他夜里无法入眠。他不想看管货物。他不能忘记哈达丝。她出现在他梦中。安息日夜晚，她的名字出现在哈瓦达拉[1]祷文里时，他头晕目眩。娶她的是安舍尔而不是别人，仍旧是好事情……至少她把自己交到了良人手里。阿维戈多弯下腰，胡乱地扯着枯萎的草。他的话前后不搭，好像中邪的人。突然他说：

"我想过做我兄弟做的事。"

"你真的那么爱她吗？"

"她刻在了我的心上。"

两个人为友情发誓，许诺永不分开。安舍尔提议，两人各自结婚后，要住在隔壁，甚至同住一所房子。他们要每天一起学习，或许还合伙开个店。

"你知道我怎么想的吗？"阿维戈多问，"我们就像雅各和便雅悯：我的生命和你的生命密不可分。"

"那你为什么离开我？"

"也许正是因为这个。"

天凉了，起风了，但他们还继续走着，走到了松树林，到天黑了该做晚祷了才回来。贝切夫的姑娘们在窗户后面看着他们经过，手搭着彼此的肩膀，谈话谈得那么专注，踩到水坑和垃圾堆也不自知。阿维戈多脸色苍白，衣冠不整，风刮起他的一条边落。安舍尔咬着指甲。哈达丝也跑到窗户前，看了看，眼里噙满泪水……

---

[1] 哈瓦达拉（Havdala），安息日的结束仪式。

事情来得很快。阿维戈多先结了婚。新娘是寡妇，所以婚礼并不热闹，没有乐班子，没有婚礼说笑人，也没有给新娘戴结婚面纱。今天佩舍站在婚礼华盖下，明天就回到了店里，用油腻的手分发焦油。阿维戈多裹着新的祷告披巾，在哈西德集会堂做祷告。下午，安舍尔去找他，两人说着悄悄话，一直聊到晚上。安舍尔和哈达丝的婚礼定在光明节那个礼拜的安息日，尽管准岳父希望再早些。哈达丝订过一次婚了。而且，新郎是个孤儿。既然能有自己的妻子和家，为什么要在那寡妇家的简易床上翻来翻去呢？

每一天，安舍尔都警告自己好多回，她就要做的事情是罪孽的，疯狂的，极为堕落的。她把哈达丝和自己都卷进了欺骗的链条，犯了许多禁条，永远赎不了罪。谎言生谎言。安舍尔反复下决心，要及时逃离贝切夫，结束这场怪异的闹剧。这事不像人干的，像是小精灵搞出来的。但一种无法抗拒的力量攥住了她。她越来越依恋阿维戈多，也不肯摧毁哈达丝虚幻的幸福。阿维戈多结了婚，学习的欲望比任何时候都强烈，两个朋友每天会面两次：上午学习《革马拉》和《解经》，下午学习《法典》及其注解。阿尔特·维什克奥尔和皮革商费特尔很高兴，把阿维戈多和安舍尔比作大卫和约拿单[1]。安舍尔到处周旋，这事那事，如同喝醉

---

[1] 大卫（David）和约拿单（Jonathan），大卫杀死非利士巨人歌利亚后，扫罗的儿子约拿单对他非常钦佩，两人情投意合，心心相印。见《圣经·撒母耳记上》第十八至二十章。

了酒。裁缝们为她量尺寸做新衣服,她只好使出各种花招,避免暴露自己不是男人。尽管骗局已持续了好几个礼拜,安舍尔仍然无法相信事情真的在进行。怎么可能呢?愚弄社区成了一个游戏,但能弄到几时?真相会如何浮出水面?安舍尔在心里又笑又哭。她变成一个来世上愚弄人捉弄人的妖精了。她告诉自己,我邪恶,我犯禁条,我是一个耶罗波安·本·尼八[1]了。她唯一的辩解是,她背负起这一切重担,因为她的灵魂渴望学习《托拉》……

阿维戈多很快就抱怨佩舍待他不好。她说他游手好闲,是个笨蛋,有他只是多了张吃饭的嘴。她想把他拖在店里,把他毫无兴趣的活计派给他,给他零花钱也小气。安舍尔没有安抚他,而是挑动他和佩舍对着干。她说他妻子是丑八怪、泼妇、守财奴,说佩舍的第一任丈夫肯定是被她唠叨死的,阿维戈多也会是一样的下场。同时,安舍尔列举了阿维戈多的优点:个子高,男子气概,聪明,博学。

"如果我是女人,嫁给了你,"安舍尔说,"我就懂得如何欣赏你。"

"好吧,但你不是……"

阿维戈多叹息。

同时,安舍尔的婚期快到了。

光明节前的安息日,安舍尔被叫上布道坛读《托拉》。女人们

---

1 耶罗波安·本·尼八(Jeroboam ben Nabat),《圣经》记载的古代以色列的一个王。

朝她撒葡萄干和杏仁。结婚那天，阿尔特·维什克奥尔给小伙子们办了宴会。阿维戈多坐在安舍尔的右手边。新郎讲了一段《塔木德》经文，其他人辩论经义，大家抽着烟，喝着葡萄酒、利口酒、柠檬茶和山莓酱茶。接着是揭新娘面纱的仪式，再是新郎被领到设在会堂一侧的婚礼华盖下。夜里有霜，晴朗，满天繁星。乐班子奏出曲子。两排姑娘手持点着的细蜡烛和辫子蜡烛。结婚仪式完毕，新娘和新郎喝金黄的鸡汤，破了斋戒。接着跳起了舞，宣布结婚礼物，一切都依着习俗。礼物多且昂贵。婚礼说笑人描绘新娘将经历的喜乐与哀愁。阿维戈多的妻子佩舍也是客人，不过，尽管佩戴了珠宝，模样还是丑陋，假发深深套住额头，身披一件巨大的皮草氅子，手上有怎么也洗不掉的焦油痕迹。跳完了贞洁舞，新娘和新郎被分别领进洞房。婚礼侍从指导夫妻如何正确行事，敦促他们"要生养众多"。

　　天亮时，安舍尔的岳母及女伴们来到洞房，扯起哈达丝身下的床单，检验婚姻是否完成。她们发现了血迹，快活了，亲吻和祝贺了新娘。接着，她们挥舞着床单，拥出门来，在新下的雪中跳起了犹太舞。安舍尔找到法子给哈达丝破了瓜。无知的哈达丝不知道事情是有点差错的。她已深深地爱上了安舍尔。新娘和新郎须在首次交合后分离七天。次日，安舍尔和阿维戈多学习了《经期女人论》。其他人离开后，只剩他们俩在会堂，阿维戈多羞怯地问起安舍尔和哈达丝的新婚夜。安舍尔满足了他的好奇心，两人轻声细语聊到天黑。

5

安舍尔落到了良人的手里。哈达丝是深情的妻子，她父母满足女婿的每个愿望，夸赞他的成就。诚然，几个月过去了，哈达丝还没怀上孩子，但这事没人往心里去。那边，阿维戈多的际遇一天天只是变糟。佩舍折磨他，最后都不给他吃饱，不给他干净衬衫穿了。他总是身无分文，于是安舍尔又每天带给他一块荞麦蛋糕。由于佩舍忙得没空做饭，又吝啬不肯雇仆人，安舍尔请阿维戈多到他家里吃饭。雷布·阿尔特·维什克奥尔和妻子不同意，说遭到拒绝的求婚者不能来前未婚妻的家。镇上可有闲话说了。但安舍尔援引前例，说明律法并不禁止此事。镇上的人大多站在阿维戈多一边，把一切都怪罪到佩舍头上。很快，阿维戈多逼着佩舍离婚，而且，因为他不肯要这么个怒妇生的孩子，他像俄南那样做，或如《革马拉》中所言：他在里面耕种，在外面撒种子。他向安舍尔倾诉，说佩舍没洗漱就上床，打鼾响如圆锯，脑子里尽琢磨店里收的现金，连梦里都在嚷嚷。

"哦，安舍尔，我真羡慕你。"他说。

"没有羡慕我的理由。"

"你什么都有。我但愿你的好运是我的——当然了，前提是你也不失去什么。"

"人人都有自己的烦恼。"

"你有什么烦恼啊？不要挑衅上帝。"

阿维戈多怎么猜得到，安舍尔夜里睡不着，时时想着逃走？与哈达丝同床共寝，欺骗哈达丝，使她变得越来越痛苦。哈达丝的爱和温柔使她羞愧。岳父岳母的情谊，他们对外孙的期待，使她心情沉重。礼拜五下午，镇上的人都去沐浴。每个礼拜安舍尔都得找个新借口。但这事开始引起怀疑。有人说，安舍尔肯定有个丑胎记，或疝气，要么行割礼时没割好。看这年轻人的年纪，胡子绝对该长出来了，但脸蛋还是光光滑滑。普珥节到了，逾越节要来了，很快就是夏天。离贝切夫不远有条河，天气暖和了，书院学生和小伙子全都下河游泳。谎言如脓肿般鼓胀，肯定会在这些天里爆裂。安舍尔明白，必须想法子解脱了。

这地方有个风俗，逾越节那个礼拜中间的几个半天假日，寄宿在岳父母家的小伙子要到附近的城市去。他们换换环境，消消乏，找找做生意的机会，买点书或者其他需要的东西。贝切夫离卢布林不远，安舍尔劝阿维戈多跟她一起去，她出钱。阿维戈多高兴能有几天甩开家里的泼妇。乘马车出行很愉快。田野正转绿，从温暖国度飞回的鹳在天空划出长长的弧线。溪流泻入山谷，鸟儿啁啾，风车转动，田野里春天的花朵开始绽放。处处都会见到一头在吃草的母牛。两个伙伴聊着天，吃着哈达丝装的水果和小蛋糕，说着彼此的秘密，一直到卢布林。然后他们到一个小旅馆要了一个双人间。在路上，安舍尔许诺要在卢布林告诉阿维戈多一个惊人的秘密。阿维戈多开玩笑说：能是什么秘密呢？安舍尔发现了一处隐秘的宝藏？他写了篇文章？他靠研究卡巴拉经文造出了只鸽子？……现在他们进了房间，安舍尔小心地锁上门，阿维戈多揶揄道：

"来吧，来听听你的大秘密。"

"准备好了吗，你就要听到有史以来最不可思议的事情。"

"什么事情都吓不倒我。"

"我不是男人，而是女人，"安舍尔说，"我的名字不是安舍尔，而是燕特尔。"

阿维戈多噗的一声笑了出来。

"我就知道你在耍我。"

"但这是真的。"

"就算我傻，我也不会信这种话啊。"

"你是不是要我给你看看？"

"是的。"

"那我就脱衣服了。"

阿维戈多的眼睛睁大了。他想着，安舍尔是不是想玩娈童戏。安舍尔脱掉了外套和流苏袍，扯掉了内衣。阿维戈多看了一眼，脸色先是一白，继而火红。安舍尔赶紧穿上衣服。

"我这么做,只是好让你到法庭上作证。否则哈达丝就得守活寡。"

阿维戈多说不出话来。他忽然浑身颤抖。他想说话,嘴唇在动,却发不出声音。他猛地坐下,因为两腿撑不住身子。最后他喃喃道:

"怎么可能?我不相信!"

"要我再脱一次吗?"

"不要!"

燕特尔把故事原原本本讲了出来:卧病的父亲和她共同学习《托拉》,她对女人、女人的傻言傻语从无耐心,她卖了房子和全部家具陈设,离开了镇子,假扮成男人前往卢布林,在路上遇见了阿维戈多。阿维戈多坐着,一言不发,盯着这讲故事的人。此时燕特尔又穿上男装了。阿维戈多说话了:

"一定是做梦。"

他掐了掐自己的脸颊。

"不是做梦。"

"这样的事竟然发生在我身上……"

"全是真的。"

"你为什么要这么做?呃,我最好还是坐着不动。"

"我不想把生命浪费在烘焙铲和揉面槽里。"

"哈达丝呢——你为什么要那么做?"

"为了你。我知道佩舍会折磨你,在我们的家里你能得到些许安宁……"

阿维戈多沉默了很久。他低下脑袋,手按在太阳穴上,摇着头。

"你现在怎么办?"

"我要离开,去别的书院。"

"什么?但凡你早点告诉我,我们本可以……"

阿维戈多说到一半停住了。

"不——那样不好。"

"为什么不好?"

"我不是男人,也不是女人。"

"我掉进了什么样的困境啊!"

"跟那个恐怖的人离婚。娶哈达丝。"

"她绝不肯离婚,哈达丝也不会要我。"

"哈达丝爱你。她不会再听她父亲的了。"

阿维戈多突然站起身,又坐下。

"我不能忘记你。永远……"

6

按律条,如今阿维戈多一刻也不能再与燕特尔单独相处,但穿上了外套和裤子的燕特尔又是熟悉的安舍尔了。他俩像原来那样谈起了原来的话。

"你怎么能让自己天天违反那条律令的：'女人不可穿男人的衣服'？"

"我生来就不是拔鸡毛，和女人闲聊的。"

"你宁可失去来世的福分？"

"也许吧……"

阿维戈多抬起眼。到现在他才醒悟，安舍尔的脸颊光滑得不像男人，头发太密，手太小。即便如此，他还是不能相信会有这种事。他时刻期待着从梦中醒来。他咬嘴唇，掐大腿。他羞怯起来，说话止不住地结巴。两人的友谊，亲密的谈话，交换的秘密，都成了假象和幻觉。他甚至想，安舍尔是不是个魔鬼。他摇晃自己仿佛在赶走一个噩梦，但那懂得梦与现实区别的力量告诉他，这全是真实的。他鼓起勇气。他和安舍尔永远不会是陌生人，即便安舍尔其实是燕特尔……他大胆说道：

"我觉得，为弃妇作证的人好像不能娶她，因为律条说他是'事件的参与方'。"

"什么？我没想到啊！"

"我们得到《石助书》里查查。"

"我看，弃妇的规条不见得适用于这件事情。"安舍尔用学者的口气说道。

"如果你不想让哈达丝守活寡，你必须自己把秘密告诉她。"

"这个我办不到。"

"无论如何,你得另找个见证人。"

两人渐渐又谈起了《塔木德》。起初阿维戈多觉得,同一个女人争论圣书很奇怪,不过,《托拉》很快使他们和洽了。虽然身体相异,两人的灵魂同属一类。安舍尔抑扬顿挫地说话,用拇指比画,抓着边落,揪着无须的下巴,做出书院学生的种种举动。激辩之中,她甚至抓住阿维戈多的领子,骂他笨蛋。阿维戈多心中涌起对安舍尔的深深爱意,掺杂着羞耻、悔恨和焦虑。我要是以前就知道呢,他对自己说。他暗自把安舍尔(或燕特尔)比作布鲁里阿,雷布·梅尔的妻子,还比作雅尔塔,雷布·纳赫曼的妻子[1]。他第一次看得这么清楚,这就是他一直要的:一位心智不拘于物质世界的妻子……如今他对哈达丝的欲念已逝,他知道自己将渴念燕特尔,但不敢说出口。他觉得燥热,知道自己的脸在燃烧。他不再敢看安舍尔的眼睛。他一条条列着安舍尔的罪孽,明白自己也牵涉其中,因为他曾坐在燕特尔身旁,曾在她不洁的日子里触碰过她。啊,她与哈达丝的婚姻又怎么说?多重的犯禁啊!故意的欺骗,虚假的誓言,歪曲事实!——天知道还有什么别的。他突然问:

"说实话,你是不是异端?"

"上帝不许!"

---

[1] 两对夫妻都是《塔木德》中的人物。

"那你怎么能让自己做出这种事？"

安舍尔说得越多，阿维戈多越不懂。安舍尔的解释似乎全都指向一点：她有男人的灵魂和女人的身体。她说，她和哈达丝结婚只是为了接近阿维戈多。

"你本可以和我结婚的。"阿维戈多说。

"我要的是和你一起学习《革马拉》和《解经》，不是给你补袜子！"

两个人都闭口了许久。然后阿维戈多打破了沉默：

"我担心哈达丝因为这一切而病倒，千万别啊！"

"我也担心这一点。"

"会发生什么事呢？"

黄昏了，两个人念起了傍晚祷告。心里乱糟糟的阿维戈多把祝福文念得颠三倒四。他瞥了安舍尔一眼，她前后摇摆，捶胸低头。他看见她闭着眼，向天抬起脸，仿佛在恳求：您，天上的父，知道真相……祷告结束后，他们坐在相对的椅子上，面对着面，却隔了一段距离。房间里满是阴影。夕阳的反光在对着窗户的墙上摇曳，如紫色的刺绣。又一次，阿维戈多想说话，但话在嘴边颤抖说不出来。突然那话蹦了出来：

"也许还不是太晚？我无法再和那遭诅咒的女人继续生活了……你……"

"不，阿维戈多，那不可能。"

"为什么？"

"我要像现在这样过完一生……"

"我会想念你。非常地想念。"

"我也会想念你。"

"这一切有什么意义？"

安舍尔没有回答。夜幕降临，天光逝去。在黑暗里，两个人似乎在听着彼此所想。律条禁止阿维戈多单独与安舍尔同处一个房间，但他无法只把她当女人。服装具有多么奇怪的力量啊，他想。可他说的却是别的事：

"我会建议你直接与哈达丝离婚。"

"我怎么能那样做？"

"既然婚姻的圣礼不合法，怎么做又有什么差别呢？"

"我想你是对的。"

"事后，她有足够的时间了解到真相。"

女仆送来了一盏灯，但一等她走了，阿维戈多就把灯灭了。他们的困局，他们必须对彼此说的话，都受不住这光亮。在黑暗中，安舍尔说出了种种细节，回答了阿维戈多的每一个问题。钟敲响了两点，他们还在说话。安舍尔告诉阿维戈多，哈达丝从未忘记他。她常常说起他，担心他的健康，为他和佩舍的事情弄成那样而难过，却又不乏某种称心。

"她会是个好妻子，"安舍尔说，"我连布丁都不会做。"

"就算这样,要是你愿意……"

"不,阿维戈多。注定不能如此……"

7

镇上的人大惑不解:来了个送信人,给哈达丝送来了离婚文书;阿维戈多在卢布林逗留到节日过后;他回到贝切夫时,肩膀塌着,眼中无神,好像生过病。哈达丝卧床不起,医生一天来瞧她三次。阿维戈多不理睬旁人,若有人正巧碰上,跟他打招呼,他也不作声。佩舍向父母抱怨,阿维戈多整晚抽着烟踱来踱去。等他倦极了躺倒了,在睡梦中叫着个陌生女人的名字——燕特尔。佩舍开始提离婚。镇上的人认为,阿维戈多不会同意,至少也得要点钱,但他什么都答应了。

贝切夫的人不习惯被蒙在鼓里太久。一个小镇,大家都知道谁家锅里煮着什么,秘密怎么藏得住呢?不过,尽管许多人瞥锁眼啊听窗边啊,到底发生了什么却还是个谜。哈达丝躺在床上哭泣。草药医生查尼纳报告说,她日渐消瘦。安舍尔消失得无影无踪。雷布·阿尔特·维什克奥尔派人叫阿维戈多,他也去了,但站在窗外屏息偷听他们交谈的,什么都没听清。惯于窥探旁人事务的人提出种种理论,但没有一个说得通。

一派人得出结论,安舍尔落到了天主教神父的手里,改宗了。

听着有点道理，不过，安舍尔一直在书院学习，哪来的时间和神父混？还有，哪个叛教者给妻子送过离婚文书？

另一派人嘀咕着，安舍尔瞧上了别的姑娘。但能是谁呢？贝切夫没见发生什么风流韵事。近来也没有年轻姑娘离开过镇子，无论是犹太姑娘还是外邦姑娘。

还有人提出，恶灵把安舍尔掳走了，甚或他自己就是个恶灵。举出的佐证是，安舍尔从未去过浴室，也从未下过河。人人都知道魔鬼长着鹅脚。好，可哈达丝从没见过他赤脚？而且谁听说过魔鬼给妻子送离婚文书？魔鬼娶了凡人的女儿，通常是让她守活寡的。

还有人想到，安舍尔是犯了个大禁，放逐自己赎罪去了。但能犯什么禁呢？他又为啥不找拉比解决呢？而且，为什么阿维戈多晃来晃去像个幽灵呢？

乐手特维尔的假设是最接近真相的。特维尔认为，阿维戈多无法忘记哈达丝，安舍尔休了哈达丝好让朋友娶她。但世上有这种友情吗？就算有，为什么安舍尔和哈达丝离婚，要在阿维戈多和佩舍离婚之前呢？更何况，这种事情要成功，妻子必须得知情而且愿意，可是种种迹象都表明哈达丝深爱着安舍尔，事实上她也是因伤心而病倒的。

大家都明白一件事：阿维戈多知道真相。但不可能从他那儿探听出任何话。他还是不理睬旁人，顽固地沉默着，这顽固是对整个镇子的非难。

亲近的朋友力劝佩舍不要和阿维戈多离婚，纵然他俩已断绝了一切关系，不再如夫妻般生活。他连礼拜五晚上的祝福文都不为她念了。夜里，他要么睡读经堂，要么睡到安舍尔寄宿过的寡妇家。佩舍对他说话，他不回答，只低头站着。做生意的佩舍对这种事哪有耐心。她要的是能在店里帮忙的小伙子，不是陷入忧郁的书院学生。这种人甚至脑袋一热就离家走了，任她成为弃妇。佩舍同意离婚。

同时，哈达丝也康复了，雷布·阿尔特·维什克奥尔透露正在拟结婚文书。哈达丝要嫁给阿维戈多。镇子兴奋了。从没听说过曾经订婚并悔婚的男女又结婚的。婚礼于圣殿被毁日后的第一个安息日举行，而且办得完全如同处女的婚礼：为穷人设的筵席，会堂前的华盖，乐班子，婚礼说笑人，贞洁舞。缺的只有一样东西：欢乐。新郎站在婚礼华盖下，孤寂伶仃。新娘已然病愈，还是苍白清瘦。她的泪珠落进金黄的鸡汤。每个人的眼睛都在问着同一个问题：安舍尔为什么要这么做？

阿维戈多和哈达丝结婚后，佩舍散布流言，说安舍尔把妻子作价卖给了阿维戈多，钱是阿尔特·维什克奥尔出的。有个小伙子费了老劲琢磨这个谜团，最后得出结论，安舍尔是在牌桌上把爱妻输给阿维戈多的，甚至可能是在玩光明节陀螺时输的。通常来说，真相无迹可寻时，人们就急急忙忙听信种种假话。真相本身常常这样隐藏着：你越是使劲找，它就越难找到。

婚礼后不久，哈达丝怀孕了。生下来是个男孩。行割礼时，周围的人简直不敢相信自己的耳朵，他们听见父亲为儿子取名为安舍尔。

三个故事*

1

小圈子里有三个人：装玻璃的扎尔曼、阉人梅耶尔和艾萨克·阿姆什诺弗。他们会面的地方是拉济明镇的读经堂，天天在那儿互相讲故事听。梅耶尔一个月只去两个礼拜。他是《塔木德》里说的那种周期性疯子，另外两个礼拜里，他的心智是错乱的。满月照耀的夜晚，梅耶尔在读经堂里踱来踱去，搓着双手，自己嘟嘟哝哝。他个子虽高，肩膀却塌得厉害，像个驼子。他面孔瘦巴巴的，脸倒如女人般光滑，或更甚。他生着长下巴、高额头和

---

* 本篇英语由鲁思·惠特曼（Ruth Whitman）和塞西尔·赫姆利（Cecil Hemley）翻译。

鹰钩鼻，还有一双学者的眼睛。据说他能背诵《塔木德》。精神不错乱时，他的言谈里点缀着哈西德派的谚语和高深书籍里的引语。他认识科茨克的老拉比，彼时之事记得很清楚。无论冬夏，他身上都是一件垂至脚踝的羊驼毛袍子，脚上是无跟便鞋和白色长袜，头戴两顶亚莫克帽，一顶在前一顶在后，再罩一顶丝帽。虽然年事已高，梅耶尔的边落直直地垂着，还有一头黑发。犯病时他似乎不吃饭，另外半个月则吃虔诚妇女送到读经堂的燕麦粥和鸡汤。他睡在一位教师家的阴暗凹壁里。

此时是月末，无月的夜晚，阉人梅耶尔是理智的。他打开一个骨质鼻烟盒，捻出一撮混了乙醚和酒精的烟草，然后又捻出两撮递给装玻璃的扎尔曼和艾萨克·阿姆什诺弗，尽管他俩有自己的鼻烟盒。他专注地思索着，几乎听不到扎尔曼说什么。他皱着眉毛，拇指和食指揪着没有胡须的下巴。

艾萨克·阿姆什诺弗的须发还没全灰，眉毛、边落、胡子间仍有几点红色。雷布·艾萨克患了沙眼，戴着深色的眼镜。他拄的手杖曾属于库兹默的查兹克里拉比。雷布·艾萨克发誓，曾有人要花一大笔钱买这根手杖。但这手杖熟稔那位极神圣的拉比的手，谁会想要卖掉呢？雷布·艾萨克靠这根手杖过活。孕期不顺的女人来借它，还被拿去治小孩的猩红热、百日咳和哮吼，据说对于驱邪、止打嗝、寻地下宝藏也有功效。连在祷告时，雷布·艾萨克也不把手杖放下。不过，礼拜六和节日时，他把它锁在诵经台里。此时,手杖被紧紧地抓在他那双毛茸茸的、青筋纵横的手里。雷布·艾萨克心脏弱,肺不好,肾有毛病。哈西德派教徒说,要不是有查兹克里拉比的手杖,他早就没命了。

装玻璃的扎尔曼高个子宽肩膀,生着一丛胡椒色的胡子和两条粗如刷子的眉毛。他八十岁了,但还是每天喝两大杯伏特加。早饭他吃一个洋葱、一个萝卜、一条两磅的面包和一壶水。扎尔曼的妻子生来残疾,半哑,手脚都用不了。她年轻时,扎尔曼用独轮车运她去洗净浴。这个残破的女人给他生了八个儿女。扎尔曼如今不装玻璃了,因为有钱的大儿子每个月给他十二卢布养老。夫妻俩住在一个小房间里,有个靠梯子上去的阳台。扎尔曼自己做饭,喂妻子吃饭就像喂婴儿。他连夜壶都倒。

今晚,他讲的是自己住在拉多什茨时的事情,那时他背着个摞着玻璃的木头架子,一个村子一个村子地跑。

"如今还有真正的霜吗?"他问,"他们说的霜冻在我这儿两个戈比都不值。他们觉着维斯瓦河里结冰就是冬天了。我那时候,住棚节一过就冷了,到了逾越节还能在河上走着过呢。冷得啊,橡树的树干都冻裂了。狼常常趁黑摸进拉多什茨,叼着鸡就跑。狼的眼睛亮得跟蜡烛一样。狼嚎起来让你发疯。有一回,下的雹子跟石头一样,有鹅蛋那么大,屋顶的木板子都被砸破了。有的雹子从烟囱砸到锅里。我记得有一回暴风雨,活鱼和小动物从天上掉下来,看得见它们在阴沟里爬。"

"天上咋有鱼啊？"艾萨克·阿姆什诺弗问。

"云不是在河里喝水吗？拉多什茨旁边的村子，一条蛇掉下来，摔死了，不过死前爬进了一口井。农民不敢碰它，烂了的尸体发出最可怕的恶臭。"

"《米德拉什·塔皮奥特》里提到过许多类似的情况。"阉人梅耶尔插话。

"我要《米德拉什·塔皮奥特》有啥用？我都是自己亲眼看到的。如今没那么多拦路抢劫的了。但当年林子里到处都是。他们住在山洞里。我父亲记得见过他们中的王，臭名昭著的强盗多波什。人人都被他吓坏了。但他只是个傀儡，他妈妈在王座背后掌权。她九十岁，什么事都筹划好，说到哪儿怎么抢，怎么藏赃物，到哪儿销赃。她还是个女巫，所以人人才都怕她。她看见谁，嘀咕几句，他就浑身发热倒地了。你们大概从来没听过她和莱伯·萨拉斯拉比的事。当时她还年轻，很好色，是个不羞不臊的荡妇。拉比喜欢走进树林，浸泡到一个池塘里，祷告。一天早晨，他抬起眼睛，看见那多波什女人赤裸站在面前，松开的头发垂在背后。他叫出那神圣之名，一个旋风攥住了她，把她刮到了树顶。'拉比，娶我吧，'她坐在树枝上叫出来，'我们一起统治世界。'"

"真是个厚脸皮的女人。"艾萨克·阿姆什诺弗说。

"《哈西德教众》里没提到过这个故事。"阉人梅耶尔说。

"《哈西德教众》并没有事事都写到。我自己就碰到过巫师。

就在拉多什茨附近一个村子外头的森林里。那是个晴天，我一样在搬玻璃。前一晚我睡在一个谷仓里。但我总是回家过安息日的。我走着路，脑子里专心想事，突然看见一个极小的男人。他比侏儒都矮呢。我发誓他不比我的手臂长。我看着他，弄不清这是什么。他穿得像个乡绅，绿外套，插羽毛的帽子，红靴子。手里拿着个猎人的皮袋子。好像还拿着把来复枪——对，就是俄梅珥节男孩拿的那种小枪。我就站那儿傻傻看着。就算是个矮子或者怪胎，他自个走在那儿是干啥呢？我停下来让他过去，但他也停了下来。等我走起来时，他在旁边跟着走。他那么短的腿怎么能走那么大的步子，我问自己。所以，很清楚了，他是魔鬼那一族的。我念诵，'以色列啊，你要听'[1]，还有'沙代，摧毁撒旦吧'，但一点用没有。他笑着，来复枪对准了我。事情很不妙啊，所以看见了一块石头，我就捡起来砸过去。他发出一阵狂笑，我听了直抖。然后他伸出舌头。知道有多长吗？一直伸到他的肚脐眼。"

"他弄伤你了吗？"

"没有，他跑了。"

"你是不是带着护身符？"

"我脖子上挂了个袋子，里头有狼的牙齿，神圣的科真尼茨拉

---

[1] 这是"示玛"开头一句，出自《圣经·申命记》第六章第四节："以色列啊，你要听！耶和华我们的上帝是独一的主。"在早晚祷告中，在礼拜仪式上，虔诚的以色列人都要念诵"示玛"。

比祝福过的护身符。我从小就带着它了。"

"对,那个肯定有用的。"

"你怎么知道他是巫师?"阉人梅耶尔问,"也可能是小精灵或者笑面鬼。"

"我后来才知道他的事的。他父亲是个有钱的地主,庄园留给了他,但这孩子喜欢上了巫术。他能把自己变大变小,变成猫、狗或随便什么他想变的。他有个老用人,耳朵聋得像堵墙,在给他做饭。他的钱多得不知道怎么花。是因为老婆死掉他才喜欢上魔法的。有时候他用法术帮助人,但不经常。他更喜欢捉弄和吓唬他们。"

"他后来怎么样了?"艾萨克·阿姆什诺弗问。

"我不知道。我离开拉多什茨的时候,他还活着。你知道这种人会怎么样。最后他们掉进无底的深渊。"

2

装玻璃的扎尔曼说完后,三个人沉默了。艾萨克·阿姆什诺弗拿出烟斗点上,问道:"一个外邦巫师有什么大惊小怪的?连埃及都有巫师呢。埃及的魔法师不是跟摩西比试过吗?但我认识一个犹太的。对,也许不算真的巫师,而是和邪族有来往的。他的岳父是我的熟人,叫莫德凯·里斯科弗。很有钱也有学问。他有五个儿子一个女儿。那姑娘叫佩莎,他爱她爱疯了。他的儿子们都婚配得不错。半个镇子属于他们。他开了个水磨坊,生意总是很好。方圆十里的农民赶着大车过来排队。他们觉得那个磨坊磨出的面是受老天保佑的。莫德凯想给佩莎——他最小的孩子——找个最好的丈夫。他给她备了一大笔嫁妆,许诺一辈子养她和她丈夫。所以他去了一个书院,请院长指给他看最聪明的学生。'就是他,'院长说的是一个个子不高的男孩,'他的名字是泽恩维利。他长得小点,但头脑比全波兰的学者加起来还好。'谁还能要求更多吗?那男孩是个孤儿,镇子供养他。雷布·莫德凯把他带回家,给他穿得像国王一样,拿订婚文书让他签。然后他让泽恩维利暂住在小旅馆里,因为律条禁止男人与未婚妻住在一栋房子里。他吃的是乳鸽和杏仁蛋白糖。他去读经堂时,其他男孩都想跟他谈学问,但他说得不多。他是那种惜字如金的人。但他说出来的话是值得听的。我眼前还有他当时的样子,小小的,皮肤白白的,没胡须,站在读经堂里一口气背出《解经》的一整页。雷布·莫德凯给他的衣服尺寸过大,想着他能长合适了。他的袍子拖在地板上。实际上他再也没长个,不过那是另一个故事了。讨论学问时,他说话很温和。他根本不谈世俗的事,别人问他什么,他只说是或否。有时候他只是点点头。他总是自己坐在读经堂的偏僻角落里。男孩们抱怨他不友好。他祷告时,看着窗外,头不动,一直到祷告完。那个窗户朝着会堂街,俯视着墓地。

"对的,他对世界不感兴趣。镇上的人尊重他。为什么不呢?他将成为莫德凯的女婿。然后发生了一件怪事。有个晚上,一个男孩走进读经堂时脸色惨白如垩。'你怎么了?谁吓到你了?'其他人问。一开始那孩子不肯回答。后来他把三个朋友叫到一边,叫他们起誓保密,才告诉他们:他走在会堂的院子里,看见泽恩维利站在救济所旁,两只手做着奇怪的动作。他知道泽恩维利晚上从来不学习。而且他在救济所旁边干什么?人人都知道救济所是个危险的地方,洗尸体用的清洗板就支在门上。有两条路通到那儿,一条从镇郊来,一条从墓地来。那男孩想,也许泽恩维利新到镇子,迷路了,就叫道:'泽恩维利,你在那干什么?'他这话刚问出口,泽恩维利就开始缩小,小到后来只剩一缕烟。最后那烟也消失了。不可思议,那男孩居然没被吓死。'你确定你礼服上的流苏都还在吗?'其他人问,'你的圣卷是不是少了个字母?'他们全都认为,那其实是个伪装成泽恩维利的邪魔。他们没把这事说出去。要是说出去的话,镇子能少好多麻烦呢。

"婚礼很热闹。从卢布林请来了乐班子,从科弗尔那么远的地方请来了说笑人尤科里。但同学们按例进行《托拉》的讨论时,泽恩维利没有加入,他也不去分发点心和饮料。他只是坐在桌首,好像不在场。他的眉毛很粗,所以很难看出他是在沉思还是在睡觉。有的人甚至觉得他是聋子。但什么事情都是过眼云烟。泽恩维利结婚了,搬进了岳父家里。如今他坐在读经堂一角读着新婚男人要读的《濯洗论》。不过,没多久佩莎就开始抱怨,他没有做年轻丈夫该做的事。她洗过净浴后,他倒也上她的床,却冷得像块冰。那天一大早,佩莎哭着跑去妈妈的卧室。'怎么了,女儿?'原来,据佩莎说,前一晚她洗了净浴,泽恩维利上了她的床。但她瞟了一眼他的床,本该是空的床,却看见第二个泽恩维利躺在那儿。她害怕极了,钻到羽毛床底不肯出来。天一亮,泽恩维利就起身去了书房。'女儿,那是你的想象。'妈妈告诉她。但佩莎郑重地发誓,自己说的是实话。'母亲,我害怕。'她尖叫。她焦虑得晕倒了。

"这种事情能瞒多久呢?确实有两个泽恩维利。人人都发现了。格拉伯维茨也确实有一些怀疑者,那些人轻巧地看待这样的事。你知道他们的那种解释:幻觉、瞎想、病态倾向。但他们说是这么说,其实也跟别人一样害怕。泽恩维利被锁在房里,躺在床上睡觉,但同时也在会堂院子或市场晃荡。有时他出现在读经堂前厅,在盥洗盆旁站着一动不动,最后有人发觉那只是假的泽恩维利。然后他就飘走了,像蜘蛛网一样散架了。

"一段时间里,没人和泽恩维利说这事。他自己可能完全不知道发生了什么。不过,最后他妻子佩莎不肯再沉默了。她宣布不愿与他同睡一室。家里只好雇一个守夜人。岳父觉得泽恩维利会警觉起来,否认一切,就拿事实跟他对质,但他只是像个雕像站在那儿,一言不发。于是雷布·莫德凯带他到图利斯克的拉比那儿，拉比给泽恩维利全身盖满了护身符。可是等泽恩维利回到家，什么变化都没有。夜里，岳母从外面锁上卧室门，拿张重椅子顶住，但泽恩维利继续游荡。狗看到他就吼叫，马看到他吓得直往后倒。女人晚上不敢出门，除非系上两个围裙，一个在前一个在后。一天晚上，一个镇上的女人去洗净浴，女侍在前厅给她擦洗过后，她走进了浴房。走下台阶时，她看见有人在水里扑腾。屋里的蜡烛摇曳得厉害，她看不清是谁。她走近一看，发现那是泽恩维利，她尖叫起来，晕倒了。要不是女侍就在附近，她会淹死的。当时，真正的泽恩维利碰巧在读经堂。我自己也在那里，看见了他。不过，实际上不可能知道哪个是真正的泽恩维利，哪个是幽灵。镇上的男孩子开始说，泽恩维利到净浴室偷看裸体女人。佩莎说，她不愿再和他过日子。要是他有父母，他们就会把他送回家，但你能把孤儿送哪里去？他的岳父带他到拉比那儿，给了他一百金币离婚。我是离婚文书的见证人之一。佩莎哭个不停，但泽恩维利静静地坐在板凳上，好像一切与他无关。他似乎睡着了。拉比看了看墙，确认泽恩维利有影子。魔鬼是没有影子的，你知道。离完婚，雷布·莫德凯雇了辆大车，把泽恩维利装上，送去一家书院。驾车的是个外邦人，犹太人谁也不肯接这个活。车夫回来后，说他中了犹太人的邪。他的马无论怎么鞭打都不肯拉那个车。他指指那两匹马。它们离开市场时健健康康的，回来时却病倒了，羸弱了。莫德凯·里斯科弗只好赔他钱。据说那两匹马很快就死了。

"就算泽恩维利走了，人们仍旧继续看见他。日暮后的面粉磨坊，女人洗亚麻衣物的河边，屋外的厕所。有几次，有人半夜看见他像个扫烟囱的站在屋顶。傍晚，学生都不学习了，知道泽恩维利喜欢在会堂院子里晃荡。等到佩莎又结了婚，他消失了。没有人知道他怎么了。有人去看过那家书院，送他去的那家，说他从来没到过那儿。"

"你讲这个故事是不是想说图利斯克拉比的护身符不灵验？"装玻璃的扎尔曼问。

"不是每一个护身符都有用。"

"科真尼茨拉比的护身符个个都有用。"

"有几个这样的拉比呢？"

3

阉人梅耶尔揪了揪光溜溜的下巴。他左眼紧闭，右眼瞪着。虽然此时处在正常期，他却笑得疯癫。

"这些事有什么新奇的？我们都知道有巫师。也许泽恩维利是无辜的。他可能中了邪。他可能是傻子或怪胎。而且，人睡觉的时候，灵是会离开身的。一般你看不见灵离开身，但有时候看得见。在克拉斯诺茨塔夫，有个女人睡觉时会发出绿光，旁人灭了灯她床边的墙就亮了。我还知道一只猫,被一个车夫溺死后回来咬他的鼻子。人人都认出了那东西。它跳起来咬,喵喵叫,要不是他拿手捂住脸,眼珠子都要被扒掉。身体死了,但灵还活着。我说的是灵,不是灵魂。不是什么都有灵魂的。得有一定的德性才配有灵魂。但连动物都有灵。

"我来给你们讲讲耶努卡。你可能不知道,雷布·扎尔曼,耶努卡在阿拉米语里是小孩的意思。这个耶努卡,大家都这么叫他,是泽克里——一个普通的运水工——的第六个孩子。他出生时没有什么出奇之处,和哥哥们一样行了割礼。他的真名是扎多克,用了祖父的名字。不过,他妈妈抱怨起来,说这小家伙长得太快了。但谁会听女人的这种话呢?每个妈妈都觉得自己的孩子最不可思议。但是三个月后,整个镇子都在议论泽克里的神奇孩子。五个月大,这孩子开口说话了;六个月大,会走路了。等到一岁大,他们给他裹上裤告披巾,带他去了学校。如今我们有报纸,那时犹太人没报纸。一份外邦报纸写了一通那孩子。省长派了一个代表团来问询他,写了个报告。镇上的医生把自己的检查结果送到华沙和彼得堡。各种大学教授和专家都到这个镇子来。他们不相信小扎多克只有十五个月大,但有好多见证人。他的出生登记在镇政厅,接生婆也有自己的记录。割礼时,行割礼的人,捧着孩子的拉比,把孩子递给拉比的女人,做了印证的证词。扎多克没法再上学了。先是兴奋的公众扰乱了教室的日常教学,其次

- 192 -

他比别的孩子聪明太多。他看了一眼字母表就全记住了。到十八个月大,他已经深研《摩西五经》和《拉什解经》了。两岁时,他开始学习《革马拉》。

"我知道很难相信,但我本人可以作证。泽克里给我们运水,常把那男孩带到我们家炫耀。三岁时,扎多克就在会堂讲道了。他张开嘴,《托拉》就说了出来。那个逾越节前的大安息日,不在场的人不知道什么叫奇迹。就算瞎子也能看得出,那孩子一定是某个古代圣人的转世。四岁时,他个子和青年一样高了,长出了胡子。从那时起,人们开始用《佐哈尔》[1]里那个神圣孩子的名字叫他耶努卡了。不过,如果我什么都讲到,我们就要坐一整晚了。何必讲那么细?五岁时,扎多克长了一把长胡子。该给他找个媳妇了,但谁会把女儿嫁给一个五岁的男孩?反正,扎多克也完全沉浸在卡巴拉经义里。社区给了他一个房间,扎多克在那里学习《佐哈尔》《生命之树》《创世之书》和《奥义书》。人们愿意花钱请他为他们祷告,但他拒绝了。哪里都有不信神的人,但无论谁只要看看扎多克就不再怀疑了。在安息日,他像个拉比坐在桌首主持,只有少数挑选出的人被允许陪在他旁边。连这些有学问的人也觉得很难理解他深邃的注解。他有种特殊的天才,能把字母

---

[1] 《佐哈尔》(Zohar),犹太教卡巴拉密教文献,以古老的阿拉米语写就,13世纪开始流传于世。

转译成数字，能创制离合诗。有时，他浑然忘我之时，说的全是阿拉米语。他手写的字要照在镜子里才能读。

"然后，突然传来消息，耶努卡订婚了。说是邻镇有个富人，七个孩子都在三岁前死了。唯一幸存下来的是个女孩，他给她穿白色的亚麻衣服，起名为阿尔特利，意思是'小大人'，借此瞒过死亡天使。我不记得那人的名字了，不过某个拉比建议他把女儿嫁给耶努卡。那姑娘当时十四岁。五岁的耶努卡样子像个四十岁男人。他们以为他不会同意，但他同意了。我本人去了订婚会。那姑娘像是嫁给自己的父亲。他们签了文书，摔碎盘子，以图好运。整个仪式，耶努卡一直都在喃喃自语。他可能在接收上天的指令。我不知道为什么，但两家都急着想把婚礼快快办掉。订婚是在光明节，结婚日定在五旬节后的安息日。婚礼不是照习俗在新娘家的镇子举行，而是在新郎家的镇子，因为他们担心未习惯耶努卡的人看到他会受不了。邀请了八十位拉比，全都是研究奇迹的专家。他们不全是波兰本部的，还有沃里尼亚和加利西亚的。许多自由思想者、医生和哲学家也参加了。宾客中有卢布林的省长，我想还有副省长。不孕的女人来了，希望来这个婚礼能治好病。有人带了一个打嗝声像狗叫的女孩来。她整章整章背诵《密西拿》，她唱祷告文的声音深厚如会堂的领唱者。旅馆住满了，有传言说，谁参加了这个婚礼，谁就永远不会落入地狱之火。许多来的人只能睡在街上。商店里的食物迅速地卖空了，只好派马车到卢布林再运货。

"然后呢,听好了。婚礼前的第三天,耶努卡的妈妈进他房间送一杯茶。她看了一眼,见他的胡子白如雪。脸色发黄,皱如羊皮纸。她叫来家里其他人。他还是不满六岁的孩子,却成了个白发圣贤。人群聚集过来,但不许进门。有人把这事告诉了新娘的父母,但他们不敢悔婚。

"婚礼那天的青年人宴会上,耶努卡透露了许许多多奥秘。等到要揭开新娘面纱了,人群哗地往前冲。新郎的侍从不是护着他走,而是扶着他。他好像极度虚弱。新娘看见耶努卡是个老头,哭起来,抗议,但最后他们让她安静了。我本人就在场,什么都看见了。给新娘新郎上金黄的汤时,他们基本没喝,尽管两个人之前都斋戒了。乐班子不敢弹奏,说笑人没有张嘴。耶努卡坐在桌首,手捂着眼睛。我不记得他有没有和新娘跳舞。他只是又活了三个月。他日渐苍白萎缩,如蜡烛般软塌融化。他生命最后的几天,陌生人不许进他的房间,医生都不行。耶努卡穿着白袍子,戴着祷告披巾和经文匣,坐着,仿佛一位不属于此世的古代圣人。他不吃东西了。给他一勺汤,他也咽不下。耶努卡死时我刚好不在镇上,但他们说,死的那一刻,他的脸如太阳般闪耀。要是路过他家,不可能感觉不到那股圣人光辉的热量。一个跑去嘲讽他的药剂师转而成了信徒,往靴子里放豌豆以做忏悔。一个神父改信犹太教了。他临终时,守在床边的人听到天使翅膀的拍打声。耶努卡活着时就命人给自己做尸布,他死时尸布刚好缝完最后一针。

"丧葬会的人来了,却几乎没有身体给他们洗。在这样的圣人那儿,连物质都变成了灵。抬棺人说,尸体比鸟还轻。祷颂词用了三天时间才说完。然后,社区募钱在墓上建了个礼拜堂,烧着长明灯。还给了泽克里养老金。生了这样的儿子,应该给父亲点什么。"

"那寡妇怎么样了?"装玻璃的扎尔曼问。

"她再没结婚。"

"有孩子吗?"

"荒谬。"

"她活得长吗?"

"她还活着。"

"耶努卡到底是什么人啊?"艾萨克·阿姆什诺弗问道。

"谁说得清?有时候,一个灵魂从天上被派下来,匆匆忙忙就完成使命。为什么会有只活一天的婴儿生出来呢?每个灵魂降到世上,都是为了矫正某个错误。灵魂就像书稿一样,错误可能很少,也可能很多。在这世上,有毛病的事物都要得到矫正。邪恶的世界就是矫正的世界。这是所有问题的答案。"

教皇泽伊德尔*

1

古时候,每一代里总有一些人,我——邪族的一员——无法用平常的方法败坏他们。不可能引诱他们杀人、荒淫和抢劫。我甚至不能让他们停止学习律法。只有一个法子能触及这些正直灵魂的内心激情:靠他们的虚荣。

泽伊德尔·科恩就是这种人。首先,他有高贵祖先的护佑,他是拉什的后人,而拉什的家谱可追溯到大卫王。其次,他是卢布林全省最棒的学者。他五岁学习《革马拉》和《解经》,七岁背

---

* 本篇英语由乔尔·布洛克尔(Joel Blocker)和伊丽莎白·波莱(Elizabeth Pollet)翻译。

诵《婚姻和离婚律法》,九岁就布道了,引用无数书籍,连最老的学者们都听晕了。他无比熟稔《圣经》,对希伯来语法的掌握无人可及。而且他始终在学习,无论冬夏,晨星升起时就起床读书。他很少出门透气,也不做体力活,吃得少也睡得少。他既不想也无耐心与朋友交谈。泽伊德尔只爱一样东西:书。只要一进读经堂,或者自己家,他就直奔书架翻阅书籍,把古老书页上的灰尘吸进肺里。他的记忆力极强,《塔木德》里的某段话,某种评注书里的新解释,全都是过目不忘。

我也无法通过泽伊德尔的身体来控制他。他四肢无毛,十七岁尖脑壳就秃了,只有下巴长了少许胡须。脸长而僵硬,高高的额头上总挂着三四滴汗珠,鹰钩鼻上空落落的,仿佛刚刚摘掉戴惯了的眼镜。红兮兮的眼皮下是一双忧郁的黄眼睛。他的手脚如女人般小和白,但大家不知道他是阉人还是中性人,因为他从不去洗净浴。不过,他父亲雷布·桑德尔·科恩极其富有,自己也是个学者也算显要,定要给自己的儿子寻一门般配的亲事。新娘出自华沙的富裕家庭,是个美人。直到婚礼那天她才见到新郎,等见着了,就在他用面纱盖她脸前,事情已经太迟了。她嫁给了他,一直没能怀上。日复一日,她坐在公公分配给她的几个房间里,织袜子,读故事书,每隔半小时听那带有镀金摆链和摆锤的大挂钟敲响——仿佛耐心地等着分钟变成天,天变成年,直到时辰到了,她该去老亚诺弗墓地沉睡了。

泽伊德尔作风强烈，连周遭的事物都染上了他的性格。虽有一个用人料理他的屋子，但家具总是蒙着灰尘，挂着沉重窗帘的窗户似乎从未打开过，地板上厚厚的毯子蒙住了他的脚步声，好像走着的不是人是鬼魂。泽伊德尔定期收到父亲给的津贴，却从未自己花过一分钱。他几乎不知道钱币长什么样子，却又吝啬，从未带穷人回家吃安息日餐。他从不费力气交朋友，他或他妻子从未邀请过客人，没人知道他们家里面是什么样。

既无激情的干扰，又无须挣钱养活自己，泽伊德尔勤奋地学习着。他先是专研《塔木德》和《解经》，然后扎进了卡巴拉经义，很快成了神秘事物的专家，甚至写出了论《天使拉结尔之书》和《创世之书》的论文。自然他很熟悉《迷途指津》《库札里》和其他哲学著作。一天，他碰巧得到了一本《武加大译本》[1]。很快他学会了拉丁文，开始广泛地阅读遭禁的文献，从亚诺弗的一位饱学神父那儿借了许多书籍。简而言之，正如他父亲一辈子积聚金币，泽伊德尔积聚知识。三十五岁时，全波兰已无人可在学问上与他相比。也就是那时，我接到了引诱他犯罪的命令。

"劝泽伊德尔犯罪？"我问，"哪种罪？他不爱吃，不近女色，和做生意也毫无瓜葛。"我以前试过异端，但不成功。我记得我们

---

[1] 《武加大译本》（Vulgate），拉丁文《圣经》的通行本，因其采用"通俗拉丁语"（Vulgus）而得名。

最后的对话：

"让我们假设——上帝不允许——并无上帝存在，"他回答我，"又怎么样呢？那么他的不存在本身就是神圣的。只有上帝，一切因之因，才具备不存在的能力。"

"如果没有造物主存在，你为什么祷告和学习呢？"我追问。

"我又该做什么呢？"他反问，"喝伏特加，和外邦姑娘跳舞吗？"

说实话我答不上来，所以不再烦他了。后来他父亲死了，如今又派我去对付他。毫无头绪的我下到了亚诺弗，心情沉重。

2

花了一段时间，我发现泽伊德尔身上有一种人类的弱点：傲慢。《律法书》允许学者有一点虚荣，但他远超出了份额。

我定下了计划。一个午夜我把他叫醒，说："你知道吗，泽伊德尔，《解经》的细微之处，你比波兰的哪个拉比都更懂？"

"我当然知道，"他回答，"但还有别人知道吗？没人。"

"你知道吗，泽伊德尔，希伯来文的知识，你比其他的语法学家都更出色？"我继续说，"你知不知道，你了解的卡巴拉经义比查姆·怀特尔拉比所知的更多？你知道吗，你是比迈蒙尼德更好的哲学家？"

"你为什么对我说这些话？"泽伊德尔不解地问。

"我说这些是因为,像你这样的大人物,《托拉》的大师,知识的百科全书,居然埋没在这么个荒凉的村子,这是不对的,这种地方没有人对你有一点点重视,镇民粗野,拉比无知,你妻子毫不了解你的真实价值。你是埋没在沙子里的珍珠,雷布·泽伊德尔。"

"是吗?"他问,"我能做什么呢?我应该到处给自己唱赞歌吗?"

"不,雷布·泽伊德尔。那样对你没好处。镇上的人会说你是疯子。"

"那你有什么建议吗?"

"你保证不打断我,我就说出来。你知道,犹太人从来不称颂自己的领袖:他们抱怨摩西,背叛撒母耳,掷耶利米于沟渠,杀害撒迦利亚。上帝的选民憎恶伟大。他们感觉伟人是耶和华的对手,所以只爱平庸的小人物。他们的三十六圣人全都是鞋匠和运水工。犹太律法关心的事情主要是落进一锅肉里的一滴牛奶,或节日里下的一个鸡蛋。他们故意变乱希伯来文,败坏古代经文。他们的《塔木德》把大卫王说成一个指导女人经期行为的地方拉比。照他们的思维,越小越大,越丑越美。他们的规矩是,贴尘埃越紧,离上帝越近。所以你懂的,雷布·泽伊德尔,为何他们视你为眼中刺——你的学问、财富、良好的教养、出色的洞见和非凡的记性。"

"你为什么对我说这些话?"泽伊德尔问。

"雷布·泽伊德尔，听我说：你必须做的事情是成为一个基督徒。外邦人恰恰与犹太人相反。他们的神是一个人，所以人可以是他们的神。外邦人欣赏各种各样的伟大，也爱伟大的人：大慈悲的人或大残暴的人，伟大的建造者或伟大的破坏者，伟大的处女或伟大的娼妓，大圣人或大傻瓜，大统治者或大叛乱者，伟大的信神者或伟大的不信神者。他们不在乎这人的其他方面，只要伟大便崇拜他。因此，雷布·泽伊德尔，如果你要荣耀，你必须拥抱他们的信仰。也不用担心上帝。在那至高至强者眼里，大地及其上所居的人不过是一群蚊蚋。他不在乎向他祈祷的人是在犹太会堂还是在教堂，不在乎人是安息日外都斋戒还是大啖猪肉。他高高在上，怎么会留意这些幻想自己是造物之冠的弱小生灵。"

"你的意思是上帝并未在西奈山将《托拉》传授给摩西？"泽伊德尔问。

"啊？上帝会向一个女人生的男人打开心扉？"

"那耶稣也不是他的儿子？"

"耶稣是拿撒勒的一个私生子。"

"那也没有奖善和罚恶？"

"没有。"

"那么有什么？"泽伊德尔问我，恐惧而困惑。

"是存在着某种东西，但它不具有存在。"我用哲学家的口吻回答。

"那么绝无希望认识真理了?"泽伊德尔绝望地问。

"世界不可认识,也没有真理,"我倒转他的问题,"正如鼻子尝不出盐之味,耳朵闻不出膏脂之香,舌头听不出小提琴之声,理性不可能把握世界。"

"用什么可以把握世界呢?"

"用你的激情——激情中的一小部分。不过,你,雷布·泽伊德尔,只有一种激情:骄傲。如果你把它也摧毁了,你就空了,虚无了。"

"我应该怎么做?"泽伊德尔茫然问。

"明天,去找那位神父,告诉他你想要成为他们的一分子。然后卖了你的财物和财产。说服你妻子改换宗教——如果她愿意,很好;如果不愿意,损失也不大。外邦人会让你当神父,而神父是不可娶妻的。你将继续学习,继续穿长袍子戴亚莫克帽。唯一的区别是,你不再困顿于偏远的村子,周围不再是憎恨你和你的成就的犹太人,不再跑到读经堂的凹洞祷告,祷告时炉子后面不再有抓痒的乞丐,你将住大城市,在奢华的教堂中布道,管风琴鸣响,信众都是有身份的人,夫人们吻你的手。如果你干得出色,讲一通耶稣啊耶稣的处女妈妈啊之类的话,他们会让你当主教,然后是红衣主教——上帝的意旨是,要是一切顺利,有一天他们会让你当教皇。到那时,外邦人会用镀金的椅子抬神像般抬着你,在你周遭焚烧香料,在你的画像前跪倒,在罗马,在马德里,在克拉科夫。"

"我的名号会是什么？"泽伊德尔问。

"泽伊德勒斯一世。"

我的话深深打动了泽伊德尔，他猛地在床上坐起身。他妻子醒了，问为什么不睡觉。凭着某种隐秘的本能，她知道某种大欲望攥住了他，心想：谁知道呢，也许发生了什么奇迹。但泽伊德尔已经决心与她离婚，要她安静，不要再问任何问题。他穿上拖鞋和袍子，进了书房，点了根蜡烛，坐着重读《武加大译本》到天亮。

3

泽伊德尔照我的建议做了。他去找了那位神父，相告说希望谈谈信仰问题。当然了，那个外邦人太愿意了。对神父来说，还有比一个犹太灵魂更好的货吗？总之，长话短说，全省的神父和贵族向泽伊德尔许诺，他在教会中将有远大前程；他速速变卖了全部财产，和妻子离了婚，接受了圣水的施洗，成了基督徒。一生中第一次，泽伊德尔得到了荣耀：教士们围着他忙前忙后，贵族们对他说尽溢美之词，夫人们亲切地朝他微笑，邀请他到府邸做客。扎莫希奇的主教是他的教父。他的名字从桑德尔之子泽伊德尔改为本尼迪克图斯·亚诺弗斯基——这个姓是向他出生的村子致敬。泽伊德尔还不是神父，甚至连执事都不是，但他到裁缝那儿订了件黑色的教士袍,脖子上挂了玫瑰经念珠和十字架。他暂且住在那位神父的教区府里,不太敢出门,因为犹太男学生们会在街上跟着他,喊:"改宗的!叛教的!"

他的外邦朋友对他的未来有许多不同的设想。有的建议他进神学院做研究,有的提议进卢布林的多明我会隐修院,还有人劝他娶一位富有的本地女人,当一名乡绅。但泽伊德尔不想走寻常的道路。他立刻就要"伟大"。他知道,过去的许多改宗基督教的犹太人靠着撰文抨击《塔木德》而成名,像是佩特鲁斯·阿方索、蒙彼利埃的法布罗·克里斯蒂安尼、保罗·德·桑塔·玛丽亚、约翰·巴普斯蒂塔、约翰·普费弗克恩等。泽伊德尔决定跟随他们的脚步。如今他改宗了,犹太小孩在街上辱骂他,他忽然发现自己从没爱过《塔木德》。《塔木德》的希伯来文被阿拉米语败坏了,经文里的辨析无聊,传奇故事荒诞,而《解经》又牵强附会,净是诡辩。

泽伊德尔去了卢布林和克拉科夫的各家神学院图书馆,研究犹太改宗者的文章。很快他发现,文章彼此都很相似。这些无知的作者相互大肆抄袭,全都引用《塔木德》里同样的几段反对外邦人的话。有些作者都不改用自己的话说,直接照抄别人的文章署上自己名字。真正的《反塔木德申论》尚未写出,以他的哲学知识和卡巴拉神秘学知识,没人比他更适合做此工作。同时,泽伊德尔到《圣经》里找出新的证据,证明先知们预见到了耶稣的诞生、殉难和复活；他还在逻辑学、天文学和自然科学里为基督教发现了佐证。泽伊德尔的著作之于基督教，将如迈蒙尼德的《强力之手》之于犹太教，并直接把作者从亚诺弗送到梵蒂冈。

泽伊德尔研究、思考、写作，整个白天和半个晚上都坐在各个图书馆里。他时时遇到基督教学者，用波兰语和拉丁语与之交谈。他曾热忱地钻研犹太书籍，如今他同样热忱地钻研基督教典籍。不久他就能整章整章背诵《新约》。他成了拉丁语专家。一段时间后，他已极为精通基督教神学，神父僧侣们都惧怕与他交谈，因为以他的博学他在哪儿都能看到错误。许多次他们承诺给他神学院职位，但不知怎么他一直没拿到。克拉科夫的某个图书馆馆长的位子本是他的，却给了省长的一个亲戚。泽伊德尔开始明白，就算是在外邦人中间，事情也远非完美。神职人员对黄金的关心甚于上帝。他们的布道尽是错误。多数神父不懂拉丁文，但就算是波兰语，他们的引文也不正确。

许多年里，泽伊德尔撰写他的著作，但仍未写完。他的标准太高，总是看到毛病，可越是改动，就牵出更多需改动之处。他写，删掉，重写，扔掉。他的抽屉塞满了手稿、笔记、索引，但他无法完成这部著作。经过多年的努力，他太过疲倦，不再能分辨对与错、有意义和无意义，不再能分辨教会喜欢的事情和不喜欢的事情。他也不再相信所谓真理和谬误。不过，他继续沉思，时不时冒出几个新想法。他工作时频繁查看《塔木德》，于是再次深研其文，在书页边涂写笔记，比较所有不同的文本，说不太清是为了寻找新的罪状，抑或只是习惯使然。有时，他读一些写审判女巫的书，描写魔鬼上身的年轻女人的文字，宗教裁判所的文件，只要是写这类事情的书稿，各个国家各个时代的，能找到的他都读。

渐渐地，挂在他脖子上的金币袋变轻了。他的脸变得如羊皮纸般蜡黄。他的眼睛黯淡，双手颤抖如老头，教士袍又脏又破。举世闻名的希望消逝了。他后悔起当初的改宗。但没有回头路。第一，如今他怀疑所有的信仰；第二，这地方的规矩是，回归犹太教的基督教徒要被烧死在火刑柱上。

一天，泽伊德尔坐在克拉科夫的图书馆里研究一册褪色的手稿，忽然眼前一抹黑。起初他以为天黑了，就问为什么还不点蜡烛。但一个僧侣告诉他天还亮着呢，于是他明白自己瞎了。他无法自己回家，只能由那僧侣领着走。从此以后，泽伊德尔便活在黑暗中。他怕钱就要用完，弄到既无眼睛也无分文的地步，踌躇良久之后，泽伊德尔决定到克拉科夫的教堂外行乞。他是这么考虑的："我已经失去了此世和来世，何必还要高傲呢？如果没有向上的路，就必须向下。"于是，桑德尔之子泽伊德尔，或本尼迪克图斯·亚诺弗斯基，成了克拉科夫大教堂外台阶上的乞丐当中的一个。

最初神父和教堂教士们想帮助他。他们要把他送进修道院。

但泽伊德尔不愿当僧侣。他要独自睡自己的阁楼，继续把钱袋挂在衬衫里。他也不愿跪到祭坛前。有时，某个神学院学生停步与他谈几分钟学问。但很快所有人都忘了他。泽伊德尔雇了个老婆子，早晚带他来回于教堂和家之间。她还每天给他拿一碗谷米。好心的外邦人向他施舍。他甚至能存点钱了，脖子上的钱袋又重了起来。其他叫花子嘲弄他，但他从不答话。他跪在台阶上几个小时，秃头光着，眼睛闭着，黑袍子的纽扣系到下巴。他的嘴唇从不停止摇动和念叨。路过的人以为他是向基督教圣人祷告，但其实他是在念《革马拉》《密西拿》和《诗篇》。外邦的神学，他以前学得多快，如今也忘得多快；留下的是少时学会的东西。街上喧哗阵阵，马车在卵石上轧过，马匹嘶叫，车夫粗哑地嚷喝，抽鞭子，姑娘笑啊叫啊，小孩哭闹，女人争吵喊骂飙脏话。每隔一会儿，泽伊德尔停一停念叨，但只是脑袋垂至胸口打个盹。他不再有任何尘世的欲望，但一种渴念仍然纠缠着他：认识真理。有没有造物主？抑或世界不过是原子和原子的组合？灵魂存在吗？抑或一切思想不过是大脑的回响？有没有奖善罚恶的最终清算？有没有一个实体，还是全部存在不过是想象？日晒雨淋，鸽子拉屎，但一切都于他无干了。既然已失去了唯一的激情，骄傲，什么物质的东西他都已无所谓。有时他问自己：难道我真是那个神童泽伊德尔吗？我父亲真是社区领袖雷布·桑德尔吗？我真的有过妻子吗？还有人认识我吗？泽伊德尔觉得这些事情都不可能是真的。这些事情从未发生过,如果没发生过,那么现实本身就是个大幻觉。

一天早晨,老婆子到泽伊德尔的阁楼间带他去教堂。她发现他病了。等到他睡过去后,她悄悄把他脖子上的钱袋割下来,跑了。恍惚中,泽伊德尔知道自己被抢劫了,但不在乎。他的脑袋枕在稻草枕头上,沉重如石头。他的脚疼,关节也疼,消瘦的身体发虚发烫。他睡着了,醒来,又睡过去,然后猛地醒来,不知外面是日是夜。他听见街上的说话声、尖叫声、马蹄声和响铃声,好像一群异教徒在庆祝节日——用喇叭和鼓,火炬和野兽,淫荡的舞蹈,拜偶像的祭品。"我在哪儿?"他问自己。他记不起这城市的名字,甚至忘了自己身在波兰。他想,或许自己在雅典,或罗马,或者是迦太基。"我活在哪个时代?"他疑惑。发烧的大脑使他以为此时是公元前几百年。他想得太多,很快累了。只有一个问题还在困扰他:伊壁鸠鲁派说得对不对?我真要在毫无神启的情况下死掉吗?我就要永远毁灭了吗?

突然,我这个引诱者现身了。尽管眼瞎了,他看见了我。"泽伊德尔,"我说,"准备好。最后的时刻到了。"

"是你,撒旦,死亡天使?"泽伊德尔高兴地叫道。

"是的,泽伊德尔,"我回答,"我为你而来了。悔悟或忏悔没有好处,所以别试了。"

"你把我带到哪里去?"他问。

"直奔地狱。"

"如果有地狱,那么就也有上帝。"泽伊德尔说,他的嘴唇在颤抖。

"这什么也证明不了。"我反驳。

"能证明,"他说,"如果地狱存在,那么一切都存在。如果你是真实的,那么他就是真实的。现在带我去该去的地方吧,我准备好了。"

我拔出剑结果了他,用我的爪子揪住他的灵魂,一群魔鬼簇拥着我,飞向阴间。地狱里,毁灭天使们正耙着煤堆。两个嘻哈精灵站在半是火半是沥青的门槛边,头戴着三角帽,鞭杆子挂在胯间。他们哈哈大笑。

"泽伊德勒斯一世来了,"一个对另一个说,"想当教皇的书院男孩。"

布朗斯维尔的婚礼*

1

从一开始,这场婚礼就是所罗门·马戈林医生的一个负担。是的,婚礼是在礼拜天,但格蕾特说得对,一个礼拜就那一晚他俩能一起过。事情总是搞成这样。他对社区的责任使得他交出属于她的夜晚。犹太复国主义者让他进了个委员会,他是某个犹太学业委员会的理事会成员,他还是某家犹太学术季刊的编辑。尽管常常自称不可知论者甚至无神论者,多年来他却拖着格蕾特到亚伯拉罕·梅克里斯家吃逾越节正餐。这位梅克里斯是从森瑟明

---

* 本篇英语由查娜·法尔斯坦(Chana Faerstein)和伊丽莎白·波莱(Elizabeth Pollet)翻译。

来的同胞。马戈林医生免费给拉比、难民和犹太作家治病,给他们提供药品,必要的话提供医院床位。曾有一时,他常出席森瑟明老乡会的会议,接受他们给的职位,参加了每一次聚会。现在,亚伯拉罕·梅克里斯要嫁小女儿西尔维娅了。收到请帖的那一刻,格蕾特就宣布了她的决定:她可不要坐车到布朗斯维尔的野地里参加什么婚礼。如果他所罗门要去猛吃一通那堆油腻食物,凌晨三点才回家,那是他独享的福分。

马戈林医生心里明白妻子是对的。他上哪儿找时间睡觉?礼拜一清早他就得赶到医院。而且他正严格地戒吃脂肪。这样的婚礼是场毒药宴会。如今,这种庆典的方方面面都惹他讨厌:英语化的意第绪语,意第绪化的英语,震耳欲聋的音乐和没规矩的跳舞。犹太律条和习俗完全被歪曲了。对犹太之为犹太并无尊重的人也戴着亚莫克帽,尊敬的拉比和会堂领唱瞎学基督教牧师的做派。每次带格蕾特出席婚礼或成年礼,他都感到耻辱。连生来就是基督徒的她都看得出,美国的犹太教是一团糟。至少,这一次他不必事后向她道歉了。

一般来说,礼拜天吃完早饭,夫妻俩到中央公园散散步,或者,天气和煦的话,到帕里塞德峭崖转转。但今天所罗门·马戈林赖在床上。这些年来,他已不再参与森瑟明老乡会的活动。同时,森瑟明镇被摧毁了。他在那儿的家人被虐打,被烧死,被毒气毒死。许多森瑟明人死里逃生,从集中营到了美国,但多数是所罗门在故土时并不认识的年轻人。今晚,所有人都要去,新娘家的森瑟明人啊,新郎家的特里什波尔人啊。他知道,他们会纠缠他,责备他的疏远,话里有话说他势利。他们将亲切地打招呼,拍他的背,硬拖他跳舞。可就算这样,他还是得去西尔维娅的婚礼。他已经送出了礼物。

天亮起来,阴沉灰暗如黄昏。夜里下了一场大雪。所罗门·马戈林曾指望预先补补觉,却不幸比平日醒得更早。终于他起了床。对着洗手间的镜子,他一丝不苟地刮脸,拔掉太阳穴那儿的灰白头发。偏偏是今天,他显年纪了,眼下有眼袋,脸上有皱褶。疲惫写在他的面容上,鼻子显得比平时长和尖,嘴角有深深的皱纹。早饭后,他坐倒在起居室的沙发上。能看见格蕾特,她站在厨房里熨烫衣服——金发,黯淡了,中年了。她穿了件暴露的衬裙,小腿如舞蹈演员般健壮。格蕾特曾是一家柏林医院的护士,他也在那里工作。她家的一个兄弟是纳粹,在苏联战俘营里死于伤寒。另一个兄弟是共产党,死于纳粹的枪口下。她年迈的父亲在汉堡另一个女儿家堪堪活着,格蕾特按时给他寄钱。她自己在纽约几乎成了犹太人。她与犹太女人交朋友,加入了哈达萨[1],学会了烧犹太菜。连叹气都像犹太人。她一直悲叹这场纳粹

---

[1] 哈达萨(Hadassah),一个犹太妇女志愿者组织。

浩劫。在墓地留给森瑟明人的那一片,在他的墓位旁,她的也在等着。

马戈林医生打了个哈欠,伸手到旁边的咖啡桌拿搁在烟缸里的香烟,琢磨起自己来。他的事业做得不错。表面上挺成功的。他在西端大街有办公室,有多金的病人。同事们尊敬他,他是纽约犹太圈子里的重要人物。一个来自森瑟明的孩子还能期望更多吗?一个自学出来的男人,一个贫穷的《塔木德》教师的儿子!看外表,他个子高,相当英俊,而且一直对女人有一手。他还在追逐她们——以他的年纪和高血压,未免过多了。但暗地里所罗门·马戈林总觉得自己是个失败者。儿时他有神童的称号,大段背诵《圣经》,自个研习《塔木德》和《解经》。十一岁时,他曾讨教塔尔诺的拉比,收到的回批上说他"优秀且出色"。十几岁时,他成了《迷途指津》和《库札里》的专家。他自学了代数和几何。十七岁时,他着手把斯宾诺莎的《伦理学》从拉丁文译为希伯来文,但不知道这事有人做过了。人人都预测他会是个天才。但他挥霍了自己的天赋,不断变换研究领域。他还因为学习各种语言和浪迹各个国家而浪费了许多年月。在他的至爱,钟表匠梅勒克的女儿瑞泽尔身上,他也不走运。瑞泽尔嫁给了别人,后来死于纳粹的枪下。从小到大,那些永恒的问题一直纠缠着所罗门·马戈林。他仍然会夜里干躺着,试图解开宇宙的谜团。疑病症折磨着他,死亡的恐惧甚至萦绕在梦里。希特勒的大屠杀和自己家族的灭绝根除了他对更好时代的一切希望,摧毁了他对人类的一切信念。他开始鄙视那些夫人们,她们得了点小毛病就来找他治,可同时却有几百万人正为彼此设计恐怖的死法。

格蕾特从厨房进了起居室。

"你穿什么衬衫？"

所罗门·马戈林平静地看她。她也有她的苦恼。她默默地为两个兄弟难过,包括汉斯,那个纳粹。她经历了漫长的生活转变。对所罗门的负罪感折磨她。她对性变得冷淡了。此刻她的脸红通通,布满了汗珠。他挣的钱远足以请个女佣,但她坚持自己做所有家事,连衣服都自己洗。这成了她的偏执。她每天擦洗烤箱,永远在擦这个十六层公寓的窗户,也不系安全绳。楼里的其他主妇都要商店把杂货送上门,格蕾特却自己从超市拖着重重的袋子回来。夜里,她有时说几句他听着略有些疯的话。她仍怀疑他勾搭每一个女病人。

现在,夫妻俩怪怪地互相打量,感觉着太过熟悉而致的陌生。他总是讶异她是怎么失去美貌的。每一个特征都没有变,但气质中的某种东西屈服了：她的骄傲,她的希望,她的好奇。他脱口而出：

"什么衬衫？无所谓。白衬衫。"

"你不穿那件晚礼服吗？等等,我给你拿维生素。"

"我不想吃维生素。"

"可你自己说的,维生素对你有好处。"

"别管我了。"

"好,身体是你的,不是我的。"

她慢慢地走出起居室,犹犹豫豫,仿佛期待他想起什么叫她回去。

2

所罗门·马戈林医生朝镜子看了最后一眼,出了家门。饭后小睡了半小时,他觉得有精神了。在这个年纪,他依然希望别人注目他的容貌——哪怕是在森瑟明人面前。他有他的幻觉。在德国,他自得于自己的长相像日耳曼贵族,在纽约,他常常意识到自己可以冒充盎格鲁-撒克逊人。他高高瘦瘦,金发碧眼。头发在掉,也有点灰白了,但他设法遮掩这些年纪的痕迹。他有点驼背,但见人时迅速挺起胸。多年前在德国时,他戴过单片眼镜,要是在纽约也戴这种眼镜,未免太做作了,不过他的眼神仍保有欧洲人的锐利。他有他的原则。他从未违反希波克拉底誓言。在病人面前他极为持重,绝不说任何虚头巴脑的话;他拒绝过一些带着钻营味道的交情。格蕾特说他的荣誉感简直偏执。马戈林医生的汽车停在车库,不像他的多数同事,他开的不是卡迪拉克。不过他决定坐出租车。他不熟悉布鲁克林,大雪后开车也危险。他挥挥手，立即有辆出租车停到路边。他担心司机不肯去布朗斯维尔那么远的地方，但司机二话不说开了计价器。透过结霜的窗户，马戈林医生打量这个礼拜天的冬日夜晚，但看不到什么。纽约的街道杂乱延伸，潮湿，脏，无孔可入的昏暗。看了一会儿，马戈林医生靠着椅背闭上眼睛，退入自我的温暖之中。他的目的地是场婚礼。世界是不是也像这辆出租车，急急离开，冲入未知，向着宇宙的目的地而去呢？也许是宇宙的布朗斯维尔，宇宙的婚礼？是的。但上帝——或谁想叫他什么就叫什么——为什么创造了希特勒，创造了斯大林？他为什么需要世界大战？为什么要有心脏病、癌症？马戈林医生抽出一支香烟，犹犹豫豫点上。他那些虔诚的叔叔们给自己挖坟墓时在想什么呢？不朽是可能的吗？有灵魂这样的东西吗？全部支持和反对的理由都不值一撮尘土。

出租车转到东河的一座桥上，马戈林医生终于能看到天空了。天沉重地低垂，红如灼热的金属。高处，一抹紫色横染天穹。轻柔的雪稀稀落落下着，将冬日的宁静带到世界，与从前一般无二——四十年前，一千年前，甚或一百万年前。东河水下好像有火柱的红光；水面，一艘拖船拉着一串装着小汽车的驳船，开过岩石般粗粝的黑色水浪。出租车的一扇前窗开着，一股股冰冷的风吹来，带来汽油和海水的味道。假设天气永远不再变了呢？还有谁能想象夏日、月夜和春天？可是人的想象力——不管有用无用——又真有多少呢？在东公园大道，出租车突然一顿，嘎吱刹住了。前面撞车了,好像是。警车的警笛尖叫。呜呜的救护车开近了。马戈林医生皱了皱脸。又一个受害者。谁转错了一下方向盘,某人在这世上的计划就全部化为乌有了。一个伤者由担架抬上了救护车。黑西服,染了血的衬衫和领结,脸色惨白如垩。一只眼睛闭着,另一只半张,呆滞。也许他也是去参加婚礼,马戈林医生想。甚至可能去的是同一场婚礼……

一会儿,出租车又开动起来。现在,所罗门·马戈林坐的车开在他从未见过的街道上。这是纽约,也尽可以是芝加哥或克利夫兰。他们经过一个工业区,看见厂房,看见煤、木材和废铁仓库。黑人,黑得出奇的黑人,站在人行道上,朝前瞪着眼,大大的黑眼睛里满是阴沉的无望。有时车子经过一个小酒馆。吧台的人们身上有种非人间的气息,好像正为另一世犯下的罪受着惩罚。正当所罗门·马戈林开始怀疑那一路闭口无言的司机迷路了或故意走错路时,出租车开进了一个人口密集的住宅区。他们经过一个犹太会堂,一个殡仪馆,然后前面就是结婚礼堂,房子灯火通明,犹太标志和大卫之星的霓虹灯亮着。马戈林医生给了司机一美元小费,那人一言不发拿了钱。

马戈林医生进了前厅,森瑟明人的舒适亲密感立刻裹住了他。所有的脸都是熟悉的,尽管尚未认出谁是谁。他把帽子和大衣放到衣帽间,戴上亚莫克帽进了大厅。人群和音乐扑面而来,一张张桌子堆满食物,吧台上摆满瓶子。乐手们正弹奏一首以色列进行曲，其实是美国爵士乐和东方铜号曲的杂烩。男人和男人跳舞，女人和女人跳舞，男人和女人跳舞。他看见黑色的亚莫克帽，白色的亚莫克帽，没戴帽的脑袋。客人们陆续到来，挤过人群，有的还戴着帽子穿着大衣就嚼上了开胃点心，喝上了杜松子酒。大厅里回响着跺脚声、叫嚷声、笑声。摄影师一个个拍起照来，闪光灯亮瞎眼。新娘不知从哪儿冒了出来，轻快地拖着裙裾，身后跟着一群伴娘。马戈林医生谁都认识，又谁也不认识。人们同他说话啊，笑啊，眨眼啊，挥手啊，他的回答都是一笑、一点头、一鞠身。渐渐地，他抛开了自己的一切忧虑，一切沮丧。各种混杂的气味熏得他半醉：花香、泡菜味、大蒜味、香水味、芥末味，还有唯独森瑟明人身上才有的无名气味。"你好，医生！""你好，施洛伊米-多维德，你不认识我了，嗯？看，他忘了！"撞见了谁谁，表达惋惜，回忆很久前的事。"但怎么着，那时候我们不是邻居吗？你常来我们家借意第绪语报纸的！"已经有人吻过他了：胡须刮得很糟的长嘴，冒着威士忌和烂牙齿的气味。一个女人笑得直抽抽，掉了一只耳环。马戈林想给她捡起来，但已经被人踩在脚下。"你不认识我了吗，嗯？好好看看！是孜思尔，查耶·贝尔的儿子！""你怎么不吃点东西啊？""你怎么不喝点什么？到这边来。拿个杯子。想喝什么？威士忌？白兰地？干邑？苏格兰威士忌？加苏打水？加可口可乐？来一点，是好酒。别浪费了。来都来了，快活快活又怎么了。""我的父亲？被杀了。他们都被

- 219 -

杀了。我是全家唯一剩下的。""费维什的儿子贝里什？在苏联饿死了，他们把他送到了哈萨克斯坦。他的妻子？在以色列。她嫁给了个立陶宛人。""索瑞里？枪杀了。还有她的孩子们。""燕特尔？就在这婚礼上呢。她刚刚就站在这儿。看她在那儿，和那高个子跳舞的。""亚伯拉罕·齐伯尔斯坦？他们把他和另外二十个烧死在会堂了。烧完只剩下一堆炭了，煤和灰。""约瑟利·巴德尼克？他去世好多年了。你指的肯定是耶基利·巴德尼克。他开了家熟食店，就在布朗斯维尔，娶了个寡妇，她前夫做房地产挣了大钱。"

"干杯，医生！干杯，施洛伊米-多维德！我叫你施洛伊米-多维德没问题吧？在我眼里，你还是那个施洛伊米-多维德，那个小男孩，耳边卷卷的金发，能背诵《塔木德》的一整章。你记得吧，对吗？就像昨天的事情。你的父亲，愿他安息，骄傲得不得了啊……""你弟弟查伊姆？你叔叔奥伊泽？他们杀了每一个人，每一个。他们抓了全部的人，用德国人的效率消灭了他们：站整齐了[1]！""你见过新娘了吗？美得像幅画，但是妆太浓了。想想看，拉德孜恩的雷布·托德罗斯的孙女！她祖父以前老戴两顶亚莫克帽，一个在前一个在后。""你看见那个穿黄裙子的跳舞的

---

[1] 原文为德语词 gleichgeschaltet，指纳粹强制人们的思想与其保持一致，字面意思是站成一排。

姑娘了吗？那是丽娃的妹妹，她们的父亲是蜡烛匠莫伊舍，死了。丽娃自己？和其他人一样的结局：奥斯维辛。我们自己也只差一点点啊！我们大家其实都死了，可以这么说吧。我们被灭绝了，消灭了。连幸存的人心里也带着死亡。不过这是婚礼，我们应该喜庆。""干杯，施洛伊米-多维德！我也想恭喜恭喜你啊。你有没有儿子女儿要找人家的？没有？好，这样才好。人都是这样的杀人犯了，生孩子还有什么意义？"

3

仪式的时间已经到了，但还有哪个人没来。不见的是拉比也好，领唱人也好，或是哪个亲戚也好，好像谁也找不到他。新娘的父亲亚伯拉罕·梅克里斯前冲后跑，生着气，挥着手，和人耳语。他穿着租来的晚礼服，模样奇怪。特里什波尔的婆婆正与一个摄影师争吵。乐手们的演奏一刻也没停。鼓咚咚响，大提琴低吼，萨克斯风高叫。舞跳得更快更放肆了，越来越多的人被拖进去跳。小伙子们使劲踩脚，跳舞的地板仿佛要塌了。小男孩们如山羊般四处打闹，小女孩们疯狂地转成一团。许多男人已经醉了。他们叫着祝酒词，喊着笑着，吻陌生女人。周围十分聒噪，所罗门·马戈林已经听不清别人对他说的话，什么话来都只点头称是。有的客人盯住了他，不肯走，把他拖来拖去介绍给一个又一个森瑟明人和特里什波尔人。一位鼻子上布着疣点的夫人用手指指着他，擦着眼睛，叫他施洛伊米利。所罗门·马戈林打听她是谁，有人告诉了他。人名淹没在喧哗中。他反复听见同样的词：死了，枪杀了，烧死了。某个特里什波尔人想把他拽到一旁，几个森瑟明人喝退了他，叫他别瞎闯，这里的事跟他不相干。来了一个迟到的，原是森瑟明的小马车车夫，在纽约成了百万富翁。他的妻儿死了，但已有了新妻子。那女人戴着沉沉的珠宝，穿着低胸礼服，布着斑痣的后背裸到腰间，四处逡巡。她的嗓音沙哑。"她从哪里来的？她是谁？""反正不是圣人。她的第一任丈夫是个诈骗犯，搞了一大堆钱然后突然死了。怎么死的？癌症。哪儿的？胃。先是没东西吃，然后是没吃的工具。男人总是为第二任丈夫赚钱。""无所谓啦，活着又是什么？在坟墓上跳舞。""对，但只要还在玩这个游戏，就得遵守规则。""马戈林医生，你怎么不跳舞啊？这儿的人不是陌生人。我们都来自同一块尘土，在那边你不是医生。你只是施洛伊米-多维德，《塔木德》教师的儿子。转眼间，我们都要并排躺着了。"

马戈林不记得喝过酒，但还是感觉醉醺醺的。雾腾腾的大厅如旋转木马般打转，地板在摇晃。他站在角落里，注视跳舞的人们，他们脸上有多少种表情啊。造物主把多少种存在的排列组合弄到这里来了啊。每一张脸都说着自己的故事。他们一起跳舞，这些人，但每个人有着自己的哲学，自己的路数。一个男人拽住了马戈林，一时间他狂野地旋舞。然后他挣脱了，站到一边。那女人是谁？她熟悉的外形攫住了他的眼睛。他认识她！她向他致意。他迷惑地站着。她的样子既不年轻也不老。他在哪里认识她的——那窄窄的脸，深色的眼睛，女孩子气的微笑？她的头发做成了老式的，长辫子如花环般盘在头上。润泽着她的是森瑟明的优雅——他马戈林早就忘了的东西。还有那双眼睛，他曾爱着那双眼睛，此生一直爱着。他朝她微微笑了笑，她也回以微笑。她脸颊上有酒窝。她也显得惊讶。马戈林意识到自己如男孩般红起脸来，但还是走向她。

"我认识你——但你不是森瑟明的？"

"是的，是森瑟明的。"

很久以前他听过这嗓音。他曾爱过这嗓音。

"森瑟明的——那么，你是谁？"

她的嘴唇颤抖。

"你已经忘了我吗？"

"我离开森瑟明已经很长时间了。"

"你以前常来看我父亲。"

"谁是你的父亲？"

"钟表匠梅勒克。"

马戈林医生的身子一颤。

"要么我脑子坏了，要么我眼睛坏了。"

"为什么这么说呢?"

"因为瑞泽尔已经死了。"

"我就是瑞泽尔。"

"你是瑞泽尔?在这里?噢上帝,如果这是真的——那什么都是可能的了!你什么时候来纽约的?"

"一段时间前。"

"从哪儿来?"

"从那边。"

"但人人都说你们全都死了。"

"我父亲,我母亲,我弟弟赫什尔……"

"但你结婚了!"

"我结过。"

"如果这是真的,那什么都是可能的了!"马戈林又说了一遍,仍然震动于这不可思议的事。肯定有人故意耍他。但为什么?他意识到有某个地方出了错,但不确定是哪儿。

"你为什么不让我知道?毕竟……"

他沉默了。她也沉默了片刻。

"我失去了一切。但我还剩下一点骄傲。"

"来跟我去找个安静点的地方——随便哪儿。今天是我一生最快乐的一天!"

"但这是晚上……"

"那就是最快乐的晚上!几乎像是——像是弥赛亚来了,像是死人复活了!"

"你想去哪里?好吧,我们走。"

马戈林挽起她的手臂,立刻感受到忘却已久的年轻欲望的震颤。他引着她离开别的客人,害怕在人群中丢失她,害怕有人闯过来毁了他的幸福。一眨眼一切都回来了:窘迫,悸动,喜悦。他想带她走掉,藏到什么地方单独相处。他们离开接待大厅,上了楼,来到要举行婚礼的小礼拜堂。那门开着。门里,一个高起的平台上立着常设的婚礼华盖。一瓶葡萄酒和一只银高脚杯已摆好了,等着行礼。小礼拜堂里,一排排长椅空空荡荡,只有一星点的灯光,到处是阴影。楼下刺耳的音乐在这里显得轻柔遥远。两人都在门口犹豫着。马戈林指了指婚礼华盖。

"我们原本可以站在那儿。"

"是的。"

"说说你自己。你现在在哪里?你做什么?"

"不容易说。"

"你一个人吗?你喜欢谁了吗?"

"喜欢?没有。"

"要不是碰到,你是不是永远不会联系我?"他问。她没回答。

他注视着她,知道自己的爱完全回来了。他俩也许很快就得分离,这想法已然令他战栗。他心中充满青年人的兴奋和期盼。

他想搂住她,吻她,但随时可能有人进来。他站在她身旁,感到羞愧,因为他娶了别人,因为他没有亲自去求证她的死讯。"我怎么能够压抑这样的爱?我怎么能够接受没有她的世界?但现在格蕾特该怎么办呢?——我会把一切都给她,每一分钱。"他朝楼梯望望,看有没有客人突然上楼。他想到,按照犹太律条他并未结婚,他和格蕾特只举行过民事仪式。他看着瑞泽尔。

"按照犹太律条,我是个单身男人。"

"是吗?"

"按照犹太律条,我可以领你上到那边,娶你。"

她好像在考虑这话的含义。

"是的,我明白……"

"按照犹太律条,我甚至不需要戒指。用一分钱硬币就能结婚。"

"你有一分硬币吗?"

他把手伸进胸袋,但钱包不在。他到别的口袋里找起来。有人偷我东西了吗?他疑惑。怎么偷的?我一直坐在出租车里。难道有人在婚礼这儿偷的?他与其说烦躁,不如说惊讶。他支支吾吾说:

"奇怪,我一分钱也没有。"

"没钱也没关系。"

"但我怎么回家呢?"

"为什么回家?"她反问。她微笑着,她那单纯又充满神秘的微笑。他搂住她的腰,注视她。突然他想到,这不可能是他的瑞泽尔。她太年轻了。大概是她的女儿在耍他捉弄他。天可怜见,我完全糊涂了!他想。他迷茫地站着,想算清楚年份。她的模样看不出年纪。她的黑眼睛深邃忧郁。她也显得困惑,仿佛也察觉到什么东西对不上。整件事错了,马戈林告诉自己。但错在哪儿呢?钱包又是怎么回事?难道付钱给司机后落在出租车上了?他想记起钱包里有多少现金,但想不起来。"我肯定喝了太多酒了。这些人把我灌醉了——烂醉!"他站着,沉默了许久,陷入了某种无梦的状态,比吸毒的恍惚更深沉的状态。突然,他想起东公园大道见到的那起撞车。他起了一种怪异的疑心:也许他不只是个目击者?也许他自己就是事故的受害者!那个担架上的人,模样奇怪地熟悉。马戈林医生开始检查自己,就像检查自己的病人。他找不到任何脉搏或呼吸的迹象。他觉得空落落的,仿佛某个物理维度没有了。重量感,四肢的肌肉紧张,骨头里隐隐的疼痛,似乎全都消失了。不可能,不可能,他喃喃道。人竟会不知道自己死了吗?格蕾特又怎么办呢?他脱口而出:

"你不是同一个瑞泽尔。"

"不是?那我是谁?"

"他们枪杀了瑞泽尔。"

"枪杀?谁告诉你的?"

她的样子既害怕又茫然。她默默低下头,仿佛承受着坏消息的惊吓。马戈林医生继续琢磨。看起来瑞泽尔并未意识到自己的状况。他听说过那种事——叫什么来着？悬浮在暮光世界。魂魄体半清醒地游荡，脱离了肉身，无法到达目的地，依恋着过往的幻觉和虚无。但这种迷信能有半点真实吗？不，按他的观点，那纯粹是妄想。而且，这种存活的意识程度不如断片。"最可能的情况是我喝酒喝恍惚了，"马戈林医生下了结论，"这一切大概是一大段幻觉，大概是食物中毒引起的……"

他抬起眼睛，她还在那儿。他靠过去，在她耳边低语：

"有什么区别呢？只要我们在一起。"

"我这些年一直等着这一刻。"

"你这些年在哪里？"

她没回答，他也没再问。他看看四周。空空的厅堂满了，座位都坐着人了。举行仪式时的静默落到观众席上。音乐柔和地奏着。领唱人念诵祝福文。亚伯拉罕·梅克里斯踩着庄重的步子，领着女儿走入中间的通道。

我不依人不靠人*

1

亚姆珀尔的乔纳森·澹齐泽拉比要去当亚夫洛夫的拉比了,自从这风声传起来,澹齐泽拉比无一刻安宁。他在亚姆珀尔的敌人嫉恨他去更大的城市,同时也等不及他离开亚姆珀尔,因为他们已有了替代他的人选。亚姆珀尔的长者们希望这位拉比离开亚姆珀尔,又去不成亚夫洛夫。他们传播他的谣言,想毁了他获得亚夫洛夫职位的机会。他们打算像对待上一任拉比一般对待他:让他坐着牛车不光彩地离开。但为什么呢?他做了什么坏事?他没损害任何

---

* 本篇英语由鲁思·惠特曼(Ruth Whitman)翻译。

人的荣誉，总是友善待人。不过他们对他都有私怨。一个人说，拉比对《塔木德》做了一处错误的解释，另一个人的女婿想坐拉比的位置，第三个人认为乔纳森拉比应该听哈西德派领袖的话。肉贩们抱怨拉比眼里不合礼的母牛太多了，仪式屠夫抱怨拉比要求每个礼拜两次检查他的屠刀。浴室侍从也抱怨，因为有一次，某个圣日的前夜，拉比宣布净浴不纯，使得女人无法与丈夫交合。

桥梁街上的人们主张，拉比花了太多时间读书，没有关心普通人。酒馆里的恶棍取笑他，笑他念诵"以色列啊，你要听"时的模样，笑他提到偶像时吐唾沫。开明人士则证明拉比的希伯来文语法有错误。女士们嘲讽拉比的妻子，因为她说话是大波兰[1]的口音，喝菊苣根茶和咖啡时不放糖。没有什么是她们没取笑过的。她们不喜欢拉比的妻子每礼拜四烤面包，而不是每三个礼拜烤一次。她们斜着眼瞅拉比的女儿，寡妇燕特尔，说她花了太多时间编织刺绣。逾越节前总要为了无酵饼吵起来，拉比的敌人冲到他家砸破窗玻璃。住棚节后，许多孩子病了，虔诚的主妇们叫嚷，拉比没有清除镇上的罪孽，允许年轻姑娘不盖住头发四处跑，所以死亡天使用剑来惩罚无辜的幼儿了。这样那样，哪一派人都在吹毛求疵，找碴儿。受着这一切，拉比的薪水只是区区每礼拜五

---

[1] 大波兰（Great Poland），一个位于波兰中西部的历史地区，首府为波兹南，大多数地方现属于大波兰省。

个银币，生计极为窘迫。

仿佛敌人给他的负担还不够，连朋友也表现得像敌人。他们把每个无聊的指控都说给他听。拉比告诉他们这么做是犯罪，引用《塔木德》里的教谕，即流言伤害了当事的三方：传流言的人，听到流言的人，流言说的人。流言滋生愤怒、仇恨和亵渎神明。拉比请求追随者不要拿诽谤来打扰他，但敌人说的每个词都传到他耳里。如果拉比对传坏话的人表示不满，那人就立即投到敌对的阵营。拉比不再能够平静地祷告和学习。他向上帝求告：我能承受这地狱多久？判死罪的人受苦也不超过十二个月啊……

乔纳森拉比就要到亚夫洛夫上任了，他看得出，那儿和亚姆珀尔很像。亚夫洛夫也已经有反对他的声音了。那里也有个女婿觊觎着拉比位子的富人。此外，尽管亚夫洛夫拉比靠卖蜡烛和酵母为生，几个商人还是把禁货弄到自己店里卖，连除名的威胁也阻止不了他们。

拉比刚满五十岁，但头发已灰白了。他高高的个子驼着。原是稻草色的胡子变得老人般白而稀疏。他的眉毛浓密，眼睛下面挂着苔藓般的棕蓝色眼袋。他身上有种种病痛。冬天夏天他都咳嗽。他的身体皮包骨头，体重极轻，走在风里衣尾几乎把他扇到空中。妻子哀叹，他吃得不够，喝得不够，睡得不够。噩梦侵袭，他突然惊醒。他梦到迫害和虐杀，因此常需要斋戒。拉比相信，自己是因为自己的罪孽而受惩罚。有时他对折磨他的人说严厉的话，还怀疑上帝的行事，甚至上帝的仁慈。他穿戴起祷告披巾和经文匣，脑子里突然闪过这个念头：假设没有造物主呢？这样的亵渎之后，拉比一整天都不允许自己吃东西，直到星星升上天空。"倒霉啊我，我能跑哪儿去呢？"拉比叹息，"我是个迷途的人。"

妈妈和女儿坐在厨房里，各揣心事。泽泼拉，拉比的妻子，出身富裕的家庭，少女时曾被称为美人，但多年的贫困毁了她的容貌。索别斯基[1]国王时代的无檐帽和裙子既老派又不衬她，显得她驼背消瘦。脸上起了皱纹，有了未熟梨子般的干涩。她的手粗壮了，满是青筋像男人。但泽泼拉在愁苦中找到了一种慰藉：干活。她洗刷，砍柴，打井水，擦地板。亚姆珀尔人开玩笑，说她刷碗太用力刷出了洞。她把桌布和床单补了又补，没有一根线是原来的纹路。她甚至还补拉比的拖鞋。她生了六个孩子，只有燕特尔活了下来。

燕特尔像她爸爸：头发黄兮兮的，个子高，皮肤好，雀斑脸，平胸。燕特尔的勤快并不亚于妈妈，但妈妈什么家务活也不让她碰。燕特尔的丈夫厄泽尔是个书院学生，死于肺结核。如今燕特尔缝补编织，从小贩那儿借书来看。起初有不少找她提亲的，但她打消了媒人的热情。她从未停止悼念丈夫。只要有人想给她做媒，她就突然抽起筋来。亚姆珀尔人中间有一个流言，说她在厄

---

[1] 索别斯基（Jan Sobieski，1629—1696），波兰国王，被教皇誉为"基督教的救星"。

泽尔临终的床边发誓永不再嫁。她在亚姆珀尔一个女朋友都没有。夏天时,她拿着篮子和绳子出门,到树林里捡浆果采蘑菇。在人们眼里,这种行为极不适宜拉比的女儿。

搬去亚夫洛夫像是个好前景,但拉比妻女的担心超过了开心。母女俩都没有体面的衣服,也没有珠宝。在亚姆珀尔的这些年,她们贫困到这个地步,拉比的妻子向他哭诉,说自己都忘了和人说话这件事了。她在家祷告,躲避陪同新娘上会堂或参加割礼仪式的差事。但亚夫洛夫的情况不同。在那里,女人身上的装扮是时髦的裙子、昂贵的皮草、丝绸假发和尖头高跟鞋。年轻夫人们戴着羽毛帽子去会堂。帽子上人人都有一根金链或胸针。怎么能穿着破烂衣服去这么个地方呢?还有散架的家具和打补丁的被褥!燕特尔根本就拒绝搬。她到亚夫洛夫干啥?她既不是姑娘也不是已婚女人,至少在亚姆珀尔她有自己的一丘土和一块墓石。

乔纳森拉比听着,摇着头。亚夫洛夫送来了合同,但还没送来预付的薪水。这是惯例吗?还是他们欺负他没经验?他羞于要钱。用《托拉》挣钱有违他的本性。拉比在书房里踱来踱去:"天上的父,救我吧。'我落到了深海里,大水淹没了我!'"

2

拉比的习惯是到会堂祷告,而不是到读经堂祷告,因为在穷犹太人中间他的敌人少些。日出时，他和第一个十人祷告班一起祷告。五旬节过后，三点半晨星升起。四点钟阳光已经在闪耀。拉比喜爱早晨的宁静，此时多数镇上的人还闭着窗户睡觉。他从未厌倦看日出：紫色，金色，沐浴在大海的海水中。升起的太阳总是在他心里生出同一个想法：不像太阳，人子从不自新，所以注定要死。人有记忆、悔恨和怨恨。它们如灰尘般聚集，埋住了他，于是他接收不到天上降下的光和生命。但上帝的造物恒常自新。天阴了，又晴。太阳落下了，却又在每个早晨重生。月亮或星辰不受往昔的损污。自然造物的永无止歇没有比黎明时更明显的了。露珠滴下，鸟儿啁啾，河流染得火红，草地湿润新鲜。"当早晨的星星全都合唱"时，哪个人要是能与造物一起自新，他就幸福了。

这个早晨与别的早晨并无不同。拉比早早起床，以便第一个到会堂。他敲敲橡木门，警告在此处祷告的精灵们，自己来了。然后他进了昏暗的前厅。会堂有几百年历史，却仍与建成时几无二致。样样东西都散发着永恒的气味：灰色的墙，高天花板，黄铜枝形吊灯，铜洗脸盆，有四根脚柱的诵经台，高高的圣书柜上雕刻着十诫版和两只镀金狮子。太阳光束穿过椭圆的彩绘玻璃窗。在那儿祷告的鬼魂们通常鸡鸣时就离开，给活人腾地方，却还是留下了某种死气和静寂。拉比前后踱起步来，诵着《宇宙之主》。他重复念了几遍："万物终结后，唯有他统治。"拉比想象，人族死灭，房屋崩裂，一切邪恶消融，上帝的光再次占据全部空间。他的权力的缩减，亵渎的力量，一切恶毒和污秽，统统都将停止。时间、事件、激情和挣扎将消失，这些不过是幻觉和假象。真正的真理是完完全全的善。

拉比念出祷告词，思索着词语的含义。礼拜者渐渐到来。第一个祷告班是鸡鸣起床的辛勤劳动者：车夫莱布什，鱼贩子查姆·约拿，马鞍匠阿夫洛姆，在亚姆珀尔郊外种果园的施洛依米·梅耶尔。他们问候了拉比，然后穿戴上经文匣和祷告披巾。拉比想到，自己在镇上的敌人要么是富人要么是游手好闲的懒汉。穷人和辛勤劳动者，所有诚实谋生的人，都站在他一边。"我以前怎么没想到呢？"拉比奇怪，"我以前怎么没意识到呢？"他感到一阵突然涌起的爱，对这些犹太人的爱，他们不欺骗谁，全然不懂坑蒙拐骗，而是遵从上帝的裁断："你必汗流满面才得糊口……"现在他们慎重地把经文匣的带子系在手臂上，亲吻祷告披巾的流苏，套上了天国的重轭。早晨的静谧显在他们的脸和胡子上。他们的眼神里闪着从小就背负生活重担的人的温和。

这是个礼拜一。忏悔过后，经书从圣书柜里取出，同时拉比念"你的名字有福"。圣柜的开启总是感动他。这儿它们立着，纯洁的经卷，摩西的《托拉》，裹着丝绸，装饰着链子、皇冠和银板——模样都相似，却各有各的定数。有些经卷在平日里读，有些在安息日读，还有的只在欢庆圣法节时取出。也有几本旧损的律法书，字褪色了，羊皮纸朽坏了。每次拉比想到这神圣的残物，心里都一痛。他前后摇摆，咕哝着阿拉米语："你统治一切……我，圣者的仆人，他有福，我躬身于他和他之法律的光亮前……"当说到"我不依人不靠人"时，拉比停住了。这话卡在他喉咙里。

他第一次认识到，自己在撒谎。无人比他更依靠人。整个镇子向他发号施令，他依靠每一个人。谁都可以伤害他。今天发生在亚姆珀尔，明天将发生在亚夫洛夫。他，拉比，是社区中每个有权有势者的奴隶。他必须冀望礼物恩惠，必须不停寻求支持者。拉比开始检视其他礼拜者。没有一个人需要同盟。别人全都不用担心谁支持自己谁反对自己。没人对造谣者的故事有一毛钱的在乎。"那么撒谎的用处是什么？"拉比想，"我在骗谁？全能的主？"拉比颤抖着，羞耻地遮住自己的脸。他的膝盖发软。他们把经卷放在读经板上了，但拉比没注意到。突然拉比内心的什么东西笑了。他举起手仿佛在发一个誓。一种忘却已久的喜悦降临到身上，他感到一种不期而至的决心。一瞬间，一切都清清楚楚了……

他们叫拉比过去读经，他登阶上了诵经台。他把一条流苏放到羊皮纸上，靠着额头吻它。他大声念诵祝福文。然后他听俗家布道人读。读的是"你打发人去……"那一章。讲的是前去搜寻迦南之地而还的探子们，亚衲族人吓坏了他们。怯懦毁了沙漠里的那一代人，乔纳森拉比对自己说。如果他们不该害怕巨人，我为什么要在侏儒面前发抖？这比怯懦更糟糕；不是别的，只是骄傲。我害怕失去拉比的教袍。别的礼拜者张大了嘴瞪着拉比。他好像变了个人。他身上散发出一股神秘的力量。大概是因为他要搬到亚夫洛夫去了，他们想。

祷告完，人们开始散去。施洛依米·梅耶尔拿起祷告披巾准备走了。他个子矮，骨架宽，黄胡须，黄眼睛，黄雀斑。他的帆布帽、长袍和粗陋的靴子被阳光晒得泛黄。拉比向他示意。"施洛依米·梅耶尔，请等一等。"

"好的，拉比。"

"果园怎么样？"拉比问，"收成好吧？"

"感谢上帝。要是不刮风，收成会好的。"

"你有人手摘果子吗？"

施洛依米·梅耶尔想了想。"不容易找到人手，但我们能对付。"

"为什么不容易找到？"

"那活不好干。要整天站在梯子上，夜里睡在谷仓里。"

"你付多少钱？"

"不多。"

"够养活吗？"

"我供他们饭。"

"施洛依米·梅耶尔，找我吧。我帮你摘果子。"

施洛依米·梅耶尔的黄眼睛里都是笑意。"有啥不行的。"

"我不是开玩笑。"

施洛依米·梅耶尔的目光黯淡了。"我不懂拉比的意思。"

"我不再是拉比了。"

"什么?为什么?"

"如果你有几分钟时间,我就告诉你。"

拉比说着,施洛依米·梅耶尔听着。祷告班的人走了,只剩他们俩。他们站在布道坛旁。拉比说得平静,但每个词都带着回响,仿佛有个隐形的人在重复他的话。

"你怎么说,施洛依米·梅耶尔?"拉比最后问道。

施洛依米皱皱脸,仿佛吞了什么酸东西。他左右摇头。

"我能怎么说?我害怕被除名。"

"你绝不要恐惧任何人。'不可怕人的情面。'这是犹太人的本质。"

"您妻子会怎么说?"

"她会帮我一起干。"

"那活不是您这样的人干的。"

"侍奉主的人应当更新自己的力量。"

"对啊,对啊……"

"那你同意了?"

"如果拉比想要这样……"

"别再叫我拉比了。从此以后我是你的雇员。我会是个诚实的工人。"

"我不担心那个。"

"你什么时候去果园？"

"过几个小时。"

"驾着大车来找我。我会等着你。"

"是，拉比。"

施洛依米又等了等才走。在前厅的门口，他回头看了一眼。拉比独自站着，双手攥紧，目光从一面墙飘向另一面。他就要离开了，离开他在此祷告了这么多年的会堂。一切都这么熟悉：黄道的十二星座，七颗天星，狮子、公鹿、花豹和鹰的图案，刷成红色的不可叫出的上帝之名。圣书柜顶上镀金狮子的琥珀眼睛瞪着拉比，弯曲的舌头撑住十诫版。拉比觉得神兽们在问：你为什么等了这么久？你难道不能一开始就明白，不能同时侍奉上帝和人吗？它们张着的嘴似乎笑着，透着和善的凶猛。拉比拽自己的胡须。"不过，永远不晚。永恒仍然在前方……"他倒退着走到门槛。会堂的门柱上没有装圣卷，但拉比用食指，再用嘴唇碰了碰门柱。

在亚姆珀尔，在亚夫洛夫，人们传着这奇怪的新闻。乔纳森拉比、他妻子和他女儿燕特尔，到施洛依米·梅耶尔的果园摘果子了。

库尼冈德*

1

日色将晚,村外的沼泽起了一阵微风。暗云笼罩,这棵椴树只有一根锈斑点点的旁枝,残余的叶子在上面噼啪作响。老库尼冈德走出屋子。这无窗的筑物像朵毒蕈,屋顶铺的茅草生了苔藓,丝丝缕缕垂下。一面墙上的窟窿当烟囱,门口歪斜如闪电击出的树洞。她生得粗矮,嘴眼像斗牛犬,下巴宽大疏松。脸颊的疣子上长出白毛,头上只剩下几绺头发,扭在一起成了角状。无指甲的脚趾满是鸡眼和拇囊肿。库尼冈德拄着棍子,拿着鹤嘴锄,四下打量,嗅嗅

---

* 本篇英语由艾萨克·巴什维斯·辛格和伊莱恩·戈特利布(Elaine Gottlieb)翻译。

风,皱着眉。"从沼泽刮来的,"她喃喃道,"瘟病和邪恶全从那儿来。坏天气。天杀的地方。今年是坏收成。风会把一切刮走。全刮走,只剩些谷壳给农民,他们的杂种会饿得浮肿。死好多人。"

库尼冈德的茅屋单立在森林旁,周围丛生杂草、黑莓灌木,如痂鳞片的毛叶子,毒浆果,似在伸嘴咬人衣服的棘刺。她这棚子蛇虫泛滥,妈妈们禁止孩子走过。村民说,连山羊也躲着走。云雀在别的屋顶筑巢,从未听过有一只在她的茅屋歌唱。库尼冈德似乎正等着风暴到来。她青蛙般的嘴说出沙哑的话:"是瘟疫,瘟疫。病总是从那儿来。邪恶要找上谁了。这阴风带来死亡。"

老妇人带着鹤嘴锄出来,不是为了挖土豆,而是掘她的巫术必需的野根和草药。库尼冈德的破棚子里有全套的药剂:魔鬼的粪便和蛇毒,虫蛀的卷心菜和吊死过人的绳子,蝰蛇肉和小精灵的毛发,水蛭和护身符,蜡和香料。库尼冈德要这些东西,不只为了求助她的人,也为了保护自己。从她学步那刻起,邪恶之力就折磨她了。她妈妈,愿她烂在地狱,打她掐她。爸爸喝醉了揍她。哥哥约兹尔克讲鬼怪故事吓她,笑她。姐姐特克拉讲的故事也烦扰她。他们为什么折磨她?别的孩子在草地上玩,刚六岁的库尼冈德就得喂鹅。有一次,鸡蛋大的冰雹砸下来,几乎砸破了她的头骨,还砸死了一只雄鹅——为此,库尼冈德挨了顿抽打。各种各样的动物都盯着她——狼、狐狸、貂子、臭鼬、野狗,还有驼背的诡异生物,长着育儿袋、晃荡耳朵、疙瘩尾巴和凸牙齿。

它们鬼祟地躲在树和灌木后面，朝她低吼，尾随她，比特克拉讲的捣蛋精灵更恐怖。一个烟囱工从天而降，要把库尼冈德捆在扫帚上往上拽。在她放鹅的草场，来了个小小的女精灵，披着黑头巾，背着个袋子，挎着个篮子，在地面飘行。库尼冈德甩出一块卵石，但女精灵狠狠打她胸口，把她打晕了。夜里，小精灵到她床上来，取笑她，弄湿床单，辱骂她，戳她咬她，编她的头发。等它们走了，床上有老鼠屎和害虫。

要是库尼冈德没有学会巫术，大概已经完蛋了。她很快明白，对别人有害的东西对她有利。人和动物遭殃时，她就平安无事。她开始希望村子里有疾病、纷争和苦难。别的女孩恐惧死人，库尼冈德却喜欢研究尸体，惨白或土黄的尸体，趴卧着，头边点着蜡烛。哀悼者的号哭给予她慰藉。她喜欢看农民杀猪，拿刀割开，在滚水里活烫。库尼冈德自己也喜欢折磨动物。她勒死一只鸟，把蠕虫切成一段段看它们扭动。她用棘条刺穿青蛙看它抽抽。很快她意识到诅咒有其价值。她咒死了一个贬损她的女人。一个男孩把松果扔到她眼睛里，她希望他变瞎，几个礼拜后，他砍柴时碎片溅进了眼睛，失去了视力。她使用咒语。沼泽边有个破棚子，住着个残废女人，老是唠叨巫师、黑镜子、独眼巨人，还有毒蕈丛里的侏儒，在月光下跳舞引诱女孩进洞穴。这女人教库尼冈德驱魔，防备恶毒的男人、妒忌的女人和虚伪的朋友，还教她解梦和召回死人的魂灵。

库尼冈德还年轻时，父母就死了。哥哥娶了外村的姑娘，姐姐特克拉嫁了个鳏夫，最后死于生产。别的姑娘到她这年龄都订婚了，但在她眼里，男人只是流产、产痛和大出血的散布者。一个小茅屋和四分之三英亩的土地留给了她，但她拒绝耕种。既然人人都行骗——磨坊主、粮食商、祭司和村子的长老——为啥要劳动呢？

她很容易满足：一个萝卜，一个生土豆，卷心菜心。农民们觉得猫肉和狗肉恶心，她却觉得可口。田里的一只死老鼠就让她吃得饱饱的。就算斋戒许多天，人还是能活着。即便在复活节和圣诞节，库尼冈德也远离教堂。她不想去受女人的侮辱和男人的嘲笑，也没钱买鞋和衣服，没钱丢进施舍箱。

别人的嘲讽使她羞耻，她会把自己锁在茅屋里许多天，甚至都不出来方便。切卷心菜和腌菜时，从没人请她去丰收节，也从没人请她去婚礼、坚信礼或守灵。仿佛她被除了名，整个村子抵制这孤儿。她坐在黑暗里，一个个地诅咒。听到外面的笑声，她吐唾沫。欢叫声刺痛她。牧场回栏的母牛哞哞叫使她恼怒，她找到了不让它们产奶的咒语。对，库尼冈德不欠任何人。她的敌人全死了。她学会了瞪"恶毒眼"，把符咒藏在谷仓或马厩里，引老鼠吃谷子，关闭生产女人的子宫，拿针扎泥塑的人，让鸡喙增生。库尼冈德早就不祈求上帝保护她免遭敌人之害了。他对一个孤儿的祷告不感兴趣。强人掌权时，他就躲在天堂里。魔鬼行事古怪飘忽，但可以跟他讨价还价。

库尼冈德这代人几乎全消失了。她老了。没人再笑她。人们害怕她的怒火，叫她"那女巫"。村民说，每个礼拜六晚上，她骑着扫帚上黑弥撒会见别的女巫。全村上下，遭了不幸的人都来敲她的门——子宫长瘤的女人，生了怪物的母亲，打嗝的女孩，弃妇。她们带来一条条面包、一袋袋荞麦、一块块黄油和钱，但这些有什么用呢？因为吃得太少，库尼冈德的胃萎缩了。她的牙齿也脱落了，得了静脉曲张，几乎走不了路。由于多年不说话，在心里咆哮，她的耳朵半聋了，几乎忘了怎么说人的语言。她已经把所有敌人送进了坟墓，新一代人里似乎没有敌人了。不过，习惯了诅咒的她无法停止咕哝：死亡和苦痛……火和瘟疫……让他们舌头生疮……让他们喉咙长水疱。

仲夏很少起风暴，但上个冬天库尼冈德预言过今年夏天多灾多难。她能嗅到死亡，厄运的气味飘向她。这风还不是特别强，但库尼冈德知道它从哪儿来。她能闻到灰烬、腐烂和肉的气味，还有一种油乎乎的溃烂之物，只有她能感觉到这东西的来由。她无牙的嘴扭曲着。"是瘟疫，瘟疫。死亡来临……"

2

风刮大了，但库尼冈德继续挖。她茅屋旁的根须都有奇异的能力。偶尔，库尼冈德去采沼泽边的草药。沼泽面积巨大，延伸到天边。花叶漂浮在覆着苔藓的黏稠水面。奇怪的鸟和金绿色肚皮的硕大苍蝇飞来飞去。她已把仇敌都送到了另一个世界，却不能彻底摆脱他们。他们的魂灵盘旋在沼泽上，织着复仇之网。有时，茅屋的墙壁和茅草屋顶回响着他们的声音，吊在屋檐上的稻草秆颤抖。库尼冈德得时刻提防死人的潜在祸害。连一只勒死的猫也能做害。不止一次，夜里，被杀的猫来扒她。某个熟悉的魂灵就住凳床下的破布堆里，库尼冈德听得见他的抓挠声。有时候他对她不错，弄来兔子、病鸟或别的能烤着吃的动物，但有时候他恶毒。她放好的东西不见了。他搞乱她的草药，藏起她的药膏，用泥弄脏她的食物。一次，一个年轻农妇送来一罐罗宋汤，库尼冈德盖好放到角落。第二天汤里有了块厚皮，闻着像车轴滑脂。一桶荞麦里扔进了来路不明的沙子和卵石。库尼冈德弯下腰责骂那魂灵，他低语道："老怪物！"

她挖着，飘旋的风狂暴了，仿佛在她周遭狂野地嘶喊。后来她回到屋里，透过墙上的缝往外瞧。田地里，麦穗受不住冲击被刮得低平，干草堆被吹散。卵石滩被撕扯开，卵石在村子上空飞。农民们出来绑屋顶，保护墙，把牛马拴到谷仓，迎接他们的是狂风大雨。一阵暴雨淹了村子。闪电闪亮如地狱的火。雷声在库尼冈德的耳边炸响，她头骨里的脑子摇晃如坚果里的果仁。库尼冈德插上门，坐在脚凳上，唯一能做的事情是咕哝。她的茅屋是最脆弱的，猪拱都会晃。她叫出撒旦、路西法、芭芭雅嘎、卡迪克、玛尔法斯和潘·多瓦多斯基的名字，在每个屋角放了蜡球和山羊粪。为了提升护力，她打开了橡木柜子，里面放着处女的膝盖骨、野兔脚、黑公牛角、狼牙齿、浸了经血的布和（最灵验的）绞死罪犯的绳子。她喃喃道：

强壮的是豹子，
愤怒的是蜥蜴；
哈达克和古达克
随着风雪进了屋子。
红的是血，
黑的是夜；
玛吉斯特和达加贝
借给我你们的神威。

尽管摇摇晃晃，茅屋未遭损坏。屋顶战栗，草秆毫不松劲地挥舞。亮光瞬间耀眼，库尼冈德清楚地看见煤黑墙、屋里的泥地、三脚炉上的锅、纺车。立刻又暗了，大雨如鞭，轰雷如锤。库尼冈德安慰自己：她总要死的，人迟早烂在坟墓里。但每次茅屋晃动，她还是颤抖。她觉得脚凳不舒服，躺到了床上，头枕着稻草芯的枕头。这不是偶然的风暴，已然积聚了数月。村里的农民中间有许多败坏和不义之事。库尼冈德听闻过小妖怪、狼人和其他恶物的故事。父女交合生出杂种，寡妇与儿子性交，牧人与母牛、母马和母猪交配。夜里的沼泽上亮着点点火光。农民犁地，挖沟储存土豆，却从土里掘出人骨。阴间有许多针对她的煽动。目前为止掌权者站在她一边，但随时可能倒向密谋害她的那一伙。她闭上眼睛。过去，她的倔强击败了每一个密谋者；总是出现某个奇迹，另一方败退。但这场收割前的风暴吓坏了她。也许她没护好某个屋角。敌对的妖精等在那里，猎狗般吠叫，在地底下扒拉。库尼冈德打起盹，梦见一只大如桶的公猫，黑毛，绿眼睛，火红胡子。它猛地伸出舌头，喵喵声如鸣铃一般。库尼冈德突然惊起。有人在拽闩着的门。她疑惧地问："是谁，呃？"

没有回答。

是托皮尔——库尼冈德想。她一直没能找这魔鬼算账。但她想不起赶走他的咒语。她能说的只是："走开，去那人和牲畜都走不出的荒芜森林。以阿曼达、萨嘎塔纳斯、贝利尔、巴拉巴斯的名义，我恳求你……"

外面没有声响。

　　有骨无肉，穿烟戴火，
　　水泡肚皮，脚踏蔷薇荆，
　　没有牙呀，没有气，
　　拧断你脖子，快快逃命……

门开了。一个人影随风而入。

"小圣母啊。"库尼冈德喘着气。

"你是库尼冈德吗,那女巫?"一个男人的声音严厉地问。

库尼冈德吓呆了,回答:"你是谁?饶了我。"

"我是斯达齐,扬卡的未婚夫。"

假扮成个男人!库尼冈德低声说:"你想怎么样,斯达齐?"

"我什么都知道,老婊子。你给她毒药要结果我。她告诉了我。现在……"

库尼冈德想尖叫,但知道没有用。即便没有肆虐的风暴,她的声音也太小,没人能听见。她咕哝起来:"没毒药,没毒药。如果你真是斯达齐,我告诉你,我对任何人都没有恶意。扬卡哭喊说她爱得要死了,而你,我的英雄,却毫不注意她。我给了她忘情药水。她对上帝发誓保守秘密。"

"药水,呃?蛇毒。"

"没蛇毒,我的大人,我的主人。如果你要她,带走她。我送你个礼物。我会到婚礼祝福你们,即便她背叛了我。"

"谁要你的祝福?天杀的婊子,嗜血的野兽。"

"救命!饶命!"

"不。"

他掀翻面前的盘子碟子,大踏步到凳床前,扯起她狠狠地揍。库尼冈德几乎没呻吟。他在地上拖她,踩她。库尼冈德听见一只公鸡扇翅膀。旋即，她已身处石头、沟渠和无叶树木之间，大地昏沉，不见天日。她看见一场魔术秀，同时也是地狱。黑色的人在空中移动如蝙蝠群，爬梯子，荡绳子，翻筋斗。其他人脖子上套着磨石，被丢进了沥青桶。女人吊在自己的头发、乳房和指甲上。有一场婚礼，宾客捧着手在饲料槽里喝酒。库尼冈德的敌人们不知从哪儿冒了出来，这伙暴徒抄着斧子、草叉和长矛。一群长角的魔鬼跑在他们身旁。个个都冲着她来了：巴力西卜、芭芭雅嘎、巴布克、库拉斯、巴尔沃什瓦雷克。高举火炬，嘶叫，冲向她，带着复仇的喜悦。"圣母啊，救救我。"库尼冈德最后一次尖叫。

第二天，搜寻"那女巫"的农民们发现她的茅屋塌了。从梁木和烂草盖中间，拖出了她压坏的尸体，头盖骨里没了脑子，什么都没了，只剩下一堆白骨。一只船把尸体送到了礼拜堂。风暴造成了巨大的破坏，但只死了一个人——库尼冈德。

扬卡走进送葬队伍，跪倒说："奶奶，我来了好运气了。今天天亮时斯达齐来了。他会在圣坛前娶我。你的药水净化了他的心。下礼拜我们就去找祭司。我妈妈已经在烤面包了。"

现在没有风了，但浓云仍在天空延留，压得天空如朝如暮。成群的乌鸦从沼泽飞来。烟气弥漫于空中。半个村子刮倒了，另一半淹了。泥泞的水映照着散架的屋顶、塌陷的墙和残破的树干。一整天，三个农妇都在库尼冈德进了水的屋里，裙子拉到膝盖上，找那根绞死杀人犯的绳子。

短暂的礼拜五[*]

1

莱普希茨村里，住着裁缝施姆-莱贝利和妻子施约舍。施姆-莱贝利是半个裁缝半个毛皮匠，一贫如洗。他从未掌握自己的手艺。人家来定做夹克或袍子，他必然弄得不是太短就是太紧。腰带在背后不是挂得太高就是太低，衣领永远对不齐，开衩总是不在中间。据说他缝过一条裤子，裆口装到了侧面。施姆-莱贝利不能指望有钱人请他。老百姓拿来破旧的衣服让他补补改改，农民拿来旧皮毛让他翻面。蹩脚工常常手脚也慢，他也是这样。一件

---

[*] 本篇英语由约瑟夫·辛格（Joseph Singer）和罗杰·克莱恩（Roger Klein）翻译。

衣服能磨蹭几个礼拜。不过，尽管有这些缺点，必须说施姆-莱贝利是个讲信誉的人。他只用结实的线，缝的线缝从不开绽。人家找他做个衬里，即便是普通麻布或棉布的，他也只买最好的材料，所以只剩下一点点赚头。其他裁缝攒下每一块余料，他却把边角料全部还给顾客。

要不是有位能干的妻子，施姆-莱贝利必定早饿死了。施约舍尽其所能帮助他。礼拜四，她到有钱人家帮工揉面，夏日里跑到林子里采浆果蘑菇，捡松果树枝烧炉子。冬天，她为新娘的羽毛褥垫拔鸭毛。她还是个比丈夫更好的裁缝。当他叹起气来，或磨磨蹭蹭嘟囔起来，说明他应付不来了，她就从他手里拿过粉饼，比画给他看怎么做下去。施约舍没生孩子，不过大家都知道，无法生育的不是妻子而是丈夫，因为她的姐妹都生了孩子，而他唯一的兄弟同样无嗣。镇上的女人老是劝施约舍离婚，但她充耳不闻，因为夫妻俩深爱着对方。

施姆-莱贝利生得矮小笨拙。就他的身体而言，他的手脚太大了。他的额头在两侧鼓起，傻子常常如此。他的脸颊红如苹果，不生鬓须，下巴也只冒着几根须毛。他几乎没脖子，脑袋安在肩膀上如雪人般。他走起路来，鞋子刮着地，老远就能听见一下下脚步声。他总是哼哼什么曲子，脸上总有和蔼的微笑。无论冬夏，他都穿同一件卡夫坦袍子，戴同一顶护耳羊皮帽。谁若需要个送信人，总是叫施姆-莱贝利干这差事，不管要跑多远，他总是乐乐呵呵地去。贱嘴贱舌的人给他安了一堆外号,拿他搞种种恶作剧,但他从不生气。别人斥责弄他的人,他只是说:"我在乎啥?让他们开心去吧。他们只是孩子,毕竟……"

有时候,他会送一块糖果或一个坚果给某个捣蛋鬼,并无背后的目的,只是出于好心。

施约舍个子比他高出一头。年轻时她有美人之名,她帮佣干活的人家对她的诚实勤劳大为称赞。许多小伙子争着向她求婚,但她选了施姆-莱贝利,因为他安静,因为礼拜六中午他从不跟着镇上的男孩子们跑到通往卢布林的路上调戏姑娘。他的虔诚内敛使她欢喜。还是姑娘家时,施约舍就爱学习《摩西五经》,爱到救济所照顾病弱,爱听坐在家门前补袜子的老婆婆们讲故事。每月最后一天,小赎罪日,她斋戒。她常常参加会堂妇女厅的仪式。别的女佣嘲讽她,觉得她老派。举行完婚礼她就剃了发,包上头巾牢牢扎住耳朵,从不允许自己像某些年轻女人那样,让一缕头发从主妇假发套下漏出来。浴室侍从赞扬她,因为她从不在净浴时嬉戏,而是按照律条洗濯。她只买无争议的合礼肉,尽管每磅贵半分钱;对食物律条有疑问时,她求取拉比的建议。不止一次,她毫不犹豫地扔掉全部食物,甚至砸碎陶餐具。总之,她是个能干的、敬畏上帝的女人,不止一个男人嫉妒施姆-莱贝利有一位珍宝般的妻子。

在生活的种种赐福中,夫妻俩尤其尊崇安息日。每个礼拜五中午，施姆-莱贝利放下工具，停止一切工作。他总是第一批洗净浴的，并且把自己浸入水中四次，对应圣名的四个字母。他也帮执事把蜡烛插到枝形吊灯和枝形烛台上。施约舍整个礼拜都省吃俭用，在安息日却出手大方。热烤箱里放进蛋糕、点心和安息日面包。冬天，她用鸡脖子做布丁，塞了面团和精油脂。夏天，她则用米面做布丁，抹上鸡油，撒上糖或肉桂。主菜是土豆和荞麦，或者珍珠大麦加豆子，里面总不忘了放块筒骨。为了保证菜做得香，她用松面团封住烤箱。施姆-莱贝利珍爱这每一口饭食，每一顿安息日餐时都会说："啊，亲爱的施约舍，这是国王吃的食物啊！如同尝到了天堂的滋味！"施约舍则回答："大口吃吧。愿食物带给你健康。"

虽然施姆-莱贝利的学问不佳，记不全《密西拿》的任何一章，但他熟稔所有的律条。他和妻子经常学习意第绪语的《好心肠》。半节日、节日和每一个无事的日子，他都学习意第绪语的《圣经》。他从未错过一次布道，身为穷人，却从小贩手里买各种道德教训和宗教故事的书，然后和妻子共同阅读。他从未厌倦念诵神圣的字句。早晨一起床，他就洗净手，开始念祷告的预备文。然后他走到读经堂，加入一个祷告班做礼拜。每天他念诵几章《诗篇》，较不严肃的人常常跳过的祷告，他全部都念。父亲传给他一本厚厚的木壳祷告书，里面讲到一年中哪一天适宜哪些仪式和律条。施姆-莱贝利和妻子留心其中的每一条。他常常对妻子说:"我肯定要堕入地狱,因为世上没有人为我念卡迪什祷文。""快咬舌头,施姆-莱贝利,"她反驳,"先说一条,有上帝在什么都是可能的。第二,你会活到弥赛亚降临。第三,当然有可能我比你先死,你会娶个年轻女人,给你生一打儿女。"施约舍说这话时,施姆-莱贝利就叫:"上帝不许!你必须健健康康的。我情愿烂在地狱里。"

施姆-莱贝利和施约舍享受每一个安息日,但最大的满足来自冬天的安息日。因为安息夜前的白天很短暂[1],也因为施约舍的活计要忙到礼拜四很晚,他俩通常礼拜四晚一宿不睡。施约舍在槽里揉面,盖上布和枕头发酵。她用引火柴和干树枝烧热烤炉。房间的百叶窗闭着,门关着。床和凳床没有收拾,因为天亮时夫妻俩要小睡一会儿。天还黑着时,施约舍就着一支烛光准备安息日餐。她拔鸡毛或鹅毛(假如弄到了一只便宜的),泡好,腌好,刮去油脂。她在红红的煤块上给施姆-莱贝利烤一块肝,再给他烤一小条安息日面包。偶尔,她用生面在面包上嵌出自己的名字,施姆-莱贝利就取笑她:"施约舍,我在吃你呢。施约舍,我已经咽下你了。"施姆-莱贝利爱暖和,时常爬到烤箱上,往下看自己的配偶煮、烤、洗、刷、捣和切。安息日面包做出来是圆圆的棕色的,施约舍镶辫条时手脚极快,面包仿佛在施姆-莱贝利眼前跳舞。她

---

[1] 安息日从礼拜五日落开始,礼拜六晚天空出现三颗中等大小的星星时结束。

跑来跑去，麻利地摆弄锅铲、拨火棍、长柄勺和鹅毛掸子，有时甚至赤手抓起烧着的煤。锅欢快了，冒着泡了。偶尔溅出一滴汤来，热烫的锡锅嘶嘶地响。同时蟋蟀一直在叫着。施姆-莱贝利已吃过了晚饭，但这时胃口又被吊了起来，施约舍便扔给他一个馅饼、一个鸡胗、一块饼干、一颗炖李子或一大块炖肉。同时她骂他是个贪吃鬼。他为自己辩护，她就叫道："哦，罪过是我的，是我把你饿成这样的……"

天亮时，他俩都极疲倦地躺下。不过，因为他们干完了活，第二天施约舍不用忙得焦头烂额了，也能在日落前一刻钟对着烛光念出祝福文。

这个故事发生的礼拜五是一年中最短暂的礼拜五。屋外，雪下了一整夜，裹住了房子，一直积到窗户，门也堵住了。如往常一般，夫妻俩一宿没睡，早晨才躺下。他们比平日起身晚些，因为没听到鸡鸣声，而且雪和霜盖着窗户，天色昏暗如夜。施姆-莱贝利轻声说了句"我感谢您"，拿着扫帚和铲子到门外清出一条道，然后拿个桶到井里打水。他没什么急活，决定歇一天。他到读经堂做晨祷，吃完早饭后溜达到浴室。由于室外很冷，来客们永远叫嚷着："来桶水！来桶水！"浴室侍从朝闪着亮光的浴池石上一遍遍倒水，水蒸气越来越浓。施姆-莱贝利找了把拉拉杂杂的柳枝扫帚，坐到最高的凳子上抽打自己，把皮肤抽得通红。从浴室急匆匆赶到读经堂。执事已经扫完了地，撒上了沙子。他插好蜡烛,帮着给桌子铺上桌布。然后又回了家,换上安息日衣服。他的靴子几天前刚换鞋底,不进水了。施约舍已做了这周的浆洗,给了他新洗的衬衫、内裤、流苏袍子,甚至还有双干净长袜。她已经在烛光前念过祝福文,屋里的每一个角落都散发着安息日的气息。她戴着银亮片丝头巾,身穿黄灰相间的裙子,脚踏一双安着闪亮尖头的鞋子。脖颈挂着一条链子,是他俩签婚约时施姆-莱贝利的妈妈,愿她安息,送她贺喜的。结婚戒指在她的食指上闪耀。烛光映在窗玻璃上,施姆-莱贝利想象外头也有这么个屋子,也有个施约舍在点安息日蜡烛。他渴望告诉妻子,她是多么多么优雅,但没时间了,因为祷告书里特别说明,成为会堂的头十个礼拜者之一是恰当得体的。结果呢,他跑去祷告,刚好是第十个到达的人。会众吟诵完《雅歌》后,领唱人唱出《感恩》和《哦来吧,让我们欢呼》。施姆-莱贝利热忱地祷告着。词句在他舌上甜蜜流转,仿佛有生命似的从唇间落出;他感觉词语飞向东墙,越过圣书柜的刺绣帷幔、镀金的狮子和石版,飘上画着十二星座的天花板。从那儿,祷词当然就飞升至荣耀的宝座。

2

领唱人唱道,"来啊,我的爱",施姆-莱贝利跟着大声唱。接着是祷词,人们念诵"我们的职责,乃是称颂……",施姆-莱贝利接着说"宇宙之主"。念完后,他祝愿人人安息日好:拉比、仪式屠夫、社区领袖、拉比助手,以及在场的每一个人。小学的孩子们吼着"安息日好,施姆-莱贝利",做手势鬼脸取笑他,但他都报以微笑,甚至不时亲热地掐掐某个男孩的脸。然后他回家了。雪积得很高,几乎辨认不出屋顶的形状,仿佛整片住宅浸在白色中。整日低沉的天空此时清朗了,白云之间一轮满月隐隐照下,给雪地投了白昼般的光辉。西边,一朵云的边缘仍留着落日的闪亮。这个礼拜五的星星显得比平日更大更分明,靠着某种奇迹,莱普希茨村似乎与天空交融了。施姆-莱贝利的小屋离会堂不远,此刻悬在了空中,如同书中所说:"他将大地悬于乌有之上。"施姆-莱贝利慢慢地走着,根据律条,从圣洁之所走出时不可匆忙。但他渴望家。"谁知道呢?"他想,"也许施约舍病了?也许她去打水,但愿不会发生,掉进了井里?老天救救我们,会有这么多的坏事落到人的头上啊。"

在门槛边,他跺跺脚抖掉雪,然后开了门,看见了施约舍。屋子使他想到了天堂。烤箱新刷洗过,黄铜枝形烛台的蜡烛洒下安息日的光。封住的烤箱散着芳香,与安息日晚餐的香气混在一起。施约舍坐在凳床上,显然在等他,脸颊闪着年轻姑娘的鲜嫩。施姆-莱贝利祝她安息日快乐,她则祝他一年平安。他哼唱起来:"愿平安落在守护天使身上……"他与陪伴犹太人离开会堂的隐形天使道别,然后念道:"珍贵的女人。"他深深懂得这词句的含义,因为他常常用意第绪语读它们,每一次都新鲜地感叹这词语多么适宜施约舍。

施约舍知道他说的这神圣词句是献给她的,心里想:"我在这儿,一个平凡的女人,一个孤儿,可上帝却选择祝福我,给了我一个钟爱我的丈夫,用神圣的言辞赞美我。"

两个人白天都吃得少,为了安息日餐留胃口。施姆-莱贝利在葡萄干酒前念了祝福文,把杯子递给施约舍喝酒。接着,他就着锡勺净手,然后她也洗了手。接着两人用同一块毛巾擦干手,一人用毛巾的一端。施姆-莱贝利拿起安息日面包,用面包刀切了,一片给自己,一片给妻子。

他立刻告诉她,面包烤得正合适,她反对:"算了吧,你每个安息日都这么说。"

"但刚好是事实啊。"他回答。

冷天里很难弄到鱼,但施约舍在鱼贩子那儿买到了四分之三磅的狗鱼。她就着洋葱剁了鱼,加了鸡蛋、盐和胡椒,和胡萝卜、欧芹一起煮。施姆-莱贝利吃得香得透不过气来,吃完要喝一玻璃杯威士忌。他开始吟唱安息日餐赞美诗,施约舍静静地陪伴着。接着上了鸡汤面,漂着点点脂油,如金币般发亮。汤和主菜之间,施姆-莱贝利再次唱了安息日赞美诗。因为这季节的鹅肉便宜,施约舍给施姆-莱贝利额外加了条鹅腿。吃完甜点,施姆-莱贝利最后一次洗手念祝福文。念到"让我们无须血肉之人的馈赠,也无须他们的借贷"时,他眼珠上翻,挥舞拳头。他从未停止祷告,求上帝允许他继续养活自己,不要——但愿不会如此——成为布施的对象。

说完谢食祷,他又念了一章《密西拿》,还有那本大祷告书里的种种祷词。然后他坐下,读了《摩西五经》里这周该读的部分,用希伯来语读两遍,用阿拉米语读一遍。他清晰地读出每一个词,小心地不在《昂克洛斯》[1]那难读的阿拉米语段落犯错。读到最后一节时,他开始打哈欠,眼里有了泪水。极度的疲惫压倒了他。他几乎睁不开眼,在段落和段落之间打盹一两秒钟。施约舍见他这样,给他铺了凳床,也给自己的羽毛褥垫铺了干净床单。施姆-莱贝利勉强说了告退祷词,开始脱衣服。他躺上凳床后说:"安息日好,我虔诚的妻子。我非常累……"然后翻身朝着墙壁,旋即打起了呼噜。

施约舍又坐了一会儿,注视着已开始摇曳冒烟的安息日蜡烛。上床前,她在施姆-莱贝利的床架上放了一壶水和一个脸盆,免得他早晨起来没有水洗濯。然后她也躺下睡着了。

两个人睡了一两个小时,也可能三个小时——是几个小时又有什么所谓呢?——施约舍忽然听见施姆-莱贝利的声音。他叫醒

---

[1] 《昂克洛斯》(Onkelos),《托拉》的阿拉米语译本。传统上认为,昂克洛斯是这个译本的翻译者。

了她，低呼她的名字。她睁开一只眼睛，问："怎么了？"

"你是洁净的吗？"他咕哝。

她想了想，回答："是的"。

他起身，到她身边。此刻他与她同床了。对她肉体的欲望唤醒了他。他的心怦怦直跳，血液在血管中奔流。他感到胯下有种压力。他急欲立刻与她交合，但记起了律条，男人要对女人说深情的话后方可行房事，于是他说起自己对她的爱，说起这次同房可能会生一个男孩。

"女孩你就不接受了？"施约舍说他。他回答："上帝屈尊赠予的都欢迎。"

"我担心这种荣幸不会是我的了。"她叹了口气。

"为什么不？"他不肯同意，"我们的母亲撒拉[1]比你年纪大得多。"

"怎么能把自己与撒拉相比？最好，你还是离了我娶个年轻的。"

他打断她，用手捂住她的嘴："就算明知能与别的女人生出以色列的十二支派[2]，我也不会离开你。我甚至不能想象和别的女人在一起。你是我皇冠上的珍珠。"

"要是我死了呢？"她问。

---

1 撒拉（Sarah），《圣经》人物，亚伯拉罕的妻子，九十岁时生下以撒。撒拉的意思为"多国之母"。
2 以色列人的祖先雅各生有十二个儿子，后发展为以色列的十二支派。

"上帝不许！我只能悲伤而亡。他们会在同一天埋葬我们两个。"

"不可说亵渎的话。愿你比我的骨头活得长。你是个男人。你会找到别人的。可没了你我怎么办？"

他想回答她，但她用吻封住他的嘴。他便翻身向她。他爱她的身体。每一次她把自己交给他，那奇妙的身体总是带来新鲜的震动。这怎么可能，他会想，他施姆-莱贝利竟能独占这宝物？他懂律条，人不能为了愉悦向肉欲屈服。但他在一本圣书的某处读到，允许男人亲吻和拥抱依照摩西和以色列的律条娶的妻子。此刻他爱抚她的脸、她的喉咙和乳房。她警告他，这是轻浮的。他回答："那就让我躺酷刑架吧。伟大的圣人也爱自己的妻子。"不过，他对自己说，明早一定去净浴室，吟诵赞美诗，施舍点钱。她也爱他，喜欢他的爱抚，所以就随他去做了。

满足了欲望后，他想回自己的床，但沉沉的睡意袭来。他觉得太阳穴疼。施约舍的头也疼。她忽然说："我担心什么东西在烤箱里烧着了。也许我该打开烟道？"

"算了吧，你瞎想呢，"他回答，"那样太冷了。"

他极疲倦，睡着了，她也是。

那一晚，施姆-莱贝利做了个古怪的梦。他想象自己死了。丧葬会的兄弟来了，搬起他，在他头边点蜡烛，打开窗户，吟诵祷词证明上帝的旨意。然后，他们在清洗板床上擦洗他，用担架抬他去墓地。在墓地，他们埋了他，掘墓人对他的尸体念卡迪什祷文。

"奇怪,"他想,"一点儿没听见施约舍的悲哭声或祈求宽恕的叫声。怎么可能这么快她就变得不忠贞了?难道她,但愿不会发生,悲伤过度而去了吗?"

他想唤她的名字,但唤不出。他想砸开坟墓,但手脚没力气。突然他醒了。

"真可怕的噩梦!"他想,"但愿没什么事。"

那一刻,施约舍也醒了。他把自己的梦说给她听,她沉默了一会儿。然后她说:"可怜见啊,我也做了同样的梦。"

"真的吗?你也是?"施姆-莱贝利此时吓坏了,"我不喜欢这事。"

他想坐起身,但起不来。仿佛力气都给夺走了。他瞧了瞧窗户,看看是不是天亮了,但看不见窗户,也看不见窗玻璃。到处是沉沉的黑暗。他竖起耳朵听。通常他能听见某只蟋蟀的唧唧声,一只老鼠的窸窣声,但这次只有一片死寂。他想向施约舍伸过手去,但手似乎死了。

"施约舍,"他平静地说,"我的身子瘫掉了。"

"可怜见啊,我也是,"她说,"我手脚都动不了。"

两个人躺了很长时间,沉默着,感觉着两个人的麻木。然后施约舍开了口:"恐怕我们已经永远在我们的坟墓里了。"

"恐怕你说得对。"施姆-莱贝利的嗓音不像活人的。

"可怜我,什么时候发生的?怎么发生的?"施约舍问,"毕竟,我们睡着的时候还好好的啊。"

"我们一定是被炉子的烟闷死了。"施姆-莱贝利说。

"但我说过要打开烟道。"

"唉,现在太晚了。"

"上帝可怜我们吧,现在我们怎么办?我们还年轻啊……"

"没用的。显然是注定了的。"

"为什么?我们好好筹备了安息日。我做了这么美味的晚餐。一整条鸡脖子,还有牛肚。"

"我们不再需要食物了。"

施约舍没有立即回答。她在努力感觉自己的肠胃。没有,她感觉没有胃口。连鸡脖子和牛肚都不想吃。她想哭泣,但哭不出。

"施姆-莱贝利,他们已经把我们埋了。全结束了。"

"是的,施约舍,赞美归于真正的法官!我们在上帝的手里了。"

"你能在天使杜马面前背诵那段归于你的名字的话吗?"

"能。"

"我们并肩躺着是好的。"她喃喃道。

"是的,施约舍。"他想起了一句诗:生时相爱相亲,死后不离不分。

"我们的小屋怎么办?你都没留下遗嘱。"

"肯定给你妹妹了。"

施约舍还想问问别的，但羞于开口。她想知道她的安息日食物怎么了。从烤箱拿出来了吗？谁吃了？但她觉得这种询问不适宜一具尸体。她不再是揉面的施约舍了，而是一具裹着布的纯尸体，碎瓷片蒙着眼睛，风帽罩着头，香桃木枝插在手指间。握着火杖的天使杜马随时会出现，她得准备好供述自己的善恶。

是的，纷乱诱惑的短暂年月到头了。施姆-莱贝利和施约舍抵达了真正的世界。丈夫和妻子沉默了。在寂静中，他俩听到翅膀扇动的声音和宁静的歌声。一位上帝的天使来了，带领裁缝施姆-莱贝利和他的妻子施约舍前往天堂。

辛格年表*

1904年　7月14日，艾萨克·巴什维斯·辛格出生在波兰华沙附近的莱昂辛（Leoncin）小镇。父亲平查斯·迈纳切姆（Pinkhos Menakhem）是一位哈西德派拉比，母亲巴斯舍芭（Bathsheba）出生在一个犹太拉比世家，受过良好的教育，以博学聪慧闻名。辛格有一个姐姐、一个哥哥和一个弟弟，姐姐欣德·埃斯特（Hinde Esther）和哥哥伊斯雷尔·约书亚（Israel Joshua）后来都成为作家，弟弟摩西（Moishe）则继承父业。此外，家中还有两个孩子死于猩红热。

1907年　随家人移居华沙附近的拉德兹明（Radzymin）小镇，父亲成为当地犹太学校的校长。辛格去犹太儿童宗教学校上学。

---

* 《辛格年表》非英文版原书所有，年表资料主要参考"美国文库"版《辛格短篇小说集》（*Collected Stories*）"年表"部分、珍妮·哈达（Janet Hadda）的《艾萨克·巴什维斯·辛格传》（*Isaac Bashevis Singer: A Life*）等。——编者注

1908 年　随家人移居华沙克鲁奇玛尔纳街（Krochmalna Street）10 号，该街道居民大多是生活贫苦的犹太人。父亲在那里主持一个拉比法庭，主要以解决街坊邻里的家庭和婚姻问题为生。童年的辛格除了阅读宗教书籍外，还喜欢阅读爱伦·坡和阿瑟·柯南·道尔的故事，以及一些流行的意第绪语小说。

1912 年　姐姐欣德·埃斯特与一名钻石切割工在柏林结婚，之后移居安特卫普。

1914 年　"一战"爆发后，哥哥约书亚为了逃避俄军的征兵，在一个雕刻家的工作室躲藏起来。姐姐一家逃难至伦敦。

1917 年　"一战"期间，辛格一家的生活每况愈下，在万般无奈之下，辛格和弟弟随母亲来到母亲的故乡毕尔格雷（Bilgoray）小镇。小镇的一草一木、历史风俗给正值青春期的辛格带来了巨大的冲击。他后来的很多作品都以这个小镇为背景。在毕尔格雷的四年里，辛格除了研读《塔木德》外，还广泛地阅读了斯宾诺莎、斯特林堡、托尔斯泰、陀思妥耶夫斯基、福楼拜和莫泊桑等人的著作。他也学习波兰语、德语、世界语和现代希伯来语等多门语言，并用这些语言创作一些幽默短剧和诗歌。

1921 年　辛格回到华沙，进入一所犹太拉比学院学习，但因感到乏味，又回到毕尔格雷，以教授希伯来语为生。其间，深入学习斯宾诺莎的《伦理学》，阅读康德《未来形而上学导论》、汉姆生《饥饿》等著作。

1922 年　因病离开毕尔格雷，去到家人在德兹克（Dzikow）小镇的住处。生活苦闷。虔诚的弟弟摩西把哈西德派宗教思想家纳赫曼（Nachman）的著作借给辛格阅读。

1923 年　辛格搬回华沙，哥哥约书亚为他在华沙一家意第绪语文学杂志《文学之页》(Literary Pages) 找到一份校对的工作。其时，哥哥在华沙文学界颇有名望，游历过苏联，出版了小说集《珍珠》，为美国《犹太前进日报》(The Jewish Daily Forward) 撰稿。在华沙期间，辛格经常出入犹太作家俱乐部，在那里，他与人自由地谈论文学、哲学和时事新闻，贪婪地阅读各类书籍。

1925 年　在《文学之页》发表第一篇小说《在晚年》，并获得该杂志的文学奖。用笔名"艾萨克·巴什维斯"在《今日》(Ha-yom) 杂志上发表短篇小说《蜡烛》。

1926 年　认识左翼女青年卢尼娅，后来他们以夫妻相处，但从未按照犹太习俗办理结婚手续。

1928 年　辛格翻译的汉姆生小说《牧羊神》(Pan)、《漂泊的人》(Wayfarers) 意第绪语版出版。

1929 年　父亲平查斯·迈纳切姆在德兹克去世。辛格和卢尼娅的儿子伊斯雷尔·扎米尔出生。辛格翻译的《罗曼·罗兰传》意第绪语版出版。

1930 年　辛格翻译的《西线无战事》《魔山》意第绪语版出版。

1932 年　与好友亚伦·蔡特林（Aaron Zeitlin）共同筹办意第绪语文学刊物《格劳巴斯》(Globus)。在针对卢尼娅的一次调查中，辛格被短暂拘押。开始撰写小说《撒旦在格雷》。

1933年　1月至9月，在《格劳巴斯》连载《撒旦在格雷》。

1934年　哥哥约书亚离开波兰移居美国，为《犹太前进日报》撰稿。

1935年　辛格和卢尼娅分道扬镳，卢尼娅带着儿子奔赴苏联，而辛格则在哥哥约书亚的帮助下移居美国，跟哥哥一起住在纽约布鲁克林。然而，辛格极度不适应纽约，感觉"自己被连根拔起"了，以至于很多年都"写不出一个有价值的句子"。在哥哥的帮助下，开始为《犹太前进日报》撰稿。长篇小说《撒旦在格雷》意第绪语版在波兰出版。

1936年　哥哥约书亚的长篇小说《阿什肯纳兹兄弟》(The Brothers Ashkenazi)在美国出版。姐姐欣德·埃斯特在华沙出版了首部小说《恶魔之舞》(The Dance of the Demons)。

1937年　旅游签证已无法续签，在朋友的建议下，偷渡到多伦多获得加拿大的居留证后，再返回纽约获得美国的长期居留权。夏天，在卡茨基尔的一个农场度假时，辛格与未来的妻子德裔犹太人阿尔玛·海曼·沃塞曼(Alma Haimann Wassermann)相识，彼时，阿尔玛是带着两个孩子的有夫之妇。这年夏天，卢尼娅和儿子被苏联政府驱逐出境，后辗转来到巴勒斯坦地区。

1939年　德国入侵波兰后，辛格与母亲、弟弟失去联系。哥哥约书亚成为美国公民。好友亚伦·蔡特林移民美国。阿尔玛与丈夫离婚。

1940年　2月14日，辛格与阿尔玛步入婚姻的殿堂。但是婚后，他们的生活非常拮据，阿尔玛不得不去百货公司做推销员。

1941年　辛格一家搬到曼哈顿西103街的一套公寓中。

1943年　获得美国公民身份。在度过了漫长的创作低谷后，辛格连续发表了五个短篇小说：《隐身人》《教皇泽伊德尔》《克雷谢夫的毁灭》《未出生者日记》和《两具跳舞的尸体》。

1944年　2月10日，哥哥约书亚因心脏病突发在纽约病逝。辛格悲痛不已，他说，约书亚的去世是"我一生中最为不幸的事。他是我的父亲，我的老师。我永远无法从这个打击中恢复过来"。发表短篇小说《市场街的斯宾诺莎》。

1945年　在意第绪语杂志发表短篇小说《傻瓜吉姆佩尔》《小鞋匠》和《杀妻者》。"二战"后不久，有人告知辛格，母亲和弟弟被苏联政府放逐到哈萨克斯坦，并在建造木屋时冻死。11月，长篇小说《莫斯凯家族》在《犹太前进日报》连载，同时在纽约广播电台以意第绪语连续播出。

1947年　夏末，和阿尔玛乘船前往欧洲旅行。在英国与姐姐见面。在《犹太前进日报》发表旅行随笔。

1948年　冬季，和阿尔玛前往迈阿密海滩，后来他们经常去那里。

1950年　1月，去迈阿密旅行。10月，《莫斯凯家族》英文版由克诺夫出版社（Knopf）出版。这是辛格第一部被翻译成英文的长篇小说。出版前，英文版编辑要求大量删减，辛格颇为不快，但还是删掉了大量内容，并更换了结局。

1951年　去佛罗里达和古巴旅行。

1952年　长篇小说《庄园》开始在《犹太前进日报》连载。

1953年　在欧文·豪的建议下，索尔·贝娄翻译并在《党派评论》发表了辛格的短篇小说《傻瓜吉姆佩尔》，引起美国批评界的热评。

1954年　6月13日，欣德·埃斯特在伦敦去世。姐姐是辛格家第一个写作的人。姐姐生前患有癫痫和抑郁症，加上辛格自身的抑郁状态和时不时出现的自杀念头，让辛格怀疑他们家有精神病史。

1955年　2月，儿子伊斯雷尔·扎米尔代表他所在的基布兹（kibbutz）访问纽约，二十年来首次见到辛格。2月至9月，回忆录《在父亲的法庭上》在《犹太前进日报》连载。辛格首次去以色列旅行。《撒旦在格雷》英文版由正午出版社（Noonday）出版。

1956年　《在父亲的法庭上》部分章节被改编成戏剧，在曼哈顿国家意第绪语人民剧院（National Yiddish Theatre Folksbiene）上演。

1957年　长篇小说《哈德逊河上的阴影》在《犹太前进日报》连载。11月，第一部短篇小说集《傻瓜吉姆佩尔》由正午出版社出版。

1959年　长篇小说《卢布林的魔术师》在《犹太前进日报》连载。

1960年　《卢布林的魔术师》英文版由正午出版社出版。辛格和阿尔玛搬到西72街的一套公寓中。法勒、斯特劳斯和卡达希出版社（Farrar, Straus and Cudahy, 1964年更名为 Farrar, Straus and Giroux, 以下简称FSG, 中文通常译为法勒、斯特劳斯和吉鲁出版社）收购了正午出版社，开启了这家出版社与辛格之间的长期合作关系。

1961年　短篇小说开始刊登在《小姐》(Mademoiselle)《时尚先生》(Esquire)和《智族》(GQ)等时尚杂志上,因而读者越来越多。10月,短篇小说集《市场街的斯宾诺莎》英文版由法勒、斯特劳斯和卡达希出版社出版。长篇小说《奴隶》在《犹太前进日报》连载。

1962年　《奴隶》英文版由法勒、斯特劳斯和卡达希出版社出版。特德·休斯和苏珊·桑塔格对该书大加赞赏。辛格阅读布鲁诺·舒尔茨的作品。决定成为一名素食主义者。

1964年　《卢布林的魔术师》荣获法国最佳外国小说奖。短篇小说集《短暂的礼拜五》英文版由FSG出版。同年,辛格当选为美国艺术暨文学学会(National Institute of Arts and Letters)会员。

1965年　辛格一家搬到百老汇大道与西86街交叉的贝尔诺德公寓。

1966年　2月至8月,长篇小说《冤家,一个爱情故事》开始在《犹太前进日报》连载。由欧文·豪选编和导读的《艾萨克·巴什维斯·辛格短篇小说选》出版。5月,回忆录《在父亲的法庭上》由FSG出版。插图版儿童故事集《山羊兹拉特和其他故事》英文版出版。辛格在欧柏林学院担任驻校作家。

1967年　《庄园》英文版由FSG出版。插图版儿童故事《恐怖客栈》《好运气与坏运气》英文版出版。《山羊兹拉特和其他故事》荣获纽伯瑞儿童文学奖(Newbery Honor Books)。

1968年　《恐怖客栈》荣获纽伯瑞儿童文学奖。短篇小说集《降神会》英文版由FSG出版。插图版儿童故事集《当坏运气来到华沙和其他故事》英文版出版。《莫斯凯家族》荣获意大利班卡雷拉文学奖。

1969 年　长篇小说《地产》和回忆录《快活的一天：一个在华沙长大的孩子的故事》英文版由 FSG 出版。

1970 年　短篇小说集《卡夫卡的朋友》英文版，插图版儿童故事《奴隶以利亚：重述一个希伯来传说》《约瑟夫与科扎，或维斯瓦河献祭》英文版由 FSG 出版。《快活的一天：一个在华沙长大的孩子的故事》荣获美国国家图书奖儿童文学奖。《纽约时报》披露当时辛格的年收入已超过 10 万美元。

1971 年　《艾萨克·巴什维斯·辛格读本》由 FSG 出版。

1972 年　长篇小说《冤家，一个爱情故事》英文版由 FSG 出版。和辛格住在同一栋公寓楼里的玛格南摄影师布鲁斯·戴维森（Bruce Davidson）拍摄了一部 28 分钟的短片《辛格的噩梦和普普科夫人的胡子》。

1973 年　由辛格同名短篇小说改编的戏剧《镜子》在耶鲁保留剧目轮演剧团的专用剧场上演。短篇小说集《羽冠》英文版、插图版儿童故事集《切尔姆的傻瓜和他们的故事》英文版由 FSG 出版。

1974 年　长篇小说《肖莎》最初以《心灵旅程》为题在《犹太前进日报》连载，《忏悔者》也开始在《犹太前进日报》连载。插图版儿童故事集《诺亚为何选择鸽子》出版。《羽冠》与托马斯·品钦的《万有引力之虹》一同荣获美国国家图书奖小说奖。

1975 年　短篇小说集《激情》英文版由 FSG 出版。辛格在巴德学院担任住校作家。

1976年　回忆录《寻求上帝的小男孩：或个人灵光中的神秘主义》和插图版儿童故事集《讲故事的人纳夫塔利和他的马》英文版出版。9月，理查德·伯金（Richard Burgin）拜访了辛格，在接下来的两年中，他对辛格大约进行了五十次采访。11月，菲利普·罗斯拜访辛格，一同探讨布鲁诺·舒尔茨，并把对谈内容整理发表在次年的《纽约时报书评》。

1978年　7月，长篇小说《肖莎》英文版由FSG出版。回忆录《寻求爱情的年轻人》英文版出版。10月5日，辛格因"他充满激情的叙事艺术，既扎根于波兰犹太人的文化传统，又展现了普遍的人类境遇"，获得诺贝尔文学奖。与阿尔玛、伊斯雷尔·扎米尔等人前往斯德哥尔摩。12月8日，发表获奖感言。

1979年　短篇小说集《暮年之爱》英文版由FSG出版。《卢布林的魔术师》被改编成同名电影。伊斯雷尔·扎米尔翻译的《冤家，一个爱情故事》希伯来语版在特拉维夫出版。米纳罕·戈兰（Menahem Golan）导演的《卢布林的魔术师》在威尼斯电影节上映。

1980年　2月，长篇小说《原野王》开始10个月的连载。辛格拒绝波兰文学团体的邀请，坚持不回波兰。

1981年　回忆录《迷失在美国》英文版出版。

1983年　长篇小说《忏悔者》英文版由FSG出版。《书院男孩燕特尔》被改编成音乐电影《燕特尔》，导演芭芭拉·史翠珊（Barbra Streisand）凭借该片荣获金球奖最佳导演奖。

1984年　由《寻求上帝的小男孩：或个人灵光中的神秘主义》《寻求爱情的年轻人》和《迷失在美国》三部合集而成的《爱与流放：一部回忆录》出版。《儿童故事集》由 FSG 出版。

1985年　辛格在迈阿密大学教授创意写作课。

1986年　理查德·伯金编辑的访谈录《与艾萨克·巴什维斯·辛格对话》由 FSG 出版。

1988年　短篇小说集《玛士撒拉之死》和《原野王》英文版由 FSG 出版。

1989年　12月，电影《冤家，一个爱情故事》上映。

1991年　7月24日，辛格在佛罗里达州瑟夫赛德镇的公寓里去世。安葬在新泽西州帕拉默斯的一个犹太公墓。为了纪念辛格，迈阿密大学设有以辛格命名的面向本科学生的学术奖学金。佛罗里达州瑟夫赛德镇有一条以辛格命名的林荫大道。波兰的卢布林有一个"辛格广场"。

N